貧弱な泡スキルは特性を極めたら最強ですか？
author 星ノ未来
ill. トモゼロ

特性を強化した泡の戦闘力
大きい泡にデスラットを飲み込ませたあと、
硬化させた小さな泡を大量に発生させれば
居場所を失った標的が圧死する。
増やしながら、硬化させながら、
時には膨張も交えながら
圧力を上げるのは結構難しい。
「泡の性質をここまで引き出せているのは、
君の魔力操作が正確だからだよ」

ラフィーリア
アウセル
「硬化《ロック》！」
「膨張《バルーン》！」
「増殖《ゲイン》！」

豪邸まるごと泡で洗浄！
「――へぇ。すごいね」
泡だらけになった館を見て、ラフィーリアは感心していた。
泡が上から汚れを落とし、下にいる僕がバケツで回収する。
大きい館といっても、ギルド会館に比べれば十分の一くらいの建物だ。
掃除はその日の午前中だけで完了する。

貧弱な泡スキルは
特性を
極めたら
最強ですか？
author
星ノ未来
ill.トモゼロ

本文・口絵イラスト：トモゼロ
デザイン：AFTERGLOW

CONTENTS

HINJAKU NA AWA SKILL
HA TOKUSEI WO KIWAMETARA
SAIKYO DESUKA?

序章　英雄《えいゆう》を探して

「弟子《でし》を取りなさい。ラフィーリア」

ダリル・ロズベルトが晴れやかな表情で口にした言葉は、私の心を締《し》めつけた。

「あなたが天使となって一年になる。そろそろ英雄に相応《ふさわ》しい人材を探してもよい頃《ころ》でしょう」

穏《おだ》やかな声で言われると、それが命に関《かか》わる提案であることをつい忘れてしまいそうになる。

なぜ弟子を取らなければならないのか。

その理由もことの重大さも、私はよく理解しているつもりだった。

千年前。邪神《じゃしん》によって世界が滅《ほろ》ぼされようとした時、人類は心を束ね、神を召喚《しょうかん》し、これを討伐《とうばつ》した。平和が訪《おとず》れた世界で、人々はそれぞれに信仰《しんこう》する神の下《もと》へ集まり、街を、国を作り上げた。

『寵愛《ちょうあい》の剣《けん》』

ランドール王国の地主神、愛神クラーディアを守護するべく、名だたる強者で編成された組織は、それ自体が神器と化す。ここに召集《しょうしゅう》された衛兵は英雄として未来永劫《えいごう》に讃《たた》えられ、その英雄を束ねる十二人の指揮官は神の眷属《けんぞく》として、天使の一つに数えられる。

神域の守護者である十二天使は十二人しか選ばれないはずだけど、去年から私が天使に選定されたせいで、今は十三人の天使がいる。

英雄を従えてこそ天使の格が定まるというもの。本来なら継承《けいしょう》の儀《ぎ》を済ませて、誰《だれ》かが天使の座を退くのが正式な流れなのだが、私が英雄の候補、弟子すら見つけられないばかりに、いわゆる、引《ひき》継《つ》ぎのタイミングを逸《いつ》している状況《じょうきょう》だった。

「もう六月です。子供たちはとうに覚醒《かくせい》の儀式を終えている。ウェモンズには優秀《ゆうしゅう》な生徒が多くいます。ひとまずそこで、英雄に相応しい弟子を見つけるといい」

ダリルは微笑《ほほえ》む。口調が優《やさ》しければ優しいほど、心の中に罪悪感が染《し》み込《こ》んでくる。私の胸の痛みを理解していないのか、それとも理解した上で彼《かれ》にとっては他愛《たわい》のないことなのか。

「そう難しく考えることはない。すぐに相応しい英雄を探し出せるとは思っていません。他に急ぎの用があるなら、そちらに専念して頂いても構いません。ゆっくりと探してくれれば……」

「そうじゃありません」

苦しい。この期《ご》に及《およ》んで私を気遣《きづか》おうとするダリルに、心の隅《すみ》に隠《かく》しておいた未熟さが暴れ始めて、思わず口を挟《はさ》んでしまった。

冷たい空気が肌《はだ》を撫《な》でた。途端《とたん》、急に恥《は》ずかしくなって、行き場をなくした私の視線は、落ち葉のように右往左往しながら足元に沈《しず》んでいった。

愛神クラーディアには人々の信仰心を生命力に還元《かんげん》する奇跡《きせき》の力がある。

寵愛を一身に受ける天使たちは、与《あた》えられ続ける生命力でほぼ不老長寿《ちょうじゅ》となる。ダリルの見た目は二十代にすら間違《まちが》えそうだけど、実際には五百年以上は生きている。

彼は、私が部下にする英雄を迎《むか》え入れ次第《しだい》、天使の座から離《はな》れると申し出た。天使の枠《わく》から外れれば、愛神の寵愛から遠ざかった体は年相応の老いを受け入れなければならない。

五百年も生きられる人間はいない。

天使の座を辞退するということは、自ら死を受け入れることに等しかった。そして、こうなるキッカケを作ったのは、私を英雄として迎え入れ、天使に昇格《しょうかく》させるよう愛神に推薦《すいせん》した、私の師匠《ししょう》であるダリル本人だった。

「私が英雄を迎え入れたら……ダリル様が死んでしまう……」

胸の内に留《とど》めておいた事実が重すぎて、私は若さに甘《あま》えて吐露《とろ》した。

「私はもう十分に生きた。それに天使は死後、女神《めがみ》様の御心《みこころ》に迎え入れて頂ける。これはこの国のために働き続けた私にとって、最大の祝福なのですよ」

あまりにも整然と師匠は言ってのける。もはや心の一部は神格化しているようにさえ思える。

どれほどの失望を乗り越《こ》えれば、この境地に辿《たど》り着くんだろう。

何を考えてもダリルの想定の範疇《はんちゅう》にあるようで、生まれて十六年ばかりの私の人生経験じゃ、どんなに想像力を膨《ふく》らませたところで、理解できるはずも、抵抗《ていこう》できるはずもなかった。

「……わかりました。弟子を見つけてきます」

「おお！　ありがとう！　ラフィーリア！」

自分が死ぬというのに。私が師匠の満面の笑《え》みを見たのは、それが初めてのことだった。

ランドール王国が誇《ほこ》る最高学府、ウェモンズ魔導師《まどうし》学園。

建国以来、英雄や天使が輩出《はいしゅつ》している名門校には、国内から優秀な子供たちが集まる。かくいう私も、この学園を卒業した一人。といっても普通《ふつう》なら十二年掛《か》かるところを二年で卒業してしまったので、母校という感慨《かんがい》はまるでない。

「お待ちしておりました。ラフィーリア様」

両手をすり合わせ腰《こし》を低くしているのは、理事長であるレストル・ワーズマン。

私が弟子にした人は習わしとして寵愛《ちょうあい》の剣《けん》に入格する可能性が高いから、学園からまた新しい英雄が輩出するかもしれないと、レストルは至極《しごく》ご満悦《まんえつ》な様子で、笑みを振《ふ》り撒《ま》いていた。

「どうぞ、こちらへ。とびきり優秀なスキル保持者や、成績優秀な生徒たちを揃《そろ》えさせました」

訓練場に通されると、七歳《さい》から十八歳までの子供たちが並んでいた。

順番に所持しているスキルや剣術など、自分の長所や特技を披露《ひろう》していく。同年代の人に比べれば、なるほど、非凡《ひぼん》な実力者たちだが、目を見張るほど飛び抜《ぬ》けた才能を感じることはなかった。

わざわざ足を運んでもらって言いにくいけど、こればっかりは言わないと。

「……ごめんなさい。この中から選ぶことはできない」

「え……!?」

期待値が高ければ高いほど、その反動を物語るように推薦人の顔は青ざめていく。

「こ、ここにいるのは、国内でも選《え》りすぐりの精鋭《せいえい》たちでございますよ？　なにがお気に召《め》さなかったのでしょうか……」

「あまり……将来性《センス》を感じられない」

レストルの片眉《かたまゆ》がヒクヒクと上がる。引きつった笑みで喉奥《のどおく》に苛立《いらだ》ちを詰《つ》まらせた。

「ここにいる者たち以上に優秀な人材など、他にはおりませんよ」

「生徒は他にも大勢いるはず。自由に観察させてほしい」

レストルは肺の中に溜《た》め込んだ不服さ満点の酸素で声帯を揺《ゆ》らす。

「わかりました……。園内で目ぼしい生徒がおりましたら、お声掛けください」

集められた生徒たちの不満そうな顔を尻目《しりめ》に、訓練場を後にする。

校舎を回って授業に専念する生徒たちを見た。感じる魔力、知性、運動神経、どれも申し分ない。みんな真面目《まじめ》そうだし訓練次第でもっと強くなる。それでも、これから英雄になって貰《もら》おうというには、どれも少し伸《の》び代《しろ》が足りない。薄《うつす》らと型を作ってしまっている生徒が多いのは日先の成績を優先し、自分の可能性を模索《もさく》する選択肢《せんたくし》を最初から排除《はいじょ》してしまっているからだろう。

まだ若いのだから、がむしゃらに、自由奔放《ほんぽう》に力を試《ため》せばいいのに、どこか遠慮《えんりょ》がちで教えられた通りに誰かの真似《まね》をしている。

一ヶ月ほど学園を見て回っていたけど、これだという人には出会えなかった。

途方《とほう》にくれた視線が空を泳いだ。いい天気なのが逆に虚《むな》しい。

こんな日には花の香《かお》りが優しい草原でお昼寝《ひるね》でもしていたい気分だ。

「はぁ……どうしようかな」

今日も成果なし。溜息《ためいき》の数が増えるにつれ、怠《なま》けようとする心が選ぶ基準も曖昧《あいまい》にさせてくる。自分が教えれば形にはなるかもしれない。それならいっそ、実力よりも素直《すなお》な人の方がいいかもしれないとか、そんな不本意な具合に。

「一度……師匠に相談してみようかな」

神殿《しんでん》でダリルと対話するため、半ば諦《あきら》めムードを背負いつつ昼前には学園を出た。

王都を歩けば、敬虔《けいけん》な信徒たちが私に気づいて小さく頭を下げていく。

神様の守護者。その事実だけが私を過大評価し続ける。天使としての役割など何も果たせていないのだから、闊歩《かっぽ》しているだけで虎《とら》の威《い》を借《か》る狐《きつね》も同然だ。焦《あせ》っても仕方がない、そうとわかっていても少し落ち込む。それこそ、背中を丸めた天使なんて、いちゃいけないのに。

王都の真ん中。中央街の神殿に近づいた頃だった。

異様な魔力の気配を感じ、思わず足がすくんだ。

「これは……」

何百、何千、いや何万という魔素《マナ》が一斉《いっせい》に、多角的に動き出している。王都にいる人たち全員が同時にスキルを発動させているのかと、非現実的な予想しか思いつかない。

これがもし、一人の仕業《しわざ》だったとしたら……。

気配は冒険者《ぼうけんしゃ》ギルド会館から溢《あふ》れ出していた。

冒険者の人だろうか。見るまでもなく逸材《いつざい》だとわかる。

気づけば私は、走り出していた。

「……なんだろう……この音」

ブクブクと、あるいはシュワシュワと音が鳴っている。

王都の中央広場を西へ曲がると、ギルド会館があるはずの場所に真っ白な雲が立ち込めていた。

第一章　泡《あわ》の少年

「気をしっかり持って。どんな結果になったとしても、取り乱してはいけませんよ」

ミネルは今日の日のことをずっと昔から話してくれていた。

覚悟《かくご》を持てるように。現実を生きるために。僕《ぼく》たち全員の運命を左右する出来事になると、大人たちは自分の経験を踏《ふ》まえて忠告してくるのだった。

覚醒《かくせい》の儀式《ぎしき》。それは固有スキルを確定させるための儀式。

ああ、もちろん、自分の人生に関《かか》わることだからね。ミネルに教わるばかりではなく、僕も儀式についてはそれなりに勉強してきた。

魔素《マナ》を使って千差万別《ばんべつ》の現象を引き起こすのが魔術《まじゅつ》なら、スキルとはたった一つの魔術に特化するよう体内を巡《めぐ》る魔素の流れを固定してしまう行為《こうい》だ。

獲得《かくとく》するスキルは完全なランダムで一人一種類。一つの魔術に特化する代わりに、他の魔術は使えなくなる。気に入らないからって簡単に取り外すことはできないし、仮に取り外すことができたとしても後遺症《こういしょう》は残る。

無限にあったはずの可能性を削《そ》ぎ落とし、あえて狭《せば》めることでその道に意識を集中させる。

ある種、矯正《きょうせい》器具のようなもの。

それがいいことなのか悪いことなのかは誰《だれ》にもわからない。ただ、ここランドール王国では八歳《さい》までに儀式を済ませておかなければならないので、国外退去を受け入れなければ参加しないという選択肢《せんたくし》もない。当然、孤児《こじ》である僕に拒否権《きょひけん》はないのである。

ウェモンズ魔導師学園にある教会には七歳になる新一年生が集まっていた。左右にあった礼拝室も折り畳《たた》まれ、中央に通路を残して生徒たちがクラスごとに分かれて床《ゆか》に座《すわ》っている。

儀式に使用する覚醒魔術を扱《あつか》うため国内では珍《めずら》しくスキルを持たない王宮魔術師たちが、女神像《めがみ》の前に壇《だん》を設けてせっせと魔法陣《じん》を描《えが》いていた。

「今日はやけに寒いな……」

同じく孤児のルークがローブのポケットに手を突《つ》っ込《こ》んで背中を丸めていた。冬場でも半袖《はんそで》で剣《けん》の稽古《けいこ》をしているんだ。春先のまだ肌寒《はだざむ》い朝だからってルークが怯《ひる》むような気候じゃない。

緊張《きんちょう》からくる身震《みぶる》いを寒気と勘違《かんちが》いしているんだろう。上級生に喧嘩《けんか》を売られた時ですら怖気《おじけ》づかなかったルークだから、体を小さくする姿はこんな時ぐらいしか御目《おめ》に掛《か》かれない。

ちなみにもう一人、孤児のスコットが参加しているはずなのだが、別のクラスなので今は見えない。元より臆病《おくびょう》な性格だから今は歯をガタガタと震《ふる》わせて辛《かろ》うじて意識を保っている頃《ころ》かもしれない。時折、緊張で倒《たお》れる生徒が何人かいたが、それがスコットじゃないかって心配になる。

教会に充満《じゅうまん》する空気は極端《きょくたん》な期待と不安が入り混じっていた。

手に入るスキルがランダムである以上、そこにはどうしても優劣《ゆうれつ》が生まれてくる。

夢や目標が人それぞれなら、優劣を判断する明確な指標だってありはしない。ただ一般的《いっぱんてき》には、努力すれば報《むく》われるのが優勢スキルで、努力しても報われないのが劣勢スキルと言われている。

簡単な話が、これから僕たちは確率二分の一のギャンブルに将来の展望を賭《か》けるということだ。

いや、二分の一はちょっと気楽すぎるか。実際には優勢スキルを手に入れる人の方が少ないんだから、想像よりもずっと不利な賭けだと思う。……うん、冷静に考えると正気の沙汰《さた》ではないよ、このギャンブルは。

今、指で弾《はじ》かれたコインが地面に落ちて、希望と絶望を表裏《ひょうり》一体にさせながら、足元でクルクルと回り続けている——だめだ、深く考えると気分が悪くなる一方だ。

なるようにしかならない。そう自分に言い聞かせて僕は抱《かか》えた足に顔を埋《うず》めた。


静かな空間に風が吹《ふ》いた。

とにかく気を紛《まぎ》らわせたい生徒たちの視線は面白《おもしろ》いようにその音に引き寄せられる。

薄緑《うすみどり》のローブを纏《まと》った一人の女性が教会の扉《とびら》を開けて中へ入って来ていた。

不思議な感覚が認識《にんしき》の中で渦《うず》を巻く。

淑《しと》やかな歩き方や頬《ほお》に薄《うす》くあるほうれい線を見ると、若すぎる四十代とも言えそうだけど、肌の色艶《いろつや》や内側から滲《にじ》み出る活力からすれば十代にも二十代にも見えてくる。

まるでその人だけが違《ちが》う時間の中で生きていて、歳《とし》を取ることを忘れてしまっているようだ。

「あれって……ロディビア様……」

ロディビア・ロスマイン。

誰かが呟《つぶや》いたのは国民なら聞かぬはずのない第二天使の名前だった。

愛神の意志と力を国民に伝え、信仰心《しんこうしん》を守る十二天使と、それに仕える六十名の英雄《えいゆう》。奇跡《きせき》の証明と評される彼《かれ》らを僕たちは『寵愛《ちょうあい》の剣《けん》』と呼んでいる。

妖麗《ようれい》な姿を見たあとじゃ本人かどうか疑うよりも先に納得《なっとく》が勝つ。くわえてローブの背に記された蔓草《つるくさ》の絡《から》まる剣は、祭壇《さいだん》に敷《し》かれた掛け布の刺繍《ししゅう》と重なっていた。それは愛神の権威《けんい》を誇示《こじ》する寵愛《ちょうあい》の剣《けん》の紋章《もんしょう》だった。

生徒の間を抜《ぬ》けて壇場に上がった天使は、短剣で手の平を切り、鮮血《せんけつ》を魔法陣に落とした。

「げっ⁉」

と、思わず声が出た頃には、天使の傷は淡《あわ》く緑色に光りだして急速に治癒《ちゆ》し始めていた。

愛神クラーディアは僕たちの信仰心を生命力に変えて返してくれている。そんな奇跡の力を間近で受ける天使は、衰《おとろ》えない体と人間離《にんげんばな》れした回復力を持つという。

ロディビアの容姿が時を置き去りにしているのは天使の宿命なんだろう。では、実際には何歳なのか――と質問するのは絶対に怖《こわ》いのでやめておこう。

光を強くした魔法陣。効力が発揮されたことを確認して、天使は隅《すみ》にある椅子《いす》に腰掛《こしか》けた。

どうやらそれが、儀式の準備を調《ととの》える最終工程だったらしい。

学園の理事長であるレストルが天使に深く一礼すると、振《ふ》り返って声を響《ひび》かせた。

「第二天使ロディビア様の裁可により、この儀式は愛神クラーディア様の恩恵《おんけい》を授《さず》かるところとなった。神の御前《みまえ》である。これよりは私情を慎《つつし》み、厳粛《げんしゅく》な振る舞《ま》いを心掛けるように。それでは、名を呼ばれた者から順番に、前へ進みたまえ」

儀式が始まった。

一人ずつ生徒たちが壇場へ上がり、魔法陣の中に入ると強い光に包み込まれていく。

今まさに、体内を巡る魔素の流れを固定しているのだろう。体の表面を走る毛細血管のような青い光が少しずつ形を変えていく。本来なら痛みが伴《ともな》う行為のはずだけど、愛神の加護によって緩和《かんわ》されていると聞いたことがある。天使の血は、神の加護を伝えるためのものだったのだろうか。

しばらくして光が収まると、王宮魔術師が促《うなが》した。

「意識を集中させ、魔素を解放しなさい」

コインが倒れる。

優勢か、劣勢か、誰しもが息を飲む瞬間《しゅんかん》。

意を決した生徒が腕《うで》を伸《の》ばすと、手の平からブワッと火が出た。

何度も覚醒の儀式を執《と》り行ってきた見識のある王宮魔術師はそれぞれの見解を述べる。

「【炎《ほのお》】というには威力《いりょく》が足りない。これは【火】だろうな」

「同意。しかし、【火】は汎用性《はんようせい》が高い。別の性質が隠《かく》されている可能性もある」

「火炎《かえん》系である以上。優勢スキルであることは間違いなさそうだ」

大きくガッツポーズした生徒が整然とした雰囲気《ふんいき》を大声でぶち壊《こわ》し、理事長に叱《しか》られていた。

スキルが【火】なら、その人が体外に発する魔素は全《すべ》て火の現象になって現れるということ。魔素そのものにも引火性があって魔力コンロや魔力ランプにも燃料として使われるらしい。

羨《うらや》ましい。

生活の必需品《ひつじゅひん》となるスキルは需要《じゅよう》が多い分、買い手も多い。代表格の【火】のスキルは巨万《きょまん》の富を生むという長者スキルの一つだ。日常でも戦闘《せんとう》でも役に立つこと請《う》け合いだろう。努力次第《しだい》でどこまでも有能になれる。この手の人材は引く手数多《あまた》で、独占《どくせん》しようとする冒険者《ぼうけんしゃ》クランや企業《きぎょう》から早々にスカウトがあっても不思議じゃない。

最初の一歩目で勝ち組ルートが確定している。

ああ、羨ましい。羨ましいったら、羨ましすぎる。

列に並んでいた前の人がくじ引きの一等を当てたような気分だ。現実逃避《とうひ》したいあまりに、この場でのたうち回ってみっともなく駄々《だだ》をこねたくなる。

その後も、生徒たちが順番に舞台《ぶたい》に立つ。

風を起こす人、爪《つめ》を伸ばす人、教会の壁《かべ》に木を生やす人もいた。隣《となり》の芝生《しばふ》は青く見えるってやつだろうか、それとも僕の心がヘトヘトになっているせいか、どんなスキルも羨ましく思えてくる。

「アウセル！　前へ！」

僕の番が来た。舞台の上の、魔法陣の中に立つ。

包み込まれる光の中で僕は念じた。

お願いします。神様。贅沢《ぜいたく》は言いません。

劣勢スキルだったとしても、創意工夫《くふう》でそれなりに活躍《かつやく》できるものならそれでいいんです。

どうか……どうかお願いします。お願いします。お願いします……。

「意識を集中させ、魔素を解放しなさい」

（お願いします……！）

僕は腕を前に出して、体の内側を駆《か》け巡る熱を、手の平から解き放つイメージを持った。

――ムニュ。

舞台の床に、なにか出た。透明《とうめい》な半球状のものが床に張り付いている。

――ポッ。

それはちょっと揺《ゆ》れたあと、弾けるように消えた。スキルには詳《くわ》しいはずの王宮魔術師が一様に黙《だま》り込む。顔を見合わせ、首を振る。一人の魔術師が見たままを呟いた。

「……泡？」

後ろが控《ひか》えているので王宮魔術師の適当な考察を聞いたあと、とりあえず僕のスキルは【泡】と仮定されて、そそくさと捌《さば》かれる。こちらからすれば一生を左右する大事なことなのだが、何万人といる子供の覚醒を見守る魔術師からすれば流れ作業でしかなかった。

はたして、教会の前は明暗に分かれていた。

哀愁《あいしゅう》漂《ただよ》う後ろ姿。獲得したスキルが優勢だったのか劣勢だったのか……生徒たちの背中の角度はハッキリと結果を物語っていた。

社会の縮図だろうか。これからの人生を思えばクラスでの立ち位置や交友関係も偏《かたよ》ってくるだろう。三叉路《さんさろ》を通過した川は進む方向も水の勢いもガラリと変えて、いくら願っても流れを止めてくれることはない。

さて、立ち止まっている自分はどちらに与《くみ》するべきなのかな。

王宮魔術師は、僕が獲得したのは前例のない珍しいスキルだと言っていた。

そうなると今後の授業で見定めを受けたり、自分で優劣を判断するしかない。

僕はもう一度確認するために魔素を解放させた。手の平に透明な半球状の膜《まく》がムニュッと現れる。

ちょっとした風でもぷるぷると揺れているから、かなり薄い膜だとわかる。

表面で虹色《にじいろ》の線が滞留《たいりゅう》している姿は、石鹸《せっけん》で皿洗いをする時に現れるアレに似ていた。

「泡……だな……」

覚醒を終えた僕の体は、魔素を体外に放出すると勝手に泡を生み出す体質になっている。

人生を謳歌《おうか》するならこの【泡】のスキルを使いこなしていく必要があるわけだけど、使い道といえば皿洗いや洗濯《せんたく》ぐらいしか思い浮《う》かばない。

どちらかと言えば……劣勢かもしれない……。

指で突くだけで壊れてしまう泡を見ると、後ろ向きな発想が大挙して押《お》し寄せてくる。

「よっ！」

十分くらい遅《おく》れて教会から出てきたルークは挨拶《あいさつ》代わりに僕の背中をポンと叩《たた》いた。

どんなスキルを獲得したんだろう。

ルークの姿勢は先程《さきほど》とは打って変わって柔《やわ》らかい印象がある。もしや優勢スキルを手に入れたのか——しかし違っていた時のことを考えると迂闊《うかつ》に質問もできない。

「俺《おれ》のスキルは【剣】だとさ」

サラッと言うルーク。【剣】と言うからには、魔素で剣を生み出したり操《あやつ》ったりできるってことだろうか。名前からしてカッコいいスキルな気がする。

「なんか、ルーベン・ハークスっていう天使も同じスキルを持ってるらしいな。魔術師が騒《さわ》いでた」

「ええっ⁉　それって凄《すご》いことなんじゃ……」

「どうだろうな。使ってみねぇとわかんねぇよ」

「いいなぁ。僕なんて【泡】だよ、【泡】」

「それだって使ってみねぇとわからねぇだろ」

勉強嫌《ぎら》いなルークは第四天使の名前も偉大《いだい》さもうろ覚えだからか、とくに喜んでいる様子もない。神様に仕える偉人《いじん》が持っているんだから、きっと優勢スキルに違いない。少なくとも努力を怠《おこた》らなければ、その地位にまで上り詰《つ》めることができると証明されているスキルだ。

なんだかますます自分のスキルが心細くなる思いだった。

「スコットは別のクラスだからまだ時間が掛かりそうだな。先に訓練場に行って試《ため》してみようぜ」

訓練場はスキルの試し打ちをしに来た生徒たちでごった返していた。僕みたいに珍しいスキルでもなければ、堂々と他人にスキルを披露《ひろう》するのは優勢スキルの人たちばかり。

鉄を生み出す人、七メートル以上跳躍《ちょうやく》する人、拳《こぶし》で地面をへこませる人、地面の土を泥《どろ》に変化させる人。訓練場の設備がどれも自動で修復されるからって、みんなやりたい放題だ。流れ弾《だま》が飛んでこないか警戒《けいかい》しつつ奥《おく》へ進む必要がある。

「よし。ここで試してみよう。じゃあまずは、俺からいくぜ」

ルークが腕を伸ばすと発散された光の粒子《りゅうし》が剣の形になって手の中に収まった。

見た目は子供用の木の剣。発動者のイメージに左右されるのか、僕たちがいつも訓練で使ってる木製の剣と形が似ていた。

「おお！」

これぞスキルだよねって唸《うな》りたくなるくらいカッコいい様相に、感嘆《かんたん》の声が漏《も》れる。

ルークは感触《かんしょく》を確かめるように剣を振るう。日頃の訓練の成果もあって、その動きに無駄《むだ》はない。

スキルは体《たい》を表す、という言葉がある。獲得するスキルはその人物の性格に寄り添《そ》ったものになる傾向《けいこう》が高いという意味だが、眉唾《まゆつば》な格言ではあった。しかしこうやって【剣】の勇ましさはまさしく勇敢《ゆうかん》なルークにこそ似合うスキルだなと思うと、あながち侮《あなど》れない言葉かもしれない。

であるならば、僕の【泡】はいったい僕の何を表現しているんだろうか。

「じゃあ、次はアウセル。お前の番だ」

「うん。やってみる」

周りに迷惑《めいわく》が掛かりにくい場所だし、今度は本気を出してみよう。体の中を魔素が高速で回転する意識を保ちながら、高まっていく熱を手の平から逃《に》がすようなイメージを持った。

――ブクブクブクブクブク……。

大量の泡は割れるよりも早く生み出されて、地面を隠すように足元に溜《た》まっていく。

他の生徒が起こした爆風《ばくふう》で、泡はなんの抵抗《ていこう》もなくフワフワとどこかに飛んでいった。

自分の心を落ち着かせるためにしがみついていた僅《わず》かな希望も、軽く消し飛んでいくようだった。

「ルーク……僕はもう……ダメかもしれない……」

「ま、まだ決めつけるのは早いって！　いい使い方がわかれば、泡だって役に立つはずだ」

「……たとえば、どんな時……？」

「それは……」

目を泳がせて、眉間《みけん》にシワを寄せて、頭を抱えて、それでもルークは唸り声しか出せずにいた。

ポジティブお化けのルークが慰《なぐさ》めの言葉すら用意できない有り様ってことなのか。

「落ちていく者にとって下手な希望は、苦しみを与《あた》えるだけだと思うぞ。ネズミにはドブさらいがお似合いなんだからな」

グへへと下卑《げび》た笑《え》みを浮かべる取り巻き二人を引き連れて現れたのは、同じクラスになった小太りの、深い赤と橙《だいだい》が混ざった髪《かみ》の生徒だった。

ブルート・シア・レスノール。

レスノール公爵《こうしやく》家の嫡男《ちやくなん》で、王族の血も入っていると、脅《おど》しか牽制《けんせい》か、それとも単なる自慢《じまん》のつもりなのか、クラスの初顔合わせの日に本人が言いふらしていた。学友、と言いたいところだけど、いわゆる貴族主義の彼は僕のような孤児がこの学園にいるというだけで許せないようであった。

白が目立つ制服のローブから、今にもボタンが弾け飛びそうな腹がチラリと見える。

制服の色は着用者の身分を示していて――

白は貴族

青は有力者
赤は成績優秀者《ゆうしゆうしや》
深緑は一般生徒
僕ら孤児が着ている特別支援《しえん》生徒の制服は灰色となっている。

ブルートはそんな制服の色を指して、初対面でも僕らをネズミと呼んでいた。

「あぁ？　誰がネズミだって？」

ルークは敵意を剥《む》き出しにした目を向ける。

貴族に逆らって家ごと取り潰《つぶ》された人もいるって聞くから、僕は内心ヒヤヒヤしていた。

「俺はお前のために言っているんだ、ルーク。優勢スキルを手に入れたお前と、最低限の運すら掴《つか》めないコイツとでは、もはや生きる道が違うんだ。無能な人間は切り捨てた方が身のためだぞ」

「うるせぇ！　余計なお世話だ！」

「ふっ。近いうちに現実を知ることになるはずだ。そのネズミと縁《えん》を切ったら、俺がお前を召《め》し抱えてやらないでもないぞ。ハッハハッハッ！」

高笑いを響かせて去っていくブルートは、ルークに対してだけネズミとは言わなくなっていた。

舌打ちしたルークが苛立《いらだ》ち混じりの溜息《ためいき》を吐《つ》いた。

「あんなの気にすんじゃねぇぞ。アウセル」

自信を持って返事ができない自分が情けない。

心のどこかで、ブルートの言葉に真実が紛れ込んでいることを、僕は疑ってしまっている。

「とりあえず、家に帰るか」

「そうだね……今日はもう帰ろう」

「ルークはまだ【剣】のスキルを試したかったろうに。こういう気遣《きづか》いから歩幅《ほはば》は合わなくなっていくのかなと、不安がソロソロと後をついてくるようだった。

木漏《こも》れ日《び》が落ちる石畳《いしだたみ》を歩く。

僕たちが住んでいる孤児院は学園内にある雑木《ぞうき》林の中にある。

臭《くさ》いものに蓋《ふた》をするように辺鄙《へんぴ》な場所に隠されている気がするけど、それは考え過ぎかな。

人気《ひとけ》のない静かな孤児院が僕は好きだけどね。

「お兄ちゃん！　おかえり！」

「ねぇねぇ！　スキルどうだった⁉　どんなスキルだったの⁉」

外で冒険者ごっこをしていた子供たちが、僕たちに気づくなり駆け寄ってくる。

ルイス、ミア、ルル、エイト、マート、ウェンス。

学園に入学していない七歳以下の園児組。子供たちも今日がどういう日なのかをよく知っている。

自分の将来を微塵《みじん》も疑わない、キラキラとした目が痛い。

「僕は【泡】だったよ」

「泡ぁ？　泡って、お皿洗いする時にモワモワぁって出てくるやつ？」

「見せて見せてぇ！」

「……」

気乗りしないけど、出し渋《しぶ》っている間に変に期待されるのも嫌《いや》だな。

僕は素直《すなお》に魔素を放出した。

手の平から泡が落ちていくのを見ると、さっきまで賑《にぎ》やかだった子供たちが静まり返る。

「えぇ〜？　なんかショボいなぁ〜」

「しっ！　本当のこと言ったらアウセルお兄ちゃんが可哀想《かわいそう》でしょ」

フォローがフォローになってない。まぁそうだよね……そういう反応になるよね……。

無垢《むく》な子供の言葉は純粋《じゅんすい》で残忍《ざんにん》だ。よほど鋭利《えいり》な刃物《はもの》より切れ味がある。

苦笑いしつつ逃げ場を求めるように視線を移す。近くにいる先輩《せんぱい》は六つ上のロイックとリタだ。

「僕、たぶん劣勢スキル引いちゃったよね……」

「大丈夫《だいじょうぶ》。アウセルは怠《なま》けるようなタイプじゃないし、スキルだけが全てじゃないよ」

「そうそう、人生にはスキルよりもっと大事なものがあるからな……たぶん」

子供たちが僕をお兄ちゃんと呼ぶように、僕にとっては彼らが兄であり、姉になる。

実際に中等部まで進学している二人が大丈夫だと言ってくれると、とても励《はげ》みになる。

「ま、去年は高等部の二人が、授業についていけなくて孤児院から消えていったけどな」

「……」

「な、なに勝手なこと言ってんのよ！　兄たちは新しい孤児を受け入れる枠《わく》を作るために、自主退学したのよ！　アウセルは気にしなくていいからね。もう、なにアウセルを不安にさせてんのよ！」

「あいたっ⁉　殴《なぐ》ることないだろ⁉」

上げて落とされた分、なんだかさっきより不安が増したような。

本当に僕はこの【泡】で、この先の人生を歩んでいくことができるんだろうか。

「ルークお兄ちゃんは？　どんなスキルだったの？」

「俺は【剣】のスキルだ」

「剣⁉　見せて見せて！」

「よーし！　見とけ！」

ルークが腕を突き出しながら、魔素を放出させる。

さっきみたいに手の中で剣を生み出すつもりだったんだろうけど、今回はそうはならなかった。

どこからともなく現れた三本の剣が、腕を突き出した方向に回転しながら飛んでいく。

剣は地面を切り裂《さ》きながら、正面にあった木を切り倒した。

人に当たったら間違いなく、どこであろうと骨ごと切断される威力。

僕も子供たちも、ルーク本人でさえしばらく黙ってしまった。

「何をしているのですか⁉」

騒ぎを聞きつけ、ミネルが表に出てくる。

ミネルは六十代で孤児院の院長。親のいない僕たちにとって、ミネルはお母さんのような存在だ。

いつもは際限なく優《やさ》しい人なんだけど、切り倒された木を見たあとは険しい顔になっていた。

「おーい。どうして先に帰っちゃうんだよぉ」

情けない声が後ろから聞こえてきた。

なんともタイミングの悪い場面で、儀式を終えたスコットが帰ってきたのだった。

「――いいですか？　力ある者には、責任がついて回るものです。力を獲得したあなた方は、もう半分、大人の仲間入りを果たしているのですよ。今までは子供だからと許されてきたことが、許されなくなるのです。すべきことか否《いな》か思慮《しりょ》深く考え、分別ある行動を心掛けなければなりません」

「は、はい……」

院長室に呼び出され、ミネルの説教を聞く。

後輩《こうはい》のスキルの暴発を防げなかった責任を取らされ、ロイックとリタも道連れになった。

そして不運なことに、ついで感覚でスコットもこの場に同席しなくちゃいけなくなった。気弱なスコットは何も悪くないのに涙《なみだ》を流して、今はヒクヒクと泣き疲《つか》れていた。

「なにはともあれ。スキル覚醒、おめでとうございます。どんなスキルを獲得したのか、報告してください」

「僕は【泡】だったよ」

「僕は……【蝙蝠《こうもり》】だった……」

「俺は【剣】だった」

「【剣】、第四天使ルーベン様と同じスキルですか。誉《ほま》れあるスキルを獲得したようですね、ルーク」

「えへ……えへへへ……」

「力の強いスキルだからこそ、注意深く使用しなくてはいけないのですよ？」

「は、はい……」

少し照れたルークだが、ミネルの視線が鋭《するど》くなるとすぐに首を引っ込めた。

「【蝙蝠】というのは、動物系のスキルですね。体に変化はございましたか？」

「うん……耳が凄《すご》く良くなった感じがする……それと……スキルを発動すると……」

口を開いたスコットの歯には、鋭い犬歯が二本伸びていた。

蝙蝠の牙《きば》ということか。身体変化を伴うスキルは色々あるけど、動物系のスキルはとくに容姿に影響《えいきょう》を与えやすいと聞く。そのうち翼《つばさ》でも生えてきたりして――なんて不安を煽《あお》るような言葉は、気弱なスコットには気の毒なのでやめておこう。

「なるほど……。動物系のスキルは性格にも影響を及《およ》ぼす場合があります。魔素の操作に慣れるまでは無闇《むやみ》に発動してはいけませんよ」

最後にミネルは僕を見た。

「アウセルのスキルは少し不安ですね。【泡】というスキルは、私も聞いたことがありません」

同感で黙り込むしかなかった僕を激励《げきれい》するように、前に躍《おど》り出たルークが声を張り上げる。

「大丈夫だよ、ミネル！　アウセルはずっと努力してきたんだ。ちょっと使いにくいスキルみたいだけど……でも大丈夫！　アウセルなら大丈夫だ！」

「……そうですね。アウセルの努力できる才能は、私も認めるところです。学園の先生がたが、公正な評価をしてくださることを祈《いの》りましょう」

「俺たち明日から特訓するつもりなんだ！　ちょっと帰りが遅《おそ》くなるけど、いいよな⁉」

「日が落ちる前には帰ってくるのですよ？」

僕がこんな調子なのに、ルークはまるで諦《あきら》めることを知らないようだ。

（やれるよな⁉　俺たちなら‼）

真《ま》っ直《す》ぐに見つめてくる瞳《ひとみ》の奥の輝《かがや》きは、そんな想《おも》いを僕に伝えてくる。

ルークはいつだって僕を勇気づけてくれる。下を向く暇《ひま》なんて、与えてはくれないんだ。

たとえ結果が報われずとも、彼に支えられたことを僕は絶対に後悔《こうかい》しないと言い切れる。

やれるだけのことをやろう。僕とルークは頷《うなず》き合った。

◇　◇　◇

「泡が大成する可能性は万に一つもない。いっそのこと学園を出て職を探していた方が有意義だ」

努力した成果を見て、僕が通う一年一組を担任する教員ボルトフはそう断言した。

覚醒の儀式から二ヶ月が経《た》つ。

あれから毎日、僕は欠かすことなくスキルの特訓をし続けているのだが、ブクブクと鳴る泡はどこまでいっても泡でしかなく、これといった特徴《とくちょう》も有用性も発見できずにいた。

スキル操作の向上を確認するため、生徒たちは週に一度、内側からも外側からも魔素の干渉《かんしょう》を遮《しゃ》断《だん》する訓練室に移動して、先生との個別授業に入る。

スキル操作の基本的な指導を受けたけど、最初から手際《てぎわ》が悪かったせいか、二回目からは他の生徒を引き合いに出して、いかに【泡】が劣勢なスキルなのかを手解《てほど》きされた。

反論する気も起きない。事実、優勢スキルを手に入れた他の生徒たちは、今はもう応用する方法を模索《もさく》する段階に入っている。未知数の珍しいスキルだからって、優勢スキルの可能性を抱《いだ》き続けるには、僕の成長は遅すぎた。

「劣勢スキルを持ったのはあなただけじゃない。落ち込むことはありませんよ」

定型文を朗読するみたいに、その言葉は泡とともに消えていく。

とうとうボルトフの視線が僕の方を向くことは、この訓練室に入ってから一度もなかった。

「やっぱり……だめだったかぁ……」

ぼーっとしたまま帰路につくと、とめどない水の音が虚無《きょむ》になった心を埋《う》めてくれた。

王都の中にあっても広大な敷地《しきち》を誇《ほこ》る学園には、なんと川も流れている。

北東に距離《きょり》六百キロ。標高一万二千メートル。大気で色を薄くした活火山アトラスは、この大陸を生み出した始まりの場所として知られている。そこからはるばる流れてきた山水が南西に枝分かれして、西はドラーフル連合国、南はペイラー王国を抜けて海に出る世界最長の川は、その形から稲妻《いなずま》の川「ラームリバー」と呼ばれている。

生命力を促す愛神の力で、ランドール王国に生息する植物は、作物や自生しているものも含《ふく》めて瑞々《みずみず》しく育つ。豊かな自然によって濾過《ろか》されるラームリバーの水は、水源に近いほど清らかであることから、ここランドール王国の水は貴重な輸出品の一つになっているらしい。

娯楽《ごらく》の少ない僕たち孤児にとって、帰り道にある人気のない川辺は、恰好《かっこう》のたまり場になっていた。でも、今は六月の上旬《じょうじゅん》。川遊びの季節には早いからか、僕が行った時には、膝下《ひざした》まで川に浸《つ》かったルークが一人、自分のスキルで生み出した剣を使って訓練をしているばかりだった。

川の流れに足を取られないよう体重移動しながら剣を振るう。ルークは簡単そうにやっているが、機敏《きびん》な足捌《あしさば》きは大人だって苦戦するくらい高度な技術だ。流石《さすが》はルークだなと感心させられる。

僕に気づいたルークはこちらを見て、魔素で形成されていた剣を離散《りさん》させた。

「どうだった？」

個別授業という主語を省いたルークの問いかけに、僕は首を振った。暗に「同じだった」という意味を込めて。もっともルークには、「スキルの成長は人それぞれだから評価は見送られている」と最初に嘘《うそ》をついてしまったので、「酷評《こくひょう》続きが同じだった」という本来の意味は伝わっていない。

「なんでなんだろうな……。少しくらい強みみたいのが見つかってもいいはずだろ」

川に腕を突っ込んで拾った小さな石を、ルークは水面《みなも》に投げる。

小さな石は川の流れに逆らうように一度跳《は》ねて、すぐに沈《しず》んでいった。口を尖《とが》らせるルークは、僕の結果について、僕を含めた誰よりも不服そうな態度で石に八つ当たりしているようだった。

「元が【泡】だからね……やっぱり限界はあるんじゃないかな」

「……そんなもんあるかよ。勉強じゃ俺よりずっと頭いいしよ。体術試験じゃ、俺と互角《ごかく》だったのはお前だけだったじゃねぇか。スキル一つでお前の限界が決まってたまるか」

体内の魔素を、骨の補強や筋線維《きんせんい》の増幅《ぞうふく》に活用することで、飛躍《ひやく》的に身体能力を向上させる技法を魔力体術という。スキルの覚醒によって、体の外側に魔素を放出すると勝手に魔術が発動してしまう僕たちでも、体の内側で完結する範囲《はんい》なら魔素を身体強化にも応用できる。

親もおらず、後ろ盾《だて》もない僕たち孤児は、少しでも人生の出遅《でおく》れを補填《ほてん》するため、不確定なスキルに期待を寄せる前から手に職をつける努力をし続けている。とくに剣術と魔力体術は、ルークが訓練の相手をしてくれたおかげで、学園に入学する前から人並みに習得していた。

でも、そんな小手先の技術だけじゃスキルの優劣は埋まらないって、世間知らずな僕ですらわかっているつもりだった。

「スキルに関しては、もう半分、諦めてるんだ」

「お前……」

「だからって、何もしないまま塞《ふさ》ぎ込むつもりはないよ。僕には、叶《かな》えたい夢があるんだから」

「夢って……冒険者になることか？」

ルークはまた川の底から手頃な石を拾って、それを宙に投げては掴むを繰《く》り返す。

「前に言ってたな。お前の親が終始結晶《スタートエンド》を見たって話……」

森羅万象《しんらばんしょう》の一端《いったん》を担《にな》う魔素は、拡散と収束を繰り返しながらこの世界を循環《じゅんかん》しているという。

収束する通過点には、凝固《ぎょうこ》した魔素の結晶《けっしょう》が形成されていて、この世の原点と終焉《しゅうえん》を同時に存在させるものとして「終始結晶《スタートエンド》」と呼ばれている——と、全ては仮説にすぎないのだが、世界の始まりと終わりを結ぶ秘宝は、冒険者たちが旅の果てに描くロマンの象徴《しょうちょう》であった。

背景も思い出せない僕の朧《おぼろ》げな記憶《きおく》の中で、父親らしき男が「終始結晶《スタートエンド》を見た」と笑顔《えがお》で言っている。断片的《だんぺんてき》で、今となっては妄想《もうそう》だったのかもしれないと不安になるくらい薄い思い出だが、僕にとっては、それだけが家族の形跡《けいせき》を辿《たど》る唯一《ゆいいつ》の手掛かりだった。

「……俺の親も冒険者だった。父さんも母さんも遠征《えんせい》中に死んじまった。危ないことだって、わかって言ってんだよな？」

重い口を開いたルーク。だが、その視線は前だけを見据《みす》えていて、気落ちする素振《そぶ》りはない。

「わかってるよ。でも、お父さんが見たっていう終始結晶《スタートエンド》を僕もこの目で見てみたいんだ。だから僕は、なにがなんでも冒険者を目指すって決めてる」

言ってみたところで自分でも馬鹿《ばか》げた夢だと、おかしくなってくる。

「ははは。やっぱり変な夢だよね。そんなもの、あるわけないのにさ」

記憶の中の男の笑顔は、冒険者が冗談《じょうだん》で嘯《うそぶ》いているようにも感じられる。

わかっているさ。そんなものはお伽噺《とぎばなし》にすらたりえない、笑い話だって。

他愛《たわい》のない会話を形見にして冒険者を目指すなんて、子供じみた夢は持つべきじゃない。

でも、それでも僕には……そんな根拠《こんきょ》のない思い出しかないから……。

「なんで笑うんだよ」

「え……」

「それがお前の夢だって言うなら、俺は絶対に笑わない。だからお前も、お前の夢を笑うなよ」

ルークの瞳は、僕にだけ向けられている。親がいないだの、優《すぐ》れたスキルがないだのと、過去と未来ばかり行き来する浮《うわ》ついた心を鷲掴《わしづか》みにして、今ここに立っている僕だけを見つめている。

揺らぐことのない、微塵の迷いも感じさせない瞳は、僕の憂鬱《ゆううつ》をちっぽけにさせていく。

自分の夢を笑わないで聞いてくれる人が世界に一人でもいる。たったそれだけで、全ての悩《なや》みが小さな問題のように思えてきた。

「……うん。わかった。もう笑わないよ」

やれやれと一息ついたルークは、石を頭上高く放り投げる。石は太陽の光に照らされた。

「ありがとう、ルーク。僕の夢を笑わないでいてくれて」

「そいつはどういたしまし……て！」

落下してきた石を掴んだルークは、水面と平行になるように投げた。今度の石は川の流れに負けることなく何度も跳ねて、ヨロヨロと危《あや》うげに、それでもしっかりと反対側の陸地まで辿り着いた。

それはまるで、僕の人生を占《うらな》うかのように。


——夜。就寝《しゅうしん》時間が来ると四十人くらいいる孤児たちが、一つの部屋に布団《ふとん》を並べて一斉《いっせい》に横になる。就職先、自分の居場所、学園を出た時のことを考えて、孤児は人一倍に努力しなければならない。布団に入る頃にはみんなヘトヘトになって、五分も経たないうちに寝息《ねいき》が聞こえてくる。

ふとモゾモゾと動く音がして、瞼《まぶた》を開けた。

隣で寝ていたスコットが布団から立ち上がろうと中腰《ちゅうごし》になっていた。

「どうしたの？」

「ちょっと眠《ねむ》れなくて……多分、スキルのせいだと思うんだ……」

「ああ……」

すぐに納得した。スコットの目が月明かりに反射して、真っ赤に光っていたからだ。

スコットのスキルは【蝙蝠】。スキルは持ち主の想像力、集中力、体内の魔素量、魔素の操作能力によって、その形態が大きく左右される。蝙蝠といえば夜行性というイメージがあるのは、僕もスコットも一致《いっち》しているところ、きっとスキルはそんな特徴すら体現しようとしているんだろう。

「廊下《ろうか》を歩いてれば、疲れてそのうち眠くなるかと思って……」

「廊下、暗いけど大丈夫？」

赤い瞳がわかりやすく下を向いた。普段《ふだん》から誰かと一緒《いっしょ》じゃなきゃ夜のトイレに行けないくらい暗がりを怖がる気弱なスコットなのに、夜行性の特性なんて……色々と不憫《ふびん》だな。

「僕も一緒に行くよ」

「い、いいの？」

「うん、いいよ。行こう」

「ありがとう、アウセルぅ……」

そんな泣きそうな声で言わなくても。

「もしかして、ずっと我慢《がまん》してた？」

「うん……よくわかんないんだけど、暗い場所に行きたくなるんだ。絶対行きたくないのに……」

「そういうのは我慢しちゃだめだよ。僕も一緒に言うから、ちゃんとミネルに相談しよう」

「うん……ごめんね」

「スコットが悪いことしたわけじゃないんだ。謝《あやま》らなくていいよ」

そのうち、逆さまに宙吊《ちゅうづ》りにならなきゃ寝れないとか言い始めたりして。

動物系のスキルを覚醒させた子供は魔素の操作が安定するまで、みんなこんな感じで苦しんでいたりするんだろうか。迂闊に動物のことを調べて、変なイメージに引っ張られるのも大変だ。

【蝙蝠】が持つ鋭い聴覚《ちょうかく》は、探知を必要とする事柄《ことがら》には重宝するから、これも立派な優勢スキルのはずなんだけど。動物系のスキルは便利な点と不便な点が併発《へいはつ》しちゃうのかもしれないな。

気を紛らわせるように怯《おび》えたスコットの手を握《にぎ》って、二階の長い廊下をいったり来たりしていると、急にスコットの足が止まった。

「どうしたの？」

「……ミネルが、誰かと話してる」

息を止めてまで耳を澄《す》ましても、僕には何も聞こえない。

スコットのスキルが、どこかにいるミネルの声を拾っているらしい。

「なんか……ちょっと困ってるみたい」

「なにを話してるの？」

「う〜ん、難しくてよくわかんない」

「聞いたままを言ってみて」

「……王宮からの支援が少なくなるから、学園が孤児の受け入れ人数を少なくするかもって」

学園に併設されたこの孤児院は、誰も彼《か》もを無制限に受け入れている場所ではない。

全国の孤児院から持って生まれた魔素量を見込まれ、才能があると期待された孤児だけが選ばれる。有名な学園にタダで入学できる特権は、孤児にとってこれ以上ない恩恵だった。

まあ僕の場合、劣勢スキルが確定してしまった後じゃ、恩恵も薄くなってしまっているけどね。

『泡が大成する可能性は万に一つもない。いっそのこと学園を出て職を探していた方が有意義だ』

心の中で楔《くさび》となった先生の言葉が、廊下の向こうに広がる暗闇《くらやみ》から囁《ささや》いてくる。

その声は、才能が固まってしまった僕よりも、他の子供を学園に入学させた方が世のため人のためだと遠回しに伝えているようだった。

そういえばリタは、新しい孤児を受け入れるために、兄たちは自主退学したって言ってたな。

「僕が学園を去ったら……その分、受け入れられる人数が増えたりするのかな」

「え……なに言ってるの？　アウセル」

「ああ、なんでもない。ミネルの声は気にしなくていいよ。余計に眠れなくなるからね」

その後、二十分くらい廊下を歩いているとスコットのスキルもようやく落ち着いてきて、一緒に眠りにつくことができた。


翌朝。ルークとの剣の訓練を済ませ、校舎に向かう。

二組のスコットと別れ、一組の教室に入った時だった。

いつもだったら気さくに挨拶を返してくれる生徒たちが、無視どころか、露骨《ろこつ》に顔をそらす。

不穏《ふおん》な空気を感じながら、振り返った。筆者がわからないように歪《ゆが》ませた、悪意の滲む文字が躍《おど》る。深緑色の黒板には僕を名指しして貶《けな》す落書きが隅々《すみずみ》まで書かれていた。

『無能者アウセル』

『一組の足手まとい』

『価値のないネズミ』

悪口で埋め尽《つ》くされた黒板を見て、ルークの怒《いか》りは一瞬《いっしゅん》で沸点《ふってん》を超《こ》えて、髪の毛を逆立てた。

「誰だ！　こんなくだらないことをした奴《やつ》は！」

みんなの視線が教室の端《はし》に逃げる中、失笑《しっしょう》するのは取り巻きを従えるブルートだった。

「またお前か！　ブルート！」

「さて、なんのことだ？」

「この……」

ルークは今にもブルートの顔面を殴りに向かいそうだったので、肩《かた》に手を置いて引き止めた。

「アウセル……」

無言のまま首を振って、ルークを諫《いさ》める。

周りを見ても父親が公爵という肩書《かたが》きに誰も頭を上げられない様子だった。

この手の嫌がらせは今日に始まったことじゃない。

みんなが声を上げられない理由も理解してる。誰かを責めるつもりもない。

そんなことよりも僕は黒板に書かれた悪口の中で、いくつかの文言に目を引かれていた。

「国税泥棒《どろぼう》……税金の無駄遣《むだづか》い……か」

確かに……と思った。

スキルが不評だった僕が、こんな高級な学び舎《まなや》にいるのは不自然だ。それこそ、僕が席から抜けた分、他の誰かが新しい才能を開花させることができるなら、その方がいいに決まってる。

学園を、出よう。

心の中でそう呟くと、決意がすんなりと胃の腑《ふ》に落ちる。

ここにいても仕方がないなら、もういっそ自分の足で冒険者の道を踏み出していこう。

漠然《ばくぜん》と靄《もや》が掛かっていた将来の見通しに光が射《さ》すと、強い風が僕の背中を押し始めるようだった。

そうさ。こんな所で立ち止まっていても、何も起こらない。

夢があるなら、それを目指して出発すればいい。それだけのことだった。

僕はブルートの方を見た。

「なんだ？　なにか文句でもあるのか」

「いえ……むしろ感謝したいくらいです。ブルート様のおかげで、決心がつきました。ありがとうございました！」

僕は腰《こし》を折って、感謝の意を伝えた。ブルートやその取り巻き、ルークも含めて、教室にいた誰もが僕の頭がおかしくなったんじゃないかと戸惑《とまど》っていた。

持っていくものは何もない。準備に費《つい》やす時間も必要ない。

僕が持っている制服も教材も、兄たちから貰《もら》ったお下がり。それらは弟たちも使うものだから、盗《ぬす》んでいくのも気が引ける。ヨレヨレの白い長袖《ながそで》の服と茶色の長ズボン、穴の開いた革の靴《くつ》。今着てる私服だって借り物だけど、流石に裸《はだか》で行くわけにもいかないので、目をつぶって貰うしかない。

冬が来たら外に出るのも難しくなる。宿にありつけるかわからない旅だ。野宿ができる季節のうちに出発して、寝泊《ねと》まりできるところを探さなきゃならない。

善は急げ。とくに根拠もなく、いや、根拠がないからこそ、決行の日を今日と決める。

──深夜。みんなが寝静《ねしず》まったのを頃合いと見て、僕は寝室《しんしつ》を出た。

家出するとわかっていて止めなかったら共犯も同じだ。

何も知らなかった。みんなにとってはその方が都合がいいから、出ていくことは秘密にした。

閂《かんぬき》を外して、古い玄関扉《げんかん》に触《ふ》れる。

外に出ればもう引き返せない。生きてみんなと再会できるほど甘《あま》い旅でもないだろう。

覚悟が決まると、自然と別れの挨拶を言いたくなった。

「バイバイ……みんな……今までお世話になりました」

「大きな声で言わなきゃ誰にも聞こえねぇぞ」

「なっ⁉」

体ごと後ろを振り向くと、そこにはルークとスコットが立っていた。

「スコットの耳を甘くみるなよ」

どうして起きているのかという僕の疑問を先読みして、ルークは鼻を鳴らした。

スコットの方を見るとなんとも気まずそうに視線が離《はな》れていく。

物音ひとつ立てずにここまで来たはずなのに……蝙蝠の聴覚、ズルすぎでしょ。

「出ていくのか？」

夜の静寂《せいじやく》に響く声は、鋭利な刃物のように僕の真意を問いかける。

いったいどこから説明すればいいのやら。こんなことなら、もっと前から二人には相談しておけば良かったと後悔しているうちに、返答は遅れに遅れる。

「逃げるのか？」

「違う……！」

グッと息を止めて、叫《さけ》びそうになった声を抑《おさ》えた。この状況《じようきよう》じゃ学園で評価がもらえないからって、いじけて逃げ出そうとする生徒にしか見えないかもしれない。

それでも僕は、本当のことだけを話すしかなかった。

「僕は……ここを出て、冒険者を目指す」

目を丸くするルークは、吐《は》く息と同時にいつもの表情に戻《もど》っていった。

「……どうして俺たちに何も言わなかった」

「それは、僕が家出すると知ってて止めなかったら、君たちが先生たちに怒《おこ》られると思ったから」

「はあ、俺たちがその程度のことでビビるとでも思ってたのか？」

「ぼ、僕は……怖いんだけど……。だから……アウセルの気遣いは……あ、ありがとう……」

二人とも、僕の言葉を全く疑っていないようだった。今はその信頼《しんらい》が胸に痛い。

「でも……」

暗闇を恐《おそ》れてずっと縮こまっていたスコットが、一歩前に踏み出して、僕の目を見た。

「でも、やっぱり、アウセルのためだったら大丈夫だから……僕は、相談してほしかった……よ」

未《いま》だに夜の帳《とばり》を恐れて歯切れを悪くしているけど、それでもスコットにしては珍しくハッキリとした抗議《こうぎ》だったので僕はすっかり面を食《く》らった。人にはちゃんと相談しろと言った手前、自分がそれをできてないいんだから失う面目《めんぼく》すらないいんだけれど。

「お前の気持ちはわかった。なら、手伝ってやるよ」

「そ、それはマズイよ！　二人は知らなかったフリをしてくれればそれで……」

「どうせ俺は嘘をつくのが下手だから、わざと見逃《みのが》したってすぐにバレる。今さら説教も怖くねぇさ。スコット、お前はどうする？」

「ぼ、僕もやるよ……」

「ふ、決まりだな」

僕を止めるどころか、背中を押そうと横に立って、二人は玄関扉に手を掛けた。

ルークはわかるけど……どうしてスコットまで……いつもの臆病さはどこいったんだよ……。

「ほら、夢を叶えに行くんだろ。こんなとこで迷ってんなよ」

「……ありがとう。二人とも」

僕も加わって、三人で強い風が押し戻そうとする重たい扉をゆっくりと開けた。

孤児院を囲う森林が、夜の中では薄気味悪く闇を動かして、別の顔を露《あら》わにしている。律儀《りちぎ》に正門から出る必要はない。街道《かいどう》より、木々の間を突っ切って行くほうが手っ取り早い。

「待って……」

「どうした？　やっぱり帰りたくなったか？」

「そうじゃないよ。森の中でなんか動いてるんだ」

「何かって、鳥か何かか？」

「違う……もっと丸い何か……」

僕とルークは揃《そろ》って森を見渡《みわた》した。月明かりが届かない場所は黒一色に塗《ぬ》り潰されて、視力がいいとか悪いとかで見分けがつくような景色じゃなくなってる。

スコットの耳は、音の反響《はんきよう》だけで物の形状まで把握《はあく》できるくらい優れているってことなのか。

「多分それは、警備のために用意された魔導具だろうね。厄介《やつかい》だな……。どういう仕組みかわからないと、下手に近づくこともできない」

「簡単だろ。俺がそれをぶった切ればいい」

「探索《たんさく》はされ難《にく》くなるだろうけど、異常は感知されちゃうよ」

「それこそ好都合だろう。俺が囮《おとり》になってる間に、お前は学園を出ればいい」

「そんな……」

「死ぬわけじゃねぇんだ。捕《つか》まったって大したことにはなんねぇよ。それよりも、お前が捕まっちまったら元も子もないからな。俺らの助けを有り難《がた》いと思うなら、お前は脱出《だつしゆつ》することに集中しろ」

正当な理由すぎて、考える時間も、代案もない僕はその力技《ちからわざ》に納得するしかなかった。

「スコット、俺には魔導具は見えないからな。お前の耳が頼《たよ》りだぞ」

「うん。わ、わかった」

「アウセル」

ルークの手元が光る。魔素によって生み出された剣が、僕に差し出された。

「持っていけ。しばらくは使えるはずだ」

僕たちは別々に森の中へ入る。

十分くらい経っただろうか。離れた場所から耳を刺《さ》すような金切り音が響いてきた。

どうやらルークが魔導具の破壊《はかい》に成功したらしい。

隠密《おんみつ》行動を捨てて、僕は茂《しげ》みを踏み倒す勢いで走り出した。

茂みを抜けると学園の敷地を証明する高さ四メートルほどの柵《さく》が、左右へずっと続いている。

「あがっ⁉」

一気に柵を越《こ》えてしまおうと全力で助走をつけていたら、何かに顔面から突っ込んでしまった。

「いたたた……な、なんだよ……」

紫色《むらさきいろ》の波紋《はもん》が浮かび、やがて消えていくのが見えた。

学園を保護する結界のようなものか。普段から無色透明だから、そんなものがあるなんて気づかなかった。簡単に家出しようなんて言ったけど、甘く見過ぎたみたいだ。

ルークの剣が、効力を失いかける手前で光の粒子を飛ばし始めた。

それはまるで「俺を使え」と、ルークの声が剣を通して聞こえてくるようだった。

魔力体術で体力を強化させ、結界へ剣を精一杯《せいいっぱい》振り下ろす。

ルークが託《たく》してくれた剣は、いつも以上の力を引き出してくれたらしい。

目の前の結界には裂け目ができていて、少しずつ修復されていく最中だった。

霧《きり》となって消えた剣に気を取られつつも、結界が穴を塞ぐ前に通り抜け、僕は柵の外へ出た。

現れる、石畳の大きな道。両脇《わき》には軒先《のきさき》に魔力ランプを灯《とも》らせる家がどこまでも立ち並ぶ。

学園は貴族的な特権でもない限り、ほとんどの生徒が寮《りょう》生活を強《し》いられる。

親族の申請《しんせい》があれば外出許可も下りたりするんだけど、天涯孤独《てんがいこどく》な孤児にそんな機会が訪《おとず》れるはずもなく、僕に限っては学園の外を出歩いた記憶すらない。

だからこそ僕は、途方《とほう》もない家の数に圧倒《あっとう》されていた。

これが王都ルビエント。人口三百万人の、大都市。

王都の全体図みたいな地図は見たことがある。王城やら、学園やら、神殿《しんでん》やら、主要な建物は目印になってたけど、小さな家まで正確には描かれていなかった。広い学園がすっぽり入ってしまうくらいだから、王都の広さも漠然と理解していたつもりだったけど、迷路《めいろ》を俯瞰《ふかん》するのと、自分が迷路の中に入って進むのとでは、理解するべき要領がまるで違うって思い知らされる。

「おとととっとっと……」

入り組んだ道から、いきなり道幅《みちはば》八十メートルはあろうかという大きな道に出て驚《おどろ》いた。

地図には、円形上の王都を四つに分けるように、中心に向かって縦と横を走る道が伸びていた。いわゆる目抜《めぬ》き通りってやつに出たらしい。普段は人通りの多い道なんだろうけど、今は深夜。整然とした様式美に静寂が漂うと、夜の森林とはまた違った不気味さがある。

金属音が聞こえてきて、僕はすぐに今きた道を引き返し、柱の角に身を隠した。

鎧《よろい》を着た人が足音を立てていた。どうやら王宮の騎士《きし》が夜の見回りをしているらしい。

こんな時間に子供がうろついていたら補導されるに決まってる。咄嗟《とっさ》に隠れて正解だった。

「たしか……冒険者ギルド会館はこの先に……」

蜘蛛《くも》が壁を這《は》うように、猫《ねこ》が無音で着地するように、息を潜《ひそ》めて王都の中央へ移動する。

広場に出る前に足を止めた。目抜き通りが交差する中心には、無数の魔力ランプで照らされた白い大きな建物がある。そして、それを囲うように無数の人が地べたに座っている。それは神が住まう神殿。深夜にも拘《かかわ》らず、敬虔《けいけん》な信徒たちが祈りを捧《ささ》げ、信仰心を献上《けんじょう》し続けているのだった。

羽虫が光に近づこうとするのは、神様に救いを求めるためだったのだろうか。あの場所に行けば助けてくれるかも、なんて甘い考えが頭を過《よぎ》ると、心が吸い寄せられていくような感覚がある。

動くものが視界に入ると、集中力が戻った。

神殿の周りを巡回《じゅんかい》する騎士の数は他の比じゃない。ここを通るのは無理そうだ。

広場の手前にある細い抜け道を使って、中央から西に伸びる目抜き通りへ出た。

こちらも立派な建物が多いけど、その中でも異彩《いさい》を放つものがすぐに目を引いた。

レンガ作りの建物はそれ自体の大きさも馬鹿げたサイズだが、六、七メートルはあろうかという玄関扉は、巨人《きょじん》でも住んでいるのかと疑いたくなるくらいの重厚《じゅうこう》さだ。一階の窓も扉に倣《なら》ってとても大きく、さらに上階には小さな窓が幾《いく》つも並んでいる。

壁に掛かった黒と青のブロックチェックのバナーは、国章でも、騎士団の紋章でもない。

これは国境を越える際にも中立的な立場を示すために使われる、冒険者の国際信号旗だ。

「ついちゃったな……」

僕の見た地図は確かに冒険者ギルド会館の場所を示していたらしい。

そうなると、僕は当初の目的地に辿り着いてしまったわけだけど……どうしようか。

大きな扉は人一人が入れる分だけ開いている。

中に入ろうと思えば入れそうだけど、丸腰のまま入って怪《あや》しまれないだろうか。

僕が目指すのは冒険者。装備の一つも持たないと、説得力がない気がする。

「おい、何者だ！」

大きな声にビクリと肩が上がった。慎重《しんちょう》に、振り返る……が、誰もいない。

僕に向けられた声じゃない。神殿の方から聞こえてくるのは、どうやら騎士の声のようだった。

「来賓《らいひん》の報告は受けていない。許可のない者は不用意に近づくな」

「そ、それが……学園から生徒が一人抜け出したみたいで……ご存じありませんでしょうか」

「貴様……自分の不手際で神の手を煩《わずら》わせるつもりか？　愚《おろ》か者め！　向こうへ行け！」

「も、申し訳ございません！　他を当たります！」

間違いない。教員が僕のことを捜《さが》し始めてる。ここにいたら、すぐに見つかってしまうだろう。

四の五の言っていられない。僕は目抜き通りを跨《また》いで、冒険者ギルド会館へ転がり込んだ。

高い天井《てんじょう》からぶら下がる大きなシャンデリアが、暖色の光を灯していた。

見覚えのない多種多様なバナーが、吹き抜けに張り出した二階や三階の廊下から垂れ下がり、壁には年季の入った鎧や盾《たて》が飾《かざ》られていて、戦う戦士の雰囲気を醸《かも》し出している。

閑散《かんさん》としているけど、何人かがロビーに設けられた席で微睡《まどろ》んでいた。

玄関横には、椅子から滑《すべ》り落ちそうにしながら「ガーガー」とイビキをかく酔《よ》っ払《ぱら》いもいる。

お酒臭《さけくさ》い。見れば酒瓶《さかびん》なんかが転がっていて、昨晩は賑やかだった形跡がある。

正面には天井に届きそうなくらい大きな掲示板《けいじばん》があって、壁を埋め尽くすように紙が貼《は》られている。依頼書《いらいしょ》が貼り出されているようだ。時折、勝手に剥《は》がれてはヒラヒラと職員の元へ飛んでいき、新しい依頼書が、欠けたジグソーパズルを埋めるように、また掲示板に張り付いていってる。

右側の手前は小さな商店。奥は食堂か、長いテーブルが並んでいて、食べかすが散乱してる。

子供の来るところじゃない。場違いなのは端《はな》から見なくてもわかりやすい。

つまみ出される前に、僕はコソコソとした足取りで左側の受付に駆け寄った。

◇　◇　◇

「あ、あの……」

異様な姿に少し驚いた。受付の正面に来ると、仕切りの板に隠れていた部分が見えるようになる。

そこには全身の肌が新芽のように鮮《あざ》やかな緑色の人が立っていた。

大きな瞳はルビーのように赤く輝き、頭からは二本の枝が角みたいに生えている。

背中から木の根っこのようなものが翼みたいに生えてるし、緑の髪には葉っぱがついている。

植物に由来する亜人《あじん》だ。

性別があるのかはわからないけど、ドレスを着ているし、体つきからしても女性らしい。

生命を司《つかさど》る愛神クラーディアは命を尊び、敵味方を問わず救いを求める者の傷や病を癒《い》やしてきた。そんな性質から、寵愛《ちょうあい》の女神《めがみ》とも呼ばれている。

愛神を崇拝《すうはい》し、恩恵に浴するランドール王国はそのご尊意に従って、エルフやドワーフなどの他人種から、迫害《はくがい》を受けやすい亜人や魔族に至るまで、積極的に亡命を受け入れている。

王都じゃ亜人も珍しくないのだろうけど、学園の中じゃ滅多《めった》に会わないから、失礼なことだとわかっていてもビックリしてしまう。

外の世界に出たら、こういう人たちとも会う機会が増えるんだろうし、早めに慣れないとね。

「ようこそ、冒険者ギルドへ。受付を担当させて頂きます。ロゼと申します。……随分《ずいぶん》と可愛《かわい》らしいお客様ですね。どのようなご用件でしょうか」

物腰柔らかく、人間よりも人間らしく挨拶をされて、心が和《やわ》らいだ。

花のいい香《かお》りがするんだけど、これはロゼの香りなんだろうか。

「あ、えっと……僕、冒険者になりたいんですが……」

「ランドール王国での冒険者の年齢《ねんれい》制限は十歳からとなっております。加えて、Bランク以上の冒険者からの推薦《すいせん》状《じょう》も必要になります。失礼ですが、お客様のご年齢は……」

血の気が引くぐらいギョッとした。

冒険者を目指す道すがら、それなりに勉強はしてきたけど、そんな話は寝耳《ねみみ》に水だったからだ。

「ね、年齢制限……？　推薦状……？　冒険者にそんなものありましたっけ……」

「制定されたばかりの制度になっております。第十三天使ラフィーリア・エルシェルド様が冒険者として御大成なさっていたことはご存じでしょうか。ラフィーリア様が天使に昇格《しょうかく》された際に、憧《あこが》れた子供たちが安易に冒険者登録をして、大怪我《けが》をする事例が多発いたしまして……王宮で正式に閣議決定されたのが先週のことでございます」

目の前の現実が歪んでいくようで、僕は膝から崩《くず》れ落ちた。

せ、先週って……も、もう少し早ければ登録できたってことなのか……。

「え、えっと……大丈夫でしょうか、お客様」

受付台に手を掛け、地獄《じごく》に続く断崖絶壁《だんがいぜっぺき》から這い上がるように上半身を起き上がらせる。

「な、なんとか……なりませんか……」

「申し訳ありませんが、規則は規則ですので……」

心苦しそうにロゼは笑みを向けた。とてもいい人なんだろう。それが伝わってくる。

「おい、見つかったか⁉」

「いや、こっちにはいない！」

優しさに付け込むのはよくないが、上品ぶってる余裕《よゆう》もない。外から声が聞こえる。今にも教員たちが入ってくるんじゃないかと気が気じゃなくて、藁《わら》にも縋《すが》る想いで受付台に身を乗り出した。

「お、お願いします！　ここで働かせてください！」

「は、はい……？」

「他に行く場所なんてないんです！　なんでもします！　ここで働かせてください！」

「そ、そう申されましても……ギルド職員の求人も十歳以上で募集《ぼしゅう》させて頂いておりますので」

「別にいいじゃねぇか。雑用くらいには役に立つだろうよ。こき使ってやりゃいい」

酒に酔い潰れて玄関横の席に座っていたはずの男が後ろに立っていた。

無精髭《ぶしょうひげ》の男は、頬がコケていてどこか不衛生な感じがある。使い込まれた軽装の鎧に、戦闘では使えなさそうな短剣。僕が想像するやさぐれた冒険者のイメージに寸分違《たが》わず合致《がっち》する人だった。

「レナード様……ですが、局長様にはなんと……」

「俺がケツを持てばババァだって文句はねぇだろうさ。心配すんな。全部の責任は俺が取る」

頬を赤くしてしゃっくりしながら、レナードと呼ばれた男は僕に顔を近づけた。

お酒くさっ……何なんだこの人は……。

「仕事が欲《ほ》しけりゃくれてやるよ。へへへ、働くことの大変さを教えてやるから、有り難く思えよ」

脅しめいた言葉尻《ことばじり》にゲップを顔面にお見舞《みまい》された。

生暖かい風が目に染《し》みる。反射的に咳払《せきばら》いをしながら右手で汚《きたな》い空気を払っていると、何を思ったのか、レナードはいきなり僕の首根っこを掴んで受付台の向こう側へ放り投げた。

「わぁっ!?」

ロゼはドレスの裾《すそ》からシュルシュルと出した蔓を足代わりにして素早《すばや》く後方へ移動すると、上から落ちてくる僕を受け止めてくれた。

死ぬかと思った。あんな投げられ方されたら受け身もとれない。死なずとも、骨折くらいはしてたかもしれない。何を考えているんだ……冒険者っていうのは頭のおかしな人たちばかりなのかと、疑念を持ちそうになった時だ。

会館の扉を潜《くぐ》ってくる二人の足音が近づいてきた。

「夜分遅くにすみません。ウェモンズ魔導師学園の者ですが」

「おや、エリート学校のエリート教員の皆様《みなさま》が、こんな血生臭《ちなまぐさ》い場所へどのような御用《ごよう》ですか？」

ヘラヘラとしながら言うレナードの口調は、人が人なら挑発《ちようはつ》っぽくも聞こえた。

「実は今しがた、生徒の一人が学園を抜け出したようで。心当たりはございませんか？」

ロゼは足元にそっと僕を置いて、受付台の陰《かげ》に隠してくれた。

僕はもう、心臓が口から飛び出しそうになるのも我慢して、息を殺しているしかなかった。

「……ああ、いますよ」

裏切られた――というほど、僕はあの酒臭い男と親しいわけでもない。

少しでも匿《かくま》ってくれると期待した僕が馬鹿だった。今ならまだ受付台の陰を伝って逃げられる。

そう思って、その場からのそのそと離れようとしたら、三本の蔓が行く手を阻《はば》んだ。

視線を上げると、正面を向いたままのロゼが小さく首を振る。

「アドリック！」

「ん～？　なんだぁ？」

酒場の方から、ドスッドスッ、と重く気怠《けだる》げな足音が近づいてきた。

「ウェモンズから逃げ出した生徒ってのは、コイツのことだろ？」

「あぁ？　何の話をしとるんじゃ貴様」

「い、いえ……抜け出したのは七歳の男の子でして……」

「確かにコイツは髭《ひげ》を生やしてるが、魔導具を使えばどうとでも変装できるだろう。そんなことよりも、この身長を見てくれ。こんなにチビッこいのに三十超えてるって、絶対にありえないだろ？間違いなく身分を偽《いつわ》ってるぞ」

「だーかーら！　ドワーフ族は大人になっても身長が低いんじゃ！　何度言ったらわかるんじゃ貴様はぁ！」

「……あ、ああ、私たちは先を急ぎますので、これで失礼いたします」

「そう？　お役に立てなくて悪かったな」

僕を追いかけてきた二人は、面倒事《めんどうごと》を遠ざけるように引きつった声を残して会館を後にした。

「用は済んだ。帰っていいぞ」

「あぁ!?　何なんじゃ貴様は！　本当にムカつく奴じゃのぉ」

コインを弾く音が聞こえた。

「これ使って酒でも飲んどけ」

「わーい！　ありがとぉ！　流石はレナード様様だぁ！　うひょひょー！」

さっきまで怒っていた声が急に陽気になって離れていく。

受付台から顔を出すと、元いた席に戻っていく酒臭い男の背中があった。

「失礼ですが、お名前は？」

「ア……」

本名を言いかけて、連れ戻される可能性が頭を過る。

「リアンです。リアン・アートレイン……」

嘘を吐き出した口は緊張し過ぎて、発音も怪しかった。

「これからよろしくお願いしますね。リアン様」

追ってきた二人の教員のことを考えれば、僕が学園から逃げ出してきた生徒であるとロゼは気づいただろうし、リアンが偽名《ぎめい》だってこともわかっているはず。それでもロゼは嬉々《きき》として、受付台に『休止中』と書かれたテーブルサインをおいて、僕を通路の奥へと促した。


——少し時間が経って、事務室の近くにある物置部屋に向かうと、ロゼが冒険者ギルド職員の制服を探してくれた。

「申し訳ございません。どうやら、それより小さい制服は置いていないようで」

「いえ、服が貰えるだけ嬉《うれ》しいです。あ、ありがとうございます」

黒いベストに白いシャツと黒いズボン、黒い革靴《かわぐつ》。ロゼの言う通り、僕が着るとゆったりとした感じになってしまうけど、子供用が置いてあっただけ幸運と思うしかない。

続いて二階に行くと、住み込みで働く職員用の部屋も案内してもらった。

小さな窓に、机とベッドと少しの収納スペースがあるだけのシンプルな部屋だけど、何を隠そう個室なのだ。自分専用の部屋なんて、優遇《ゆうぐう》され過ぎてないかと不安にすらなる。

この場所に転がり込んできたばかりだというのに、あれよあれよと話は進んで、もう働く前提で館内の案内をロゼにしてもらっている。

進展が早すぎて、既《すで》に曖昧《あいまい》になりつつある記憶をどうにか辿ってみよう。

ロゼに促された僕は局長室へ通され、ラナック局長と面接をした。小柄《こがら》な老婆《ろうば》が体を隠すほど大きな帽子《ぼうし》を顔の上に載せてソファで寝ていたのだが、ロゼが僕を紹介《しょうかい》すると何とも面倒臭《めんどうくさ》そうに、

「レナードが責任を持つって言ったんだろ？　勝手におしよ」

と言ってそれっきり……大した質問もされず採用されるに至ったのだ。

実力主義の冒険者稼業《かぎょう》。口先だけの言葉が意味を持たない世界だからこそ、口や経歴じゃなく仕事で結果を出せと、遠回しに脅されているような気もしてくる。

「ババァはなんだって？」

案内が終わってロビーへ戻ると、レナードが待っていましたと言わんばかりにニヤリと笑う。

「レナード様。局長様をそのように呼ぶのは、あまりよろしくないことですよ」

「その様子だと、一応は許可が下りたようだな。へへ……じゃあ小僧《こぞう》、ちょっとこっちに来い」

受付台の向こう、事務室の奥を通って、地下へと続く階段を下りる。

長い廊下には魔力ランプが並んでいるが、足元を十分に照らしているとは言えない。

突き当たりまで進むと鉄製の威圧《いあつ》的な二枚扉があった。

「ここが、お前の職場だ」

「え……」

「レナード様、それはあまりにも……」

悲壮感《ひそうかん》の漂うロゼの声が、扉の先に待ち受ける過酷《かこく》さを伝えている。

「どうせこのガキは、学園の授業が退屈《たいくつ》だとか、そんな理由で出てきた口だろう。いいか、ロゼ。こういう甘ったれはなぁ。社会の厳しさってもんを教えてやらなきゃ帰らねぇんだよ」

魔力ランプが影《かげ》を作って、顔の半分を闇に染めたレナードが、目を見開いて口を鋭角《えいかく》にさせる。

「学園にいた方が、よっぽど楽だったって思わせてやるよ」

気づけばここは地下の一番奥の部屋。大声を出したって、誰も助けになんて来やしない場所。

でも、そんな脅迫《きようはく》めいた言葉も景色も、僕にとっては今さらだった。

全部置いてきたんだ。こんなことでビビるくらいなら、最初から学園を出ようなんて考えてない。

脅しが通じないとみるや、レナードはつまらなそうな顔になって、

「……けっ。いけ好かねぇガキだ。妙《みよう》に大人びてやがる」

そう吐き捨てながら扉を開けた。

鼻腔《びくう》に絡みつくカビの臭《にお》いと大量の埃《ほこり》が舞い上がり、僕は咄嗟に腕で口を隠し、目をつぶった。

すると目を離した隙《すき》を見計らって、レナードは僕の服を掴んで扉の向こうへ放り込んだ。

ごろごろと転がって体が止まる。口で言えばいいものを、どうしてこうも荒々《あらあら》しいのか。

レナードが壁際のランプの摘《つま》みを回す。部屋に備え付けられたランプが連動して明るさを強くし始めた。廊下とは違って昼間のように明るくなると、暗闇からいくつもの棚《たな》が露わになる。

棚には多種多様な武器や防具が置かれていた。

「ここには貸し出し用の装備品が置いてある。部屋も含めて全部掃除《そうじ》しろ。武器も防具も付属品も、雑巾《ぞうきん》で磨《みが》き上げるんだ。それと、装備品は番号通りの棚に戻しておけよ」

「レナード様……部屋は広いですし、装備品には重いものもございます。一人でこなす仕事量ではございません。せめて、私もお手伝いすることをお許し頂けないでしょうか」

「ダメだ。これはこいつ一人で全部やらせる」

レナードは僕に指を差して言う。

「いいか。仕事のできねぇ奴に居場所を与えてやるほど、ここは甘い所じゃねぇんだ。この程度のことが務まらねぇようなら、さっき来た奴らにお前のことをチクってやるから覚悟しておけ」

「お、お願いします！　学園には僕のことは秘密に……」

「お前がいい仕事をすれば、黙っといてやるさ」

背中を向けて去っていくレナードとは対照的に、ロゼは腰を低くして僕に目線の高さを合わせる。

「水はそちらの部屋に。掃除道具も置いてあります」

「ロゼ！」

「は、はい！　今参ります！　頑張《がんば》ってください。リアン様」

親切心を引き剥がすレナードの冷たい声。

扉が閉まる寸前まで、ロゼは心配そうな顔をこちらに向けていた。

倉庫部屋に隣接《りんせつ》した部屋に向かう。そこには魔力式の水場と掃除道具一式が置いてあった。

石造りの水槽《すいそう》と魔力水晶《すいしょう》。この魔力水晶には水流系のスキル保持者の魔素が込められている。触れると水が出てきて、もう一度触れれば水が止まるシンプルな仕組みだ。水槽の隅に、もう一つ六角形の棒状の水晶が置いてある。こっちは常に水を吸収し続ける排水《はいすい》用の魔力水晶。貯水限界がきたら川へ持っていき、水晶を三回叩いて放水し、また使えるようにする。

ちなみに排水用の水晶は水しか吸収しないので、塵《ちり》や埃などは水槽に残る。これらのゴミは麻袋《あさぶくろ》にいれて後日屑屋《くずや》に渡《わた》さなきゃならない。学園にも同じような魔力式の水場があったけど、排水作業もゴミの処理も孤児院に住む人たちの仕事だったから馴染《なじ》みがある。

バケツに水を入れ、雑巾とモップを持って戻る。

近くにある鎧を指で触れると、線が引けるくらいに埃が積もっていた。試しに押してみると抵抗《ていこう》感《かん》が強い。僕の体重を預けて、ようやく動き出すくらいだ。重さ的には十キロくらいかもしれない。

装備品の見えにくい所に番号が書いてあって、棚にも番号札がついていた。

装備品は用途《ようと》ごとに整理されているらしく、棚の側面には「軽量化」や「衝撃《しょうげき》軽減」など、装備品に付与《ふよ》された魔術強化を示す札もあって、一括《ひとくく》りにまとめられていた。

ギルド会館で働けるようになったかもしれない。しかも住み込みで。冒険者登録の年齢制限には肝《きも》を冷やしたけど、とりあえず門前払《もんぜんばら》いされずに済んだのは嬉しい。だだっ広い倉庫を掃除するのは大変そうだけど、ここまで来たら最後まで頑張ろうって思えてくる。

「よし。やってやる！　全部綺麗《きれい》にするぞぉ！」

――と、意気込んでみたはいいものの、それにしたって掃除する範囲が広すぎる。

魔力体術で身体強化すれば重い荷物も多少は持ち上げられるけど、大柄《おおがら》の人のための装備品になると、下手に倒したら棚ごと崩れてきそうで、一人じゃ移動させられないものもある。

「時間はどれくらい貰えるんだろう……まさか、今日中にってことはないよな……」

掃除を始めて二、三時間は経ったか。さすがに疲れを感じ始めた。

防具も胴当《どうあ》てが拭《ふ》き終わったくらいで、これから兜《かぶと》や籠手《こて》や脚部《きやくぶ》の防具、加えて武器も綺麗にしていかなきゃいけない。剣、槍《やり》、鎌《かま》、ハンマー、弓、サイズも様々、種類も多種多様。こちらは手を怪我しそうで怖い。そのあとも、壁や床や天井や、照明のランプ、棚も拭かなきゃならない……

掃除箇所《かしよ》を確認するたびに、ゴール地点が遠く離れていくようである。

「少し休憩《きゆうけい》しよう……」

僕は床に腰を落とした。疲れを自覚すると、どんどん体が重たく感じてくる。

「はぁ、仕事って大変だなぁ……」

こんな時に優勢スキルがあれば、掃除をしなくても別のことで認めて貰えたりするんだろうな。

それこそルークみたいな【剣】のスキルだったら、冒険者の素質を見込まれたりね。でも、僕のスキルはブクブク言うしか能のない【泡】だ。冒険者稼業じゃ、なんの評価にも繋《つな》がらない。

使えるとしたら皿洗いとか洗濯とかで、洗剤《せんざい》の代わりに使えるくらいだろう。食堂には厨房《ちゆうぼう》があったし、皿洗いとして雇《やと》ってもらう口実を、今から考えておかないとな。

「……ん？　皿洗い、洗濯……それって物を綺麗にするって意味じゃ同じ分野じゃないのか」

そう、泡で皿や服の汚《よご》れが落とせるなら、装備品だって綺麗にできるはずじゃないか。

単なる思いつき。でも、試してみる価値は十分ある。

棚からまだ拭いていない籠手を取って床に置く。

近くに座って、目標に向かって腕を伸ばし、意識を集中させる。

体から魔素が抜け出ていく感覚があると、籠手の上で泡が生まれる。

直径五センチくらいの泡が次々に生み出され、すぐに籠手を覆《おお》うほどの数に増えた。

しばらく待って、針を刺《さ》すようなイメージで魔素を送り込むと、泡はすぐに消えていった。

「ん……少し綺麗になってる」

表面の埃が少し取れていた。所々でまだ汚れが残っているのは、泡が行き届いてないせいだろう。

しかし、これは……。

「いけるかも……な」

ちゃんと隙間《すきま》まで掃除するには泡を小さくする必要がある。

泡の大きさなんて意識したことなかったな。そもそも調整できるのか？

小さなものを見つめるように眉間に力を入れて、フッと息を止めて魔素を解放させると、視線の焦点《しょうてん》に小指の爪くらいの泡が出た。

「おお。作れる」

どんどん小さな泡を作って籠手を覆っていく。慣れてきて気づいたけど、体のどこかに力を入れるというよりも、解放させる魔素の出口を絞《しぼ》り込む意識を持つと、泡を小さくできるみたいだ。

またしばらくして、泡を消す。

表面の埃が取り除かれて、籠手は満遍《まんべん》なく綺麗になっていた。

「おぉ、凄い！　……でも、よく見るとこびりついた汚れは落とせてない。気になる……」

まさかレナードも隅々までピカピカにしろとは言ってないだろうし、埃が取れているのだから、掃除は十分かもしれない。だけど、なまじ綺麗にしたからこそ、ちょっとした汚れが目立つ。

かといって雑巾で磨いていくのは億劫《おっくう》だし、なんとか泡で頑固《がんこ》な汚れも取れないだろうか。

僕の中で、妙な凝り性《こしょう》が発生した。時間も忘れて【泡】の試行錯誤《さくご》に熱中し続ける。

学園にいた頃も、なんとか泡の有効性を探すために毎日スキルの特訓をしてたけど、ずっと戦闘に役立たせる方法しか探していなかった。それこそ冒険者を目指すには必要なことだったから。

「うーん。ダメだ、こうじゃない。もっと泡を動かさないといけないんだ」

表面に張り付かせているだけでは頑固な汚れは取れない。泡を動かす工夫がいる。

小さな泡を更《さら》に小さくして、クリームのようなキメの細かい泡にする。

一部の泡だけを消すと、重なった泡が穴を埋めようと動き出す。

ひと粒《つぶ》ひと粒の泡は弱いけど、弾ける泡はシュワシュワと音を立てながら、こびりついた汚れを浮かび上がらせ、隙間に入り込んでいく。

集中力を切らすと、泡を大きくし過ぎたり、消し過ぎたりして、正確な操作ができなくなる。

気負うこともなく、驕《おご》ることもなく、平常心で一定の魔素を均一に放出し続ける。

汚れが真っ白な泡の中から押し出されて、床に落ちきってきた頃、泡を消す。

「おおぉぉ！」

湾曲《わんきょく》した鉄板は、鏡のように僕の驚いた顔を映す。

籠手は歴戦の傷痕《きずあと》を残しながら、新品同様の輝きを取り戻していた。

素人目《しろうとめ》にも一目でわかる洗浄力《せんじょうりょく》には、あっと言わせる衝撃すらある。

「凄い！　凄い凄い凄い！　これは凄いぞ！」

何も取り柄《とえ》がないと思っていたのに――あるじゃないか、取り柄！

この要領なら手の届かないどんな隙間ですらピッカピカに磨き上げることができる。

立ち上がって周りを見渡す。

さっきまでは絶望的なまでに広く感じたけど、この技《わざ》があればすぐに終わる気がしてくる。

倉庫を泡で満たす。中にいては息ができないので、廊下に出て、閉めた扉を背に座る。

意識は倉庫内の泡立ちに集中させつつ、適度に泡を割ることで流動を促し続ける。

細かい泡を掻《か》き混ぜれば、汚れもいつかは力果てるだろう。

「はあ……どれくらい地下にいるんだろう」

ふと我に返った気がした。時計も太陽もないから、体感でしか時間の経過がわからない。

コツコツと足音が聞こえてくる。

薄暗《うすぐら》い廊下をレナードが歩いてきていた。その顔は出会った時と同じく、酒で赤らんでいる。

「はっ！　そんなことだろうと思ったぜ。お前、サボってやがったな。できねぇならできねぇで、素直に上がってくればいいのによ」

「いえ、サボってたわけじゃ……」

踏みつける勢いで進んできたレナードは、僕を雑に退《ど》かして、扉に手をかけた。

「言葉はいらねぇよ。部屋をみりゃ、真実がそこにあるんだからな」

泡が漏れて来そうなので、急いで消しておく。

いざ扉を開けると土色の塵芥《じんかい》が床を這って流れ出てきて、レナードの靴を汚した。

「あぁ⁉　なんだこれ⁉　前よりも酷《ひど》くなってねぇか⁉」

しかし、扉がさらに開いて目に刺さるほどの輝きが差し込んでくると、レナードの不機嫌《ふきげん》な顔が呆然《ぼうぜん》と緩《ゆる》んでいく。見れば、汚いのは床だけで棚やそこに並べられた装備品から、壁や天井、ランプや装飾品《そうしょくひん》に至るまでが経年劣化《れっか》を忘れてしまったかのように、ピッカピカに綺麗になっていた。

「な……なんだこりゃぁああ⁉」

酔いが残る足で棚に近づいたレナードは、装備品を入念に観察している。

よかった。扉を開けて確認してなかったけど、泡はちゃんと役目を果たしてくれたみたいだ。

床の汚れは、泡が浮き上がらせて落としたものか。最後の仕上げで落とされた汚れはモップとかで回収しないといけないみたいだ。汚れそのものを無に還《かえ》すわけじゃないから、これは仕方がない。

「お、おい！　これはお前がやったのか！」

「はい」

「本当に！　お前一人でやったのか！」

「はい」

口をあんぐり開けたまま、酒の匂《にお》いを染み付かせた男が固まっていた。

そして、次の瞬間には何の説明もなく僕を担《かつ》ぎ上げ、地上に向かって走り出す。

「のわっ⁉」

ロビーに辿り着いて、捨てる勢いで僕を下ろすなり、レナードが酒場で賑わう冒険者たちの喧騒《けんそう》を黙らせる声量で受付のロゼに叫んだ。

「おい！　ロゼ！　聞いて驚くなよ！　こいつはスゲェ奴だぞ！」

「リアン様！　大丈夫ですか？　お怪我や、体調に優れないところはございませんか？」

僕を見るや駆け寄ってきたロゼは、膝をついて目線を合わせながら、少し大袈裟《おおげさ》なくらいに僕の体のあちこちを見て診察《しんさつ》していた。

「倉庫に行ってみろ。何から何まで磨き上げられて、新品みてぇになってるぞ」

「リアン様、すぐに食堂で食事を注文して参りますので、自室の方でお待ちになっていてください。私がお運びいたしますので」

「コイツは使える人材だ。明日からでも館内の掃除係をやらせられるぞ」

先程から話が噛《か》み合っていなかった二人。ロゼはいつになく澄んだ空気を身に纏わせてレナードに向き直った。

「レナード様、そんなことよりもまず、心配すべきことがあるのではございませんか？」

「え……」

レナードの笑顔から酒が抜け、みるみる色を失っていく。

学園の森林でも見た、夜の草木が漂わせる畏怖《いふ》の波が、ロゼを中心に広がりつつある。

「私が何度も食事を運びに行こうとしたのに、自分で諦めて上がってくるのを待てと言って、追い込むようなことをしておきながら、リアン様が目的を達成されたのに労《ねぎら》いの言葉もないなんて……私は子供に酷いことをする御方は、あまり好きではございません」

力強くロゼが足を一歩前へ進めるたびに、レナードは引き下がる。口調は冷静なままなのだが、それがまた恐ろしく、不動の圧は壁が迫《せま》ってくるようである。

「一日二日ならいざしらず、五日間も放置するなんて……レナード様、私はあなた様を軽蔑《けいべつ》してもよろしいのでしょうか」

「ま、待ってくれよロゼ。わ、わかったよ。俺が悪かったたって」

レナードは顔を引き攣《つ》らせて、両手を上げた。

気のせいだろうか。

『五日間も放置して』って聞こえた気がするけど……。

僕は仲裁に入る意味も含めて、ロゼに質問した。

「あの、僕ってどれくらい倉庫にいたんですか？」

「私の知る限りでは五日間と把握しておりますが……。地下ではお水だけで凌《しの》いでいたのでしょうか。体力の節制に優れていらっしゃるのですね。冒険者の皆様は、一食召し上がらなかっただけでも、『腹が減って死にそーだー』といってヘロヘロになってしまう方が多いのに……」

――パタリ、と僕は倒れた。

時間の経過を思い出した瞬間に、全身の力が抜けて、目の前がチカチカするかと思えば、意識が朦朧《もうろう》としてきてどうにもならなくなった。

「リアン様⁉　リアン様……！」

ロゼの声も変に響いて、何を言っているのか理解できない。

僕は五日間もあそこにいたのか。どこでそんなに時間を費やしたんだろう。

みんなが僕を揶揄《からか》うために嘘をついてるんじゃないかとも思ったけど、襲《おそ》いかかってくる睡魔《すいま》は本物らしく、どんな抗《あらが》いも間に合わない速度で僕の意識を掠《かす》め取っていくのであった。

◇　◇　◇

ギルド会館に勤めるようになって、もうすぐ一ヶ月が経つ。

結論から言うと、この職場は想像以上に優良だった。

職員はみんな優しいし――レナードはああだけど、仕事仲間と認められてからはむしろ面倒見《めんどうみ》のいい人に変わったし――困っていたら向こうから手を差し伸べてくれる人たちばかり。

どこの馬の骨ともしれない僕なのに、偏見《へんけん》を向けるような人は一人もいない。それどころか、この歳でこの界隈《かいわい》に足を踏み入れたことを褒《ほ》めてくれる人の方が多い。

冒険者の人たちも、それに関わる人たちも、少しくらい荒々しい方が好まれるみたいだ。

学歴も経歴も関係ない。実力さえあれば誰であろうと認められる世界。職歴不問の界隈では、何らかの事情を抱えている人も多いからか、僕が誰であろうとも些末《さまつ》な問題として扱われるようだ。

「さて、集中……集中……」

職員用の更衣室《こういしつ》に細かい泡を生成する。

空間を埋め尽くすほどの泡を作れば、ロッカーの中の衣類はもちろん、壁や天井の汚れも泡を伝って落ちてくる。数十分して泡を消したら、モップで床に落ちた汚れを取ってしまえば完了《かんりょう》だ。

部屋の隅々までピッカピカになるのはもちろん、雑巾じゃ磨きにくい装飾品の溝《みぞ》や、繊維《せんい》にまで泡が入り込むから衣類もちゃんと綺麗になる。

最も便利なところは、この泡は水ではなく僕の魔素で形成されているから、付着箇所が濡《ぬ》れずに済むということだ。木製のロッカーは腐《くさ》らないし、書庫を泡だらけにしても本がふやけることもない。地下倉庫の掃除にしても金属製の装備品が錆《さ》びるということはない。

こんな風に、会館の中を回って掃除していくのが仕事だ。

会館の職員として雇われてるはずだけど、清掃員《せいそういん》って言ったほうがしっくりくるかもね。

休みは週に一日。自室と大浴場が使い放題、食堂で食べ放題で、一ヶ月のお給料は金貨四枚。これは研修中だからで、時間が経って正式に雇用《こよう》となれば、月に金貨三十枚は貰えるらしい。

居場所を与えてもらって、そのうえお金までもらえる。ありがたい。ありがたい。

泡が持つ洗浄力に気づけたのは、まさに九死に一生だった気がする。

本当の目標は冒険者になることだったけど、年齢制限には逆らえない。十歳になるまでは仕事をしながら、冒険者たちを観察して勉強するのも悪くない。今はそんな風に考えてる。

「おーい。こっちも頼《たの》むぞー」

地下の倉庫にレナードが装備一式を抱えてやってくる。

僕の泡の洗浄力が優秀《ゆうしゅう》だからと、レナードは冒険者仲間たちに声を掛け、汚れた装備品を洗浄《せんじょう》するサービスを勝手に始めてしまっていた。

手で洗うよりも細部まで綺麗になるし、タワシで擦《こす》るようなこともしないので余計な傷も増えない。水で洗えないようなものも洗浄できるとあって評価は上々である。

命懸《いのちが》けの旅に向かう冒険者たちは事前準備、とくに装備品の点検は何を始めるにせよ、第一優先で済ませておくらしい。風呂嫌《ふろぎら》いな冒険者たちでも装備品の清潔さだけは気を使っているから、僕のスキルは痒《かゆ》いところに手が届く便利な能力だったみたいだ。

装備一式を洗浄して金貨一枚。報酬《ほうしゅう》は七対三で、三割はレナードが紹介料《しょうかいりょう》として持っていく。

こんな高額で誰が頼むものかとレナードの強欲さを一時は疑ったこともあった。でも実際には、この副業を始めてから客足が途絶《とだ》えたことは一度もなくて、今では一日二十件近い依頼が舞い込んで、一ヶ月先まで予約で埋まってる状況だ。

売上は金貨二十枚、そのうちの七割なので僕の収入は一日で金貨十四枚。十四万ディエル。リンゴが銅貨一枚なら、一日で千四百個買えてしまうくらい大金持ちだ。

思わぬ大繁盛《だいはんじょう》っぷりで、嬉しさと戸惑いが同時に来る。

「ばんばん働いて、じゃんじゃん稼《かせ》げよ。んでもって冒険者を目指してんなら、しこたま貯金しとけ。冒険者にとって金ってのは、羅針盤《らしんばん》みたいなもんなんだからな」

「羅針盤……ですか」

重たい防具を持ち運べない僕に代わって、レナードが泡で洗浄しやすいよう装備品を一列に並べていきながら、話を付け加える。

「難易度の高い遠征先に行けるかどうかは、装備品を調えたり、優秀な同行者を雇《やと》い入れる資金があるかどうかで決まってくる。それに、金は精神面でも重要だ。報酬欲しさに深追いした冒険者は、いずれ必ず痛い目を見る。財産を持ってりゃ、大事な場面で金に目が眩《くら》むこともねぇってことだ」

「なるほど……」

聞けばレナードはギルドに雇われた専属の冒険者だという。会館の治安を守るための用心棒みたいな立ち位置だ。粗暴《そぼう》さが目立つ人だけど、冒険者としてはやはりプロの心構えを知っている。

「僕のこと学園に秘密にしてくれて、ありがとうございます。あの、僕の本当の名前は……」

「余計な詮索《せんさく》をされたくなかったら、誰にも本名は言うな」

突き放すような声のあと、口角が上がる。

「実力があれば許される。それが冒険者の世界だ。成果を上げたら、その時には堂々と名乗ってみせろ。そして、お前を馬鹿にしていた奴らをぎゃふんと言わせるんだ」

「ぎゃふんと……」

「それに、俺や冒険者は酒に酔った勢いで何を言うかわからんしな」

最後の言葉は、酒飲みのレナードだからこそ妙な説得力があって僕は笑ってしまった。

一ヶ月、ほぼ毎日仕事をしていたら掃除する場所もなくなってきた。

普通《ふつう》なら一日掛かる掃除の範囲も、僕の泡なら三十分程度で終わってしまう。

内側の掃除が済んでしまったのなら、あとは外側しかない。

そう思って、ラナック局長にお願いして、外壁《がいへき》の掃除をさせてもらうことになった。

泡で会館を覆い尽くして、泡を伝って下に流れてきた汚れをモップで掬《すく》って、バケツの中の水に落とす。これの繰り返し。バケツの水を入れ替《か》えるのには苦労したけど、時間を取られたのはそれだけ。三、四日のうちに、外壁の掃除も終わってしまった。

ロビーも厨房も、冒険者が宿泊《しゆくはく》する客室も、職員用の部屋も掃除済みとなると、一番汚れやすいのは人通りの多い廊下だから、僕の日課といえば館内の廊下を泡だらけにしながら回ることになる。

床に生成した泡を増やして天井まで埋めながら、後ろ向きに歩く。

「わっと……！」

曲がり角に差し掛かったところで、僕の背中にロゼがぶつかった。

倒れていく自分の体。咄嗟のことで、足を前に出して踏ん張るタイミングを逃《のが》す。

受け身もとれないまま、僕は高さ三十センチまで積もっていた泡の上に飛び込んだ。

僕の体が、何度か跳ねた。細かい泡は高級なベッドのように僕を受け止めていた。

「……ん？　泡が……割れない？」

「だ、大丈夫ですか、リアン様!?　申し訳ございません……」

「い、いえ、僕の方こそすみません。前を見てなかったもので」

ロゼの自然的な秀美《しゆうび》さに心奪《うば》われた瞬間、気を許した泡は一気に弾け飛んで、まだ上に乗っていた僕は尻《しり》もちをついた。

「あいでっ!?」

「だ、大丈夫ですか？」

「だ、大丈夫です……」

全体重をのせても割れない泡なんて初めて見た。

あれは一体、なんだったんだろう。もう一回、再現できるかな。

自室に帰るとさっそく泡を出した。しかし、その泡は指で触れるとすぐに割れてしまう。

「違う、こうじゃない。あのとき僕は、床に倒れると思ったから凄く力んでた。そう、もっと力を込めて……」

意識を強め、いつもより魔素を消費して泡を作った。

今度は、指で触れても泡は割れなかった。強く突いても風船のようにプニプニと形を保っている。

「割れない……。これってもしかして……泡が強化されてる？」

感覚を忘れないうちに、改めて泡の特徴を研究し直して、自室の机でノートに記していった。

「んー、こんなところか……」

【蝙蝠】のスキルを使ったスコットが、聴覚を鋭くしたり、牙を生やしたり、夜行性になったりしたように、現象を発動させるスキルはその性質も忠実に再現しようとする。

『膨張《ぼうちょう》』、『収縮』、『増殖《ぞうしょく》』、『張力』、『破裂《はれつ》』――と、実は泡が持つ性質には色々な種類があったりする。これはスキルの特訓をしていた時から気づいていたことだけど、結局泡はすぐに割れてしまうものだから、性質なんてあってないようなものだと思っていた。

それが今回、泡が割れにくくなる『硬化《こうか》』という現象が加わったことで、他の性質が飛躍的に主張するようになった。たとえば、硬化を微調整《びちょうせい》して物がギリギリ貫通《かんつう》する強度にすると、物を泡の中に内包することができる。実験として小さな泡を作り、その横に本を何冊か積んでおく。これは初給料で買った、日常生活に必要な知識を学ぶための本だったりするのだが、今は割愛《かつあい》しよう。

泡を適度に硬化させてから膨張させると、泡は割れることなく、かといって抵抗することもなく、ぬるりと本を飲み込んでいく。ここからさらに、割れないよう硬化と張力を同時に強化させると、床に張り付いて半球状だった泡が本を押し上げながら完全な球体になる。

透明なガラスの玉に、本が入っている状態だ。そのまま抱えても、泡は割れない。

この硬化は【泡】の性質じゃない。スキルの熟練度が上がって、魔素の結びつきが強くなった。泡を形成する魔素の質が良くなったから丈夫になった……っていう感じだと思う。

「もしかして、この力をもう少し早く手に入れてたら、学園から抜け出す必要もなかったのかな」

そこまで考えて、僕は首を振った。

「いや……ここに来て必死になってスキルを使ってたから、泡を強化できるようになったんだ。学園にいたら、いつまで経っても必死になれなかったかもしれない」

何はともあれ学園に未練なんてないし、たらればを考えても仕方がない。

話を今に切り替えて考えてみると、生まれた可能性の多さに気づいていく。

「……いけるかもしれない。いや、どこにいけるかなんて、わからないけど……それでもきっと、色々なことができるような気がする」

ロビーの床を泡でモップがけしていると、冒険者たちが右へ左へ横切っていく。

他国から来た冒険者もちらほらと見える。ランドール王国が愛神クラーディアを崇拝し、その恩恵を享受《きょうじゅ》するように、国外にもそれぞれの領土を支配する地主神と、それを支えにする国民がいる。信仰《しんこう》する対象や教えが違えば、文化も変化して、服装も装備品といった見た目には民族的な違いが生まれるものだが、外見は変われど、幾多《いくた》の死線を潜り抜けてきた屈強《くっきょう》な戦士たちの顔つきは、どれも勇ましい。

今の僕とは全く違う世界に生きている人たち。

大草原、大森林、大山脈、大洞窟《どうくつ》、大海原《うなばら》。魑魅魍魎《ちみもうりょう》。凶悪《きょうあく》な魔物が跋扈《ばっこ》するルール無用の弱肉強食の現実。

過酷で残酷《ざんこく》で……どこまでも自由な世界。

そこにはきっとお父さんが見た景色も広がってるはずだ。掃除だけじゃなくて遠征にも泡を活用させる方法があるかもしれない。そんな可能性を感じるようになると、一旦《いったん》は落ち着かせた野心が熱を帯びてくる。冒険者になりたい。最初の願望が、以前にも増して強くなっていく。

「なーに怖い顔してやがんだ」

「レナードさん」

「なんかあったのか?」

指摘《してき》されて、自分の顔を両手でマッサージして、凝り固まった表情筋を揉《も》みほぐす。

最近は異常なくらいに【泡】の模索に没頭《ぼっとう》している。なにせ半ば諦めていたスキルだから、活用できる可能性があるってだけで嬉しくて、感情が動かされっぱなしなんだ。

「疲れてんなら外の空気でも吸ってこい。金はあんだろ？　ついでに何か食ってくりゃいい」

モップをひったくって、レナードはどこかへ行ってしまった。

「外で、ご飯か……」

会館の食堂で出るご飯は、どれも絶品で大食漢な冒険者が多いせいか量も多い。僕からしたら贅沢すぎて、質素な孤児院の料理を恋《こい》しく思うくらいだ。一つ苦難があるとすれば、それは料理の味に関してではなくて、冒険者たちによって毎晩開催《かいさい》される嵐《あらし》のような宴《うたげ》についてだ。賑やかなのは嫌いじゃないけど、冒険者たちの荒々しい飲みっぷりはいつだって度が過ぎてる。

夕食時は逃げるように料理だけ持って、ロゼに守られながら受付の陰で食べさせてもらってる。騒いでいても誰も注意しないし、不思議と喧嘩とかは起こらない。酔った勢いで誰かを殴っても、殴られた側は怒りながらもどこかヘラヘラしてる。最初は猟奇的《りょうきてき》な光景にも見えたけど、それが寂《さび》しさを紛らわせるためだって、今ではわかる気がしてる。

いつ死んでもおかしくない稼業。彼らにとっては毎日が最後の晩餐《ばんさん》なんだって。料理人たちの味と量に対するこだわりも、少しでも後悔の数を減らせるようにと願ってのことだろう。

「えぇぇぇえん‼」

気ままに散歩していると、小さな女の子が一人で泣いていた。

時折、困っている人を見ると無性《むしょう》に動き出したくなる自分がいる。

『冒険者は、困っている人を助ける職業なんだよ』

どこかもわからない記憶の中で、父親かもしれない男が優しい笑みを浮かべる。

命懸けの仕事。当然ながら、冒険者は慈善《じぜん》事業をしている訳じゃない。きっとそれは、小さい子供に説明するために着飾《きかざ》った言葉なんだろう。僕だって信じているわけじゃない。でも、どこか誇らしげな男の表情を見ると、たとえそれが嘘であったとしても僕を突き動かすだけの力が宿る。

もしも冒険者になるなら、どうせ命を懸けるなら、男の言った言葉を証明してみたいって。

まあ、願望でしかないんだけど……。

「どうしたの？」

「お人形が……」

目の前の井戸《いど》の中を覗《のぞ》いてみると、微《かす》かな光を反射する水面に、人形の影が見えた。

「ちょっと待っててね」

意識を集中させ、水面に泡を作る。

物を通さないくらいに硬化させ、膨張させると、泡は桶《おけ》と一緒に人形を押し上げて、井戸の外に顔を出した。

泡が割れ難くなるだけで、こんなこともできるようになるから、他にも便利な使い方はないものかと、もっともっと【泡】を研究したくなる。

女の子の家は近かったので、人形は物干しロープに洗濯バサミで吊《つ》るしてあげた。

「しばらくすれば乾《かわ》くから。家の人に取ってもらってね」

「ありがとう！　お兄ちゃん！」

「どういたしまして」

お兄ちゃん、か……そう言われると、孤児院にいた頃を思い出す。

今頃はもう学園は夏休みに入っている頃か。みんな元気だといいけど……。

「ちょっと……そこの君……」

振り返ると一人の女性が立っていた。

黒と青が混ざる艶《つや》のある長い髪。

夜に浮かぶ月のように、細身の剣を携《たずさ》えた女性は静寂を身に纏う綺麗な人だった。

僕も男だ。言葉を交《か》わした美人の顔を忘れるほど、朴念仁《ぼくねんじん》じゃない。面識はないと断言できる。

誰に声を掛けているのかわからなくて、周りをキョロキョロとしているうちに女性は歩いてきて、眠たそうに半分だけ開いた目を僕にグッと近づけてきた。

さっき覗いた井戸の底のように深くて透《す》き通った青い瞳に、意識が吸い込まれていきそうになる。

「……えぇっと……僕、ですか？」

「その制服、冒険者ギルドの職員だよね。君が最近働き始めた、リアン君……かな」

「は、はい……」

「ギルド会館を雲みたいな泡で覆い尽くしていたのは……君？」

「はい。外壁の掃除のために」

女性は僕の周囲を回って、じろじろと入念に何かを確認し始めた。

何かの調査なのか、心当たりがなくても、悪いことをしたのではと不安にもなってくる。

「あの……なにか？」

一息ついて女性が申し出る。

「……もしよかったら、私の家も綺麗にしてくれないかな」

「え……」

「君のスキルを、この目で見てみたい」

なんとも唐突《とうとつ》な話。でも仕事の話なら聞くよりない。というよりも、試したいことが山積みなので、今はどんなことにでも【泡】を使ってみたかったのが本音だった。

「……わ、わかりました。ちょうど時間が空いているので、今から伺《うかが》ってもよろしいでしょうか」

「うん」


急いで会館に戻って、バケツやらモップやら雑巾やら、掃除道具だけ持って出発する。

女性についていくこと七分くらい。

辿り着いたのはカトル通り。王都の中心である神殿から、北東の方角にある高級住宅街だった。

神殿に近いほど愛神の奇跡の力は届きやすく、怪我や病も治りやすくなるとあって、王都の中央付近の土地は貴族や富裕層《ふゆうそう》しか買えないくらい軒並《のきな》み高額になっているらしい。

立派な家が立ち並ぶ中でも、女性が足を止めたのはひときわ目を引く大きな館の前だった。

鉄柵《てつさく》の門から館までの距離だけでも普通の家が二、三軒《けん》建ちそうなくらい長くて、道の途中《とちゅう》には牙を剥く二体のライオンの像が、侵入者《しんにゅうしゃ》を睨《にら》みつけんばかりに両脇に鎮座《ちんざ》している。

（こ、ここ……？　ものすごい豪邸《ごうてい》だな……）

肌の艶なんかをみても、女性はとても若く見える。背が高くて落ち着いた雰囲気もあるけど、かなり幼さが残っている。二十代ですらないかもしれない。若いのにこんな家に住めるなんて、何をしている人なんだろう。どこかの財閥《ざいばつ》のご令嬢《れいじょう》とか貴族だったりするのかな。そう疑えるくらいの気品が女性にはある。でも、そうだとしたら何で剣なんて装備してるんだろう。

「素敵《すてき》なお家《うち》ですね。羨ましいです」

「掃除、できる？」

「はい。問題ありません。水場だけ、あとでお借りしてもよろしいですか？」

「うん。いいよ」

部屋の構造がわかれば、泡の操作に役立つ。まずは館の中を観察させて貰う必要があった。

「では家の中を見させて頂いてもよろしいでしょうか」

女性に玄関扉を開けてもらった。もう何年も掃除してないのだろう。広い玄関ホールは咳《せ》き込むくらい酷く埃っぽくて、せっかくの豪華《ごうか》な装飾たちが、全て灰色の中に沈んでいた。

まるでポッカリとこの館の中だけ、時間が止まってしまっているみたいだ。

「……この館は普段はお使いにならない場所なのでしょうか。別荘《べっそう》とか？」

相変わらず眠たそうで気の抜けた顔のまま、女性は首を傾《かたむ》けた。

「いつもここで寝泊まりしてる」

「そう……ですか……」

玄関ホールのど真ん中に場違いなソファが置いてあって、玄関からそのソファにかけてのみ、床の埃がなくて道ができている。

もしかしなくてもこの家主は、家に帰ってきても玄関とソファの間しか行き来してないみたいだ。

館の中にある部屋を確認させてもらう。

四階の物置部屋は空っぽ、三階の四つの部屋も空っぽ、二階の六つの客室も空っぽ。タンスやベッド、絨毯《じゅうたん》すら置いてない。ここに住み始めてから、手付かずのままでいるらしい。食堂だろうか、細長い部屋があったけど、テーブルも椅子もないから、何の用途なのかわからない部屋になってる。

キッチンルームに入ろうとした時だった。

扉を開けようとすると、ガシャガシャと大きな音を立てて何かが崩れ落ちた。

覗き込むと、壁際に木箱が並び、防具や武器が乱雑に山のように積み重なっていて、その上にトロフィーやら賞状やら勲章《くんしょう》やらが交ざり込んでいた。

足の踏み場もないゴミ屋敷《やしき》、と言いたいところだけど、武器も防具もやたらとキラキラした宝石が鏤《ちりば》められているし、勲章や賞状だってゴミ扱いにできるような代物《しろもの》じゃなかった。

だけどなんでキッチンに置くんだか、一番場違いなところに置かれている気がするんだけど。

「これはいったい……」

「貰ったもの……捨てられないから、全部ここに置いてある」

「とりあえず……整理整頓《せいとん》しましょうか」

「……うん」

賞状の類いをまとめ始めた時、文面にある内容を見て手が止まる。討伐《とうばつ》難易度S級「レアヘルグ・

ラディス」の討伐を祝した賛辞が記されていることもびっくりする功績には違いないけど、それよりも驚かされるのは差出人の名前である。

オディアス・リア・ランドール。それは間違いなく、この国を統《す》べる王様の名前であった。

国王から直接称賛《しょうさん》されるなんて……視線は自然と段落を読み進めて、受賞者の名に行き着く。

「Sランク冒険者……ラフィーリア……エルシェルド……」

どこかで聞いたことのあるような、耳馴染みのいい名前な気がした。

しかし、そんな感覚も後回しにしてしまう称号《しょうごう》が先に来ていた。

「Sランク冒険者って……もしかして、あなたのことなんですか⁉」

「……籍《せき》が残っていれば……まだ私も冒険者なのかもね」

開いた口が塞がらない。

もう一、二ヶ月ずっと会館にいるけど、Sランクの冒険者なんて一度も会ったことがない。

女性は僕から賞状を取ると、何を思ったのかビリビリと破き始めてしまった。

「なっ⁉　何してるんですか⁉」

「こんなのは……いらないものだから捨てたいんだけどね……」

二つに破れた賞状は、片方が光となって消えると、もう片方へくっついた状態で復元された。

「鬱陶《うっとう》しいよね。この賞状」

「う、鬱陶しくは……ないと思いますけど……。王様から賞状をもらうなんて、凄いことじゃないですか。これってみんな、あなたが貰ったものなんですよね？」

無言は肯定《こうてい》の意味を含んでいた。

「凄いなぁ！　こんな凄い人と会えるなんて、ビックリですよ！」

「凄くない……私は……なにも守れなかった……」

「え……」

「そんなことはいいから、掃除の続き」

「あ、ああ、はい。じゃあすぐに始めます。念の為《ため》に伺いますが、この館には他に誰も居ませんか？」

「うん。居ない」

で、あるならば、一部屋一部屋を回ってやることもない。ギルド会館じゃ、お客さんに気を使って場所やタイミングを選んでたけど、ここなら一気に館中を泡だらけにしてしまえばいい。

館の中の扉という扉を全て開けっぱなしにして外へ出る。

玄関の両扉を開けて、泡の膜で塞ぐ。時間が掛かりそうなので座って、適度な強度を保った泡の膜に右腕を貫通させた状態で、内部へ細かい泡を生み出し続ける。

泡の膜によって細かい泡が玄関から流れ出てくることはない。

泡は重力に従って平地を這って進み、やがて積み重なっていく。ありとあらゆる空間を埋め尽くしながら、二階、三階へと嵩《かさ》は増え続け、行き場を失った泡が窓から漏れ出していた。

あとは適当に、泡を消して生み出してを繰り返すだけで、勝手に泡が館の中で動き続けて、汚れを下へ下へと落としてくれる。

毎日の装備品の清掃で泡の特訓をしているとはいえ、これだけの部屋数を一気にやるとなれば、集中しなきゃムラもできてしまう。三、四時間、たっぷりと時間を使って洗浄した後、泡を消した。

一階には、上の階から落ちてきた汚れが堆積《たいせき》していた。

また新しい泡を生み出して、モップで汚れを絡め取って、バケツの中の水に沈める。

館の部屋全ての床を拭き終えるのに一時間半くらい。終わったのは夕暮れ時だった。

家主が指を鳴らすと、主人の命令を聞いた館が館内にある全ての照明を光らせた。

すっかりと綺麗になった豪華な室内が、本来の立派な佇《たたず》まいを披露していた。

今やっと目覚めたかのように、半開きだった女性の目が大きく開かれる。

「まだ外壁は掃除してないので、続きは明日またやります」

「……ちょっと待ってて」

女性はそう言うとガチャガチャと雑な音を立てて、キッチンにあった木箱を持ってきた。

「これ、あげる」

「なんですか……これっっっ⁉」

女性が手を離した瞬間、それは僕の腕の中でズシリと重くなった。

木箱の蓋を開けると、強い光が反射する。

中には三千万ディエルは下らないであろう金貨、大金貨が、ギッシリと敷き詰められていた。

「な……⁉　なんですかこれ⁉」

「掃除の代金。足らなかった？」

「いや、逆ですよ逆‼　こんなに頂けるわけないじゃないですか‼」

「……私は、少ないと思うけど……」

「少ないわけないでしょう⁉　僕のお給料の何十年分だと思ってるんですか⁉」

「……？」

女性はキョトンとした顔で首を傾《かし》げる。冗談を言っている顔じゃないから、また恐ろしい。

大量の金貨の中から、僕は一枚だけ指で摘んだ。

「一枚だけ貰っていきます」

「一枚だけ？」

「今回はサービスということで。室内の掃除に一万、外壁の掃除に一万、合わせて金貨二枚、二万ディエルで請け負います。今日は室内の分だけで、残りは明日頂きます」

「……」

肯定の意味で無言なんだろうけど、女性の表情は、綺麗になった家を見た時に変化しただけで、ずっと無表情のままだから、何を考えているのかよくわからなかった。

ギルド会館に戻ると正面にあるロビーの掲示板を見た。

下の棚には数枚の石板が置かれている。仕事の系統を示す文字がいくつも彫《ほ》られていて、触れると青く光る。最高難易度である「Ｓ」の文字に触れて、次に「検索《けんさく》」の文字に触れると、掲示板から該当《がいとう》する依頼書が三枚、ヒラヒラと手元に落ちてきた。

どれも報酬が十億ディエル以上だった。こんな報酬ばかり貰ってたら、そりゃ金銭感覚もズレちゃうんだろうなぁと、数千枚の金貨をポンと出してくる女性を思った。

「調子はどうかね。坊《ぼう》や」

低い身の丈《たけ》と同じくらいに大きな帽子を被《かぶ》った老婆に声を掛けられる。

ラナック・シエストラ。この冒険者ギルド会館の館長にして、ランドール王国領の冒険者ギルドを統括《とうかつ》する支部局長その人である。

「お陰様で仕事にも慣れてきました。レナードさんやロゼさん、皆《みな》さんいい人たちばかりで、いつも支えてもらっています。あの……あの時、僕を雇って頂いて、ありがとうございました」

「本当に坊やはよくできた子だねぇ。レナードに坊やの爪の垢《あか》でも煎《せん》じて飲ませてやりたいよ」

「聞こえてるぞ。クソババァ」

「聞こえるように言ったのさ。この飲んだくれ冒険者。少しはこの子の礼儀《れいぎ》正しさを見習いな」

お互《たが》いに悪態をつくのが日課なんだろう。すぐに次の話題へと切り替わっていく。

「お前さんに特別な人からの依頼が舞い込んできたよ。お前さん、会館の外を掃除していただろう。その様を見て、自分の家も掃除をしてほしいと依頼してきたんだよ。努力を怠らない者には、幸運が訪れるものなんだねぇ。よかったじゃないか」

「特別な人……ですか？」

「ふふ、なんと依頼してきたのは、ラフィーリア・エルシェルド様だ」

「え……ラフィーリアさんなら、ついさっき声を掛けられてご自宅を掃除してきたんですが……」

「なんだい、行ってきたのかい。仕事が早いにも程があるね、こりゃ。……で、どうだった？」

「なんというか……変わった方でした……。Sランク冒険者の方なんですよね。どういった冒険者なのか、ラナック局長はご存じですか」

「あの子がお前さんくらいの歳だった頃から知っとるよ。そういえば、どことなく坊やと似てるかもしれないね」

「僕と……？」

「小さいのに肝が据《す》わってるところとか、そっくりさね。建国以来の天才、あの子は当時からそんな風に言われておってなぁ。あっという間にSランクまで上り詰めておった。……まあ、天使になってからは、ここにも顔を見せなくなっちまったがね」

（……ん？　……天使？）

その時、忙《いそが》しさにかまけて埋もれていた常識が掘《ほ》り起こされた。

孤児院にいる時は、朝起きてすぐに神様へのお祈りの時間というのがあった。祈る際には心の中で愛神に仕える十二天使の名前も唱えるのだが、最近になって選ばれた十三人目の天使は正式に継《けい》承《しょう》の儀《ぎ》が執り行われるまで、唱える必要はないとミネルに言われたのを思い出した。

「第十三天使……ラフィーリア・エルシェルド……様……」

確認するように出した自分の声が、微かに震えていた。

天使は常に寵《ちょう》愛《あい》の剣《けん》を示すローブを着ているわけじゃないんだ、と今さらながら知る。

「なんだい。今ごろ気づいたって顔だね」

「ど、どどど、どうしましょう！　僕、天使様の家を掃除しちゃいましたけど！　明日も、掃除しに行くんですけど⁉」

「そう依頼されたのだから当たり前だろうに。天使といえど、中身は人間に変わりないんだ。そう気負う必要もないさ。そんなことより、天使様のご指名なんてこの上ない宣伝効果になるよ。お前さんの将来にも箔《はく》がつくってもんさ。光栄なことだと思って、しっかりと仕事してきな」

ラナックは愉快《ゆかい》に笑いながら行ってしまう。

神様に仕える眷属《けんぞく》。しかも、Sランク冒険者出身。

変わった人だなとは思ったけど、そんな生易《なまやさ》しいものじゃない。

天才の中の天才の中の天才。

それこそ人間の領域を超えてしまって、神様に認められた人じゃないか。

夕食の時も、お風呂で体を洗って、髪を洗って、湯舟《ゆぶね》に浸かっている時も、一度脳裏《のうり》に焼き付けられた衝撃は頭から離れてくれない。べつにミーハーってわけじゃないはずなんだけどな。

憧れか気まぐれか、それとも興味本位か、自分でもよくわからない。

でも、偉大すぎる存在は無限に僕の野心を引きつけるから、つい軽はずみに質問してみたくなる。

「どうすれば、あなたのような冒険者になれますか？」って……。

馬鹿馬鹿しくなって、大浴場の桶で頭から水を被った。

「いやいや、なにを考えてるんだ。冒険者にすらなれてない僕が聞くような話じゃないだろう」

相手が天使様だからってオロオロせずに、明日はきっちり仕事をしよう。

隙あらば湧《わ》いて出ようとする好奇心《こうきしん》を抑えつつ、床《とこ》に就《つ》いた。

「――へぇ。すごいね」

翌日は早朝から作業を開始。泡だらけになった館を見て、ラフィーリアは感心していた。

泡が上から汚れを落とし、下にいる僕がバケツで受け止める。大きい館といっても、ギルド会館に比べれば十分の一くらいの建物だ。掃除はその日の午前中だけで完了する。

片手間に、周りの鉄柵と玄関まで続く石畳のアプローチもついでに掃除しておいた。

ライオンの像もピカピカになって、侵入者を威嚇《いかく》するための牙も、どこかご満悦《まんえつ》である。

「ありがとう。これ、代金」

手の平に落とされた金貨は三枚だった。

「外壁の掃除は一枚で大丈夫ですよ」

「玄関までの道と、柵も掃除してくれた。その分」

「……そういうことなら。ありがとうございます」

「君は、何か他に欲しいものはない？」

「代金は十分に頂きました。金貨四枚なんて、僕の一ヶ月分のお給料ですよ」

「……私は君に感謝してる。お金が欲しくないなら、別のことで返したい」

言葉数が少ない分、文脈が端的《たんてき》。そう実直に言われると、ちょっと照れる。というよりも相手が天使様なら、どんなお世辞でも嬉しい。

「欲しいものって言われましても、物を貰うわけにはいかないですし……。じゃあああの、なにか質問させてもらってもいいですか？　天使様とお話しできる機会なんて滅多にないだろうし……」

「ちゃんと答えられるかわからないけど……いいよ。聞きたいことがあるなら」

う～ん。質問、質問。貴重な機会だ。とても有意義な質問にしたい。

「年収はいくらですか？」とか、「彼氏《かれし》はいますか？」とか、そんなくだらない質問じゃなくて、この先の人生に役立ちそうな事柄がいい。

気持ちが落ち込んだ時はどう対処するか。将来への不安とどう向き合っているか。

あとは……あとは……。

「どうやったら、あなたのような冒険者になれますか？」

「……君、冒険者になりたいの？」

「……あ」

思考が、岩場に激突《げきとつ》した。

（や、やってしまったぁあああ！）

絶対にそれは聞いちゃいけなかったのに、なんというくだらない質問をしているんだ僕は。

「やっぱりなんでもないです！　もう十分にお礼は頂きましたので僕はこれで……失礼します！」

頭に上った血が沸騰《ふっとう》しそうになるくらいに恥《は》ずかしくなって、僕は挨拶もそこそこに駆け出した。

せっかく掃除が上手《うま》くいったのに、変な奴だって思われただろうなぁ。

天使という破格の存在に、舞い上がってしまったんだ。

なにが「どうやったらあなたのような冒険者になれますか」だ。冒険者にすらなれてない、掃除しか取り柄のない僕が。誰にどんな大それたことを聞いているのやら。ああ、思い出しただけでも顔が熱くなる。

「ねぇ」

「ぎゃぁああああ⁉」

全速力で走ったのに、ラフィーリアは悠々《ゆうゆう》と追いついてきていた。

「なれるよ」

「……」

「冒険者、なれるよ」

一縷《いちる》も乱れない呼吸で、ラフィーリアは確かにそう言った。

「……わっ⁉」

思考が追いつかない僕を掬い取るように抱えて、ラフィーリアは走り続ける。

「あ、あの、どこに……⁉」

「洞窟。近くに初心者用のダンジョンがあるから」

「ダンジョンって、今から行くんですか⁉　僕、なにも装備とか持ってないんですけど⁉」

「大丈夫」

「大丈夫……？」

「……」

「何が大丈夫なのか、具体的に説明して頂けないでしょうか⁉　頂けないでしょうかぁああ⁉」

僕の悲鳴は王都を颯爽《さっそう》と駆け抜けて、人知れずダンジョンへ向かうのであった。

第二章　転がり込《こ》んだ世界で

小高い崖《がけ》に開いた穴が、どこまでも奥《おく》に続いている。

入り口の横に置かれた魔素《マナ》貯蔵装置から伸《の》びた管が、洞窟《どうくつ》に吊《つ》るされたランプを光らせていて、結構先まで明るい。

学園にいる間は自由に図書館を利用できたので、冒険者《ぼうけんしゃ》を目指すなら必要最低限の知識は持つべきだと思って、魔物《まもの》の図鑑《ずかん》、遠征先《えんせいさき》となるダンジョンや秘境の参考書なんかは読み漁《あさ》っていた。

とくに『冒険者の心得』という五百ページを超《こ》える分厚い本は、およそこの世界を生き延びるためのサバイバル術を網羅《もうら》している書物で、買って手に入れるなんて不可能だと思っていた僕《ぼく》は、丸暗記とまではいかなくても、所要な部分を忘れないよう何度も読み返していた。

ここはルフト洞窟。

森を抜《ぬ》けた先にある洞窟は、街道《かいどう》からもわかりやすい道が伸びていて、途中《とちゅう》で魔物に襲《おそ》われることも珍《めずら》しいので、王都から子供の足でも二時間あれば辿《たど》り着ける場所にある。

冒険者ギルドが査定した難易度はFランク。弱い魔物が多く出現する初心者向けのダンジョン。

たしか、階層によっては攻略《こうりゃく》が難しくなって、深層の難易度はBランクにも上がるって資料には書いてあった――と、雄弁《ゆうべん》に記憶力《きおくりょく》を発揮している場合ではない。

ラフィーリアはこんな魔物が群雄割拠《ぐんゆうかっきょ》する洞窟に、今から僕を連れ込もうとしているのか。

武器も防具も持ってないし、覚悟《かくご》だって追いつかない。

「あ、あの僕、モップとバケツしかなくて……武器とか持ってないんですけど……」

意にも介《かい》さず、ラフィーリアは剣《けん》を抜いて近くにある木の太い枝を切る。

枝は冷たい風に吹《ふ》かれながら、地面に落ちる前に数十回と斬撃《ざんげき》を食《く》らい、外側が削《そ》ぎ落とされた。

剣が速すぎて、通過した影《かげ》すら見えない。

剣技といえば邪念《じゃねん》のないルークの剣捌《さば》きを思い出すけど、これは根本的に何かが違《ちが》う。

「これ、両手で持って」

手渡《てわた》された枝は円柱状になっていて、ささくれの一つもない、なめらかな手触《てざわ》りになっていた。

あの一瞬《いっしゅん》で、一本の剣でここまで加工できるなんて信じられない。

「……!?」

両手で持っていた枝は、手元から十センチくらいのところで、知らぬ間に切断された。

おそらくラフィーリアが切ったのだろうが、持ってる手に全く衝撃《しょうげき》が伝わってこなかった。

「まぁ、いいかな」

どこか妥協《だきょう》したように呟《つぶや》いて、ラフィーリアは剣を収めてしまう。

なんなんだろう……この棒は……。

ラフィーリアは左手で僕の手を押《お》さえて、右手を棒の先端《せんたん》からゆっくりと奥へ移動させていく。

ヒンヤリとした冷気が肌《はだ》を撫《な》でると、僕の両手のすぐ先から棒が凍《こお》りついていく。

「!?」

氷はどんどん増えていって、両刃《もろは》の剣《つるぎ》の形になった。僕の持っていた木の棒は剣の柄《つか》だった。

「とりあえず、弱い魔物なら切れると思う」

「す、すごい……。ラフィーリア様のスキルって……」

【絶対零度《れいど》】」

「ぜ、【絶対零度】……なんか、ラフィーリア様に似合うスキルですね」

「……私が冷たいってこと？」

「いや、そうじゃなくて！　ちょっとクールなところが、カッコいいってことですよ！」

「……戦闘《せんとう》では感情は邪魔《じゃま》になるだけ……だから普段《ふだん》から心を落ち着かせるように心《こころ》掛《が》けてる」

「そ、そうなんですね……ああ、ちょっと⁉　ほ、本当に入るんですか……」

ラフィーリアは淡々《たんたん》とした表情のまま、どんどん先へ歩いていく。

ここは正真正銘《しょうめい》のダンジョン。冒険者を目指すなら、いずれは来なければならない遠征先の一つ。

凄腕《すごうで》の人が同行してくれるっていうんだから、こんな絶好の機会は他にない。

僕は掃除《そうじ》道具を洞窟の入り口近くに置いた。

「い、いくしかないか……」

見繕《みつくろ》った決心で、ダンジョンに足を踏《ふ》み入れた。

いちいち響《ひび》いてくる足音が、「もっと奥へ来い」と嘲笑《あざわら》っているかのようで不気味だ。

氷の剣から漂《ただよ》ってくる冷気のせいか、背筋がゾクゾクする。自力で引き返せる安全圏《あんぜんけん》を踏み越《こ》えてしまうと、一歩ごとに不安が募《つの》っていく。

道は二つに分かれ、また二つ、もう少し進むとまた二つに分かれる。

最初は意識して道順を覚えておくつもりだったけど、壁《かべ》から顔を出していた綺麗《きれい》な石にちょっと目を奪《うば》われただけで、もう忘れてしまった。

「あの……帰り道、わからなくなったりしないんですか？」

「ここは気配を辿れるから大丈夫《だいじょうぶ》」

魔素を内包した物体は意志を持って留《とど》めておかない限り、微量《びりょう》にも必ず外側へ放出させている。気配とは、そんな漏《も》れ出した魔素の流れを指している。

夜中にスコットが蝙蝠《こうもり》化していたように、スキルを獲得《かくとく》してしまったランドール国民は、魔素が体外に出ると勝手にスキルが発動してしまうので、気配の制御《せいぎょ》が甘《あま》いうちは暴発も起きる。

目に見えない、触《ふ》れることも聞くこともできない無色透明《とうめい》な存在。

常人には感知できない極僅《ごくわず》かな魔素の流れを、冒険者たちは長年の経験を頼《たよ》りに探《さぐ》っている。

『冒険者の心得』にも、生き延びるための条件として、『気配をつかめ』と大きく見出しを書いていたっけ。

「あ、いた……」

現れたのは獰猛《どうもう》な牙《きば》をむき出しにした、デスラット。

ダンジョンが放出する魔素を吸い込んだネズミが、自我を失い魔物化した姿。ルフト洞窟の上層を縄張《なわば》りとしている。体長は二十五センチくらい。ちょっと蹴飛《けと》ばしてやれば勝てそうな大きさだが、これが群れで現れると厄介《やっかい》になる。見た目は『冒険者の心得』に載《の》っていた絵とそっくりだ。

「あれ、倒《たお》してみよう」

「え⁉　ぼ、僕がですか⁉」

「大丈夫、そう難しいことじゃないから」

「そ、それはラフィーリア様にとっては簡単かもしれないですけど……僕は……」

「ギギギギギッ！」

「ヒィ⁉」

デスラットが牙を鳴らす。威嚇《いかく》をしている音だ。

見た目は小動物なのに、赤くギラギラと光る眼《め》が、簡単に僕を怖気《おじけ》づかせた。

「シャァアアア！」

デスラットは先頭に立つラフィーリアを素通りして、まっしぐらに僕の方へ向かってきた。

僕が怖気づいたから、一番弱いと、狩《か》りがしやすいと判断されたのだろう。

野生の嗅覚《きゅうかく》が、本能で優先順位を決めている。

少しだけ後ろに引いた足が、石みたいに重い。

頭の中ではカッコよく回避《かいひ》して敵を切る僕がいるのに、現実は微動《びどう》だにしない景色の中で、邪悪《じゃあく》な牙が近づいて来るのをじっと見ている僕がいる。ルークの踏み込みに比べれば、こんな速さ、なんてことないはずなのに、ずっと訓練してきたことが土壇場《どたんば》では何の役にも立たない。

僕にできる抵抗《ていこう》といえば、目をグッと閉じてデスラットの勇姿を無視してやることだけだった。

暗闇《くらやみ》の中で肉が潰《つぶ》されるような、生々しい音が響く。

しかし、不思議と痛みがない。僕の覚悟が痛みを上回ったのか――いや、そんなはずない。

恐《おそ》る恐る目を開くと、ラフィーリアの背中がそこにあった。

暖色のランプに照らされて、ラフィーリアの影から小さな何かが断続的に落ちるのがわかる。

足元に、絵の具のような赤い液体がポタポタと落ちていた。体を斜《なな》めにして正面を覗《のぞ》き込むと、ラフィーリアの左腕に、デスラットが噛《か》み付いたままぶら下がっていた。

「ラフィーリア様⁉」

腕から大量の血が噴《ふ》き出しているというのに、何食わぬ顔をするラフィーリア。

絶望的な状況《じょうきょう》のはずなのに痛がる様子もなく平然としていて、まるで火と水が同時に同じ場所に存在しているかのような違和感《いわかん》が僕の認識《にんしき》を麻痺《まひ》させる。

「切っていいよ」

「は、はい……？」

「大丈夫。これは一度噛みつくと他の獲物《えもの》には目が向かないから……」

「も、もしかして……僕に倒させるために、わざと噛み付かせたんですか？」

「うん」

「うんって……⁉」

「できれば早くして欲《ほ》しい。骨が折れると、回復が遅《おく》れる」

腕に食い込んだ牙が、ミシミシと、あるいはギリギリと何かを削《けず》るような音を立てる。

訳がわからないけど、とにかく僕が切らないとラフィーリアの腕が噛みちぎられそうだ。

剣の軌道《きどう》を確認《かくにん》するために剣を近づけてみたが、話に聞いた通り、デスラットは見向きもしない。

僕は大きく剣を振《ふ》りかぶって、デスラットを切った。首から下を切り落とされ、地面に落ちた胴《どう》体《たい》も、噛みついたままだった頭部も、塵《ちり》となって空気に溶《と》けていく。

デスラットの胴体が落ちた場所に、緑色の石が残されていた。魔石だ。緑色ならグリーン魔石《ストーン》とも呼ばれる。絶命した魔物は取り込み過ぎた魔素が抑制《よくせい》できなくなり、肉体は塵になる。だが、魔素が行き届かなかった部位と、中枢《ちゅうすう》で凝固《ぎょうこ》してしまった魔素の塊《かたまり》だけは残る。これら魔素の塊は、生き物の中で生成されたものを魔石、地中や水中など自然的に生成されたものを魔鉱石と呼んで区別する。どちらも魔道具の動力に使えたりするので、市場やギルド会館で売れる。

ラフィーリアはすっと魔石を拾い、僕に渡《わた》す。

「おめでとう」

「おおお、おめでとうじゃないですよ⁉　大丈夫なんですか⁉」

「……大丈夫……ちょっと痛いだけだから」

「泣いてるじゃないですか⁉　絶対ちょっとじゃないでしょ⁉」

なにか止血するものを探そうと、あたふたしている時だった。

ラフィーリアの腕に刻まれた深い傷が淡《あわ》く光りだした。

しばらくすると左手を開いたり閉じたりして、ラフィーリアは感触《かんしょく》を確かめ始める。

牙で破かれた袖《そで》の穴から白い肌が見える。血は止まって、皮膚《ひふ》も再生していた。

覚醒《かくせい》の儀式《ぎしき》の際に教会で見たのと同じだ。あの時も第二天使は自らの手を切りつけて、あっという間に完治させていた。凄《すさ》まじい治癒力《ちゆりよく》は愛神の奇跡《きせき》の力を身に宿す天使ならではの能力。改めて、人であって人ならざるものであると、畏怖《いふ》のようなものを感じる。

何はともあれ大事に至らずに済んだ。緊張《きんちよう》した肺が緩《ゆる》んで、硬《かた》い空気が口から漏れた。

「はぁ。わざと噛み付かせるなんて……どうしてそんな危ないことをするんですか？」

「ごめん、不安にさせたね。でも大丈夫。私の傷はすぐに治る。危ない時は私を囮《おとり》に使ってもいい」

ラフィーリアに、僕を笑わせようという意図はない。

それは淀《よど》みのない口調と崩《くず》れない表情を切り取っても断定できる。だからこそ、どう解釈《かいしやく》したって僕にとってはちょっとした恐怖《きようふ》だった。

「そんなこと……できるわけないじゃないですか」

「……そうだよね。そう簡単に、割り切れるものじゃない。……でも、そのうち血を見ることにも慣れてくると思う。冒険者を目指すならね」

微笑《びしよう》して、ラフィーリアは歩き出す。今だって袖は血に染まっているのに、まるで知らぬ存ぜぬ。

この程度で騒《さわ》ぐのは、蚊《か》に刺《さ》された程度で回復薬を使うようなものだ──ラフィーリアの反応を見ていると、そんなことを言われている気分になる。そう、それは優《やさ》しさではない。魔物にわざと噛ませたのは、それが最も効率が良かったからであって、僕が特例というわけじゃなかったのだ。

そのうち血を見ることにも慣れてくる、か。

そうだ。これが冒険者の仕事。

獰猛な魔物と戦う。未知の領域に足を踏み入れる。危なくて当然。痛みがあって当たり前。

最初は、天使は傷がすぐ癒《い》えてしまうから痛みへの恐怖がなくなってしまうのかと思った。

でも、そうじゃない。きっと天使になる以前からSランク冒険者だったラフィーリアにとって、このくらいの怪我《けが》は日常茶飯事だったんだ。

別に近くに感じていたわけじゃないけど、今さらながらに天使の背中を遠くに感じる。

目の前にいるのは、紛《まが》うことなき天才。常人が辿る平凡《へいぼん》な道なんて、一歩も歩いたことがない逸材《いつざい》。それぐらい卓越《たくえつ》した人が神様に選ばれる。そう思っていた方が今は何かと納得《なっとく》しやすい。

ラフィーリアの見た目は十代半ばくらいだ。

最近天使に昇格《しょうかく》したはずだから、年齢《ねんれい》と見た目の差はそんなにズレてないはず。

若くしてラフィーリアは愛神の守護者にまで上り詰《つ》めた。こんな偉業《いぎょう》を知れば、宿命を背負って生まれてきた特別な人間としか思えない。

しかし、無知のせいか、ダンジョンに来た高揚感《こうようかん》のせいか、憧憬《しょうけい》の眼差《まなざ》しは止められない。

僕も努力すれば、この人みたいに強くなれるのかな、と、遠い理想に手を伸ばしたくなる。

血まみれの魔石をポケットにしまって、僕も歩き出した。

「魔物を倒した。これで君も、今日から冒険者だね」

「……いや、こんな情けない勝ち方じゃ冒険者とは言えませんよ」

「……？」

「今度は自分で倒します」

僕には夢がある。叶《かな》えなきゃいけない夢がある。

記憶《きおく》の中の男が見たと言った、終始結晶《スタートエンド》を僕もこの目で見てみたい。それだけのために僕は冒険者を目指したんだ。これはもしかしたら、夢に近づける最初のチャンスなのかもしれない。

洞窟は今もなお薄暗《うすぐら》くて不気味な道を作っている。

さっきまでビクビクして吹かせていた臆病風《おくびようかぜ》はどこへやら。

僕は、もっと先へと足を踏み入れなきゃいけないという焦燥《しようそう》に駆《か》られた。

霧《きり》のように朧《おぼろ》げだった夢や目標が、奥の暗がりにポツリとしゃがみ込んでいるような気がして。

「……あ、でも、危ない時はフォローお願いしますね」

「まかせて」

しばらく歩くと、またラフィーリアが立ち止まる。

「来たよ」

壁際《かべぎわ》に吊るされたランプがずっと先まで続いていて、薄暗いけど先は見える。

だけど目視できるのは洞窟がうねっているところまで。僕にはまだ魔物のまの字も見えていない。

「気配でわかるんですか？」

「うん。人や動物、魔物も常に小さな魔素を溢《あふ》れさせてる。気配は五感よりも危険を教えてくれる」

うーん、目をつぶって集中してみても、何も感じない。胸のざわめきが気配の兆候かと思えば、それは単なる恐怖心《きようふしん》だし、手掛かりさえつかめないな。

テトトテトテト――という小さな足音が聞こえてくる。

洞窟のうねった場所からデスラットが姿を現すと、ラフィーリアは隅《すみ》に寄り、道を開けた。

今度は自分で倒す。誰《だれ》かの力を借りることなく、自分で倒す。

深く呼吸をして、僕は剣に意識を集中させた。

失態を繰《く》り返すつもりはない。

急に連れてこられて覚悟が決まってないとか、そんな言い訳は置いておこう。

迷いを捨てろ。僕は、冒険者を目指すんだから。

「シャァアアア‼」

赤い眼光を強くさせて、獣《けもの》は猪突猛進《ちょとつもうしん》に向かってくる。

デスラットが跳《と》んだ瞬間《しゅんかん》、僕は半歩だけ左に移動して、真横を通り過ぎようとする無防備なデスラットの腹を切り裂《さ》いた。

枯《か》れた断末魔《だんまつま》をあげながら、地面に転がったデスラットは塵になって、一欠片《かけら》の石を転がした。

さっきとは比べ物にならないくらい冷静な自分がいる。

心が落ち着いているとデスラットの単調さがわかりやすい。

そう、ルークの剣撃に比べれば、やはりこの程度の攻撃《こうげき》は大したことがないのだ。

「君って本当にギルド職員なの？」

「え……あ、はい。そうですけど」

「歳《とし》は？」

「な、七歳《さい》です」

「小さいのに、勇気があるね。それに剣の使い方も上手。なにかやっていたの？」

「剣は……前から練習していました」

「どうやって？」

「ええっと……それは……」

ルークの名前を言いそうになったけど、連れ戻《もど》される可能性が過《よぎ》って、寸前で黙《だま》ってしまった。

顔を背《そむ》けると、ラフィーリアは追いかけるように覗き込んでくる。

剣は一人では決して上達しない。攻守含《こうしゅふく》めて剣技。相手の技量が高いほど、その打ち込みを防いでいれば、自然と同じレベルにまで引き上げてもらえる。それは素人《しろうと》の僕でも心当たりがある。

下手に誤魔化《ごまか》しても、きっと剣の師を、素性《すじょう》を疑われてしまいそうだ。

「——そう。まあ、どうでもいい質問だったね」

ラフィーリアは引き下がって、さっき魔物が落とした魔石を拾って僕に渡すと、先を歩き始める。

何か、気を使わせてしまったみたいだ。

冒険者は危険な職業。特殊《とくしゅ》な癖《へき》でもない限り、何不自由ない人が好き好んで入る場所じゃない。

何らかの事情を抱《かか》えている人は多い。それはきっと、若くしてSランク冒険者になったというラフィーリアも例外じゃないはずだ。過去を聞くだけ野暮《やぼ》。その先に面白《おもしろ》い話題を期待する方が望み薄《うす》だと、遠くを見るラフィーリアの視線はどこか自分を振り返るようでもあった。

「剣には慣れていても、魔物には慣れてないんだね」

「は、はい」

「じゃあ、どんどん魔物を倒して慣れていこう。リアン君、次は君のスキルを応用してみて」

「僕のスキル……役に立ちますかね……」

「それはやってみないとわからない。君の泡《あわ》はどんな性質があるの？　……教えたくないなら、別に無理して言わなくてもいいけど」

「いえ、そんなことは」

長所となるスキルの性質は、短所にもなりえる。簡単に取り替《か》えの利くものでもないから実力を問われる職業なら安易に教えないのが常識だけども、この状況で隠《かく》しても仕方がない。

僕は今知る限りの泡の性質と硬化《こうか》の現象をラフィーリアに説明した。

「『硬化』はリアン君の魔力操作で強度を上げてるの？　それなら盾《たて》として使えるかもしれない」

「盾ですか……ちょっと、やってみます」

奇声《きせい》をあげながら、次のデスラットが突進《とっしん》してくる。

慌《あわ》てながらも泡は生み出せた。しかし、集中するにはデスラットの獰猛さが邪魔をし過ぎて、強化に意識が移行できない。当然、形だけの泡じゃ盾としては使えない。

僕は早々に諦《あきら》めて剣を握《にぎ》り直したが、身構えた時には無慈悲《むじひ》な牙がもう飛び掛かってきていた。

間一髪《かんいっぱつ》のところで僕の背後から飛んできた冷気が、デスラットを追い返した。

地を這《は》いずるデスラットを串刺《くしざ》しにしていたのは、ラフィーリアが生み出した氷の短剣だった。

もし助けてくれなかったら、今ごろ僕の顔面はあの大きな前歯で抉《えぐ》り取られていたはずだ。

「大丈夫。後ろで見てるから、君はスキルを使うことに集中して」

「は、はい！」

再度、挑戦《ちょうせん》。

相変わらずデスラットはこちらを獲物と認識すると、考えなしに突《つ》っ込んでくる。

武器を使うという逃《に》げの選択肢《せんたくし》をなくすため、僕はラフィーリアに貰《もら》った剣を地面に突き刺し、両腕を前方に伸ばして泡の生成に専念した。

「集中……集中……」

少しの間、デスラットがいないものと考えて、意識から外した。

集中は一定の成果を上げ、一つの泡を通路を塞《ふさ》ぐように膨張《ぼうちょう》させ、硬化させることができた。

しかし、デスラットの牙が触れると泡はガラスが割れるみたいに粉々に弾《はじ》けてしまった。

泡に意識を集中させていたせいで、突破《とっぱ》されて焦《あせ》った心が体を硬直《こうちょく》させた。

ヒヤッとした冷気が撒《ま》かれる。

今度は短剣ではなく、氷結した地面が鋭《するど》い氷の棘《とげ》を生やしてデスラットを貫《つらぬ》いた。

変幻《へんげん》自在な冷気の形状にも驚《おどろ》かされるけど、失敗が死を意味する冒険者出身だからなのか、素早《すばや》く動くものに命中させる正確性にも舌を巻く。

一連の技量一つとっても、神の使いに選ばれる理由は明白だった。

「あ、ありがとうございます……」

「今の泡、もう一度出してみて」

「は、はい」

言われた通りに通路を塞《せ》き止める泡を作って、硬化させる。

魔物がいなければ、ここまでは慣れた動作で結構簡単にできる。

あとは向こうからデスラットが来るのを待つ算段なのか――と思ったら、ラフィーリアは氷のナイフを生み出して、せっかくの泡を切り裂いてしまった。

「これじゃあ防げない。もう一度、今度はもっと意識を集中させて」

通路を塞ぐ泡を作ると、またナイフで切られてしまう。

「だめ。もう一度」

三度目も同じように切り裂かれ、ラフィーリアは小さく首を振った。

「君くらい魔素を操《あやつ》れるなら、もっと強化できるはず。そういえば、性質に呼び名はないの？」

「名前……？」

「名前はその存在を確立させる。イメージしやすい呼び名を性質や現象につければ、それに対する集中力も増す。頭の中で唱えてもいいけど、最初は口に出した方が集中できるよ」

名前か、何にしよう。

硬化、硬くなる、硬いものといえば岩。

膨張、膨《ふく》れる、膨れるといえば風船かな。

じゃあ硬化の性質を『ロック』、膨張の性質を『バルーン』と名付けよう。

「……膨張《バルーン》！……硬化《ロック》！」

手応《てごた》えをもって挑《いど》んだけど、ラフィーリアはまたあっさりと泡を切り裂いてしまう。

「もう少しかな。次はなにか動作を交えてやってみて」

「動作……」

「イメージの付きやすい動作があれば、もっと集中できる」

膨張《バルーン》をイメージした動作。両手両足を広げるようにして——

「膨張《バルーン》‼」

硬化をイメージした動作。腰《こし》を落として、ガードするように両手を胸にギュッと引き寄せて——

「硬化《ロック》‼」

かなり、恥《は》ずかしい。だけどさっきよりもグッと集中できた感触がある。

体からフッと力が抜ける感覚は、スキルの質が高まった分、消費する魔素も多くなったせいだ。

とくに『硬化』は僕の魔素の結びつきによって強度を上げるものだから、より魔素を食ってる。

自信のある出来栄《できば》えだった。しかし、ラフィーリアは渾身《こんしん》の僕の泡も軽々と壊《こわ》してしまう。

やっぱり、泡じゃ盾には使えないだろうな。

「うん。これなら、いけそうだね」

「え……」

「今の感じ、デスラットに試《ため》してみて」

次のデスラットが突進してくる。

簡単に切られてたけど……本当にいけるのか？

「膨張《バルーン》！、硬化《ロック》！」

「デチェアッ！　シャァアアアア‼」

怒《おこ》ったデスラットが爪《つめ》で引っ掻《か》いたり、何度も牙を突き立てたりしてる。

今度の泡は、激突《げきとつ》されても割れなかった。ガラスにつく傷みたいに透明な膜《まく》に白い線が無数に作られるけど、依然《いぜん》として割れる様子はない。

泡を手で叩《たた》いてみると、ゴンゴンゴン、という重そうな音が響いた。

想像以上に硬い泡になってる気がする。

「うん。いけるね。防御《ぼうぎょ》できる強度があるなら、攻撃にも使えるはずだよ」

「こ、攻撃……。泡で攻撃……」

いよいよ本題だ。僕のスキルは、魔物を討伐《とうばつ》できるのか。

「君のスキルみたいなタイプは、圧死させるといいかもね」

「圧死……なるほど……やってみます」

通路を塞いでいる泡の向こう側に、もう一つ泡を発生させる。

大きく手足を広げた後、キュッと体を小さくする。

「膨張《バルーン》！　硬化《ロック》！」

いちいちジェスチャーしなきゃいけないのは、やっぱり凄《すご》く恥ずかしい。

それを後ろで控《ひか》えているラフィーリアが見つめているから尚更《なおさら》恥ずかしい。

でも、今はこのくらい大袈裟《おおげさ》にしないと集中力が高まらないから仕方がない。

手前と奥で泡の壁が二つ。これでデスラットを閉じ込めることができた。

デスラット自身は僕のことしか眼中になくて、自分が捕《つか》まっていることに全く気づいていない。

今度は内側に三つ目の泡を発生させ、膨張の余力を残した状態で硬化させる。上手《うま》くいけば行き場を失ったデスラットが泡に押し潰されるはずだ。

強化の度合いを調整するのが難しそうだけど、やってみよう。

「硬化《ロック》、膨張《バルーン》、硬化《ロック》、ロック！　バルゥゥゥゥゥゥゥン！」

手足を広げたり引っ込めたりを繰り返しながら徐々《じょじょ》に泡を大きくしていき、ここぞというところで全力を振り絞《しぼ》る。

およそ生存が不可能な体積まで空間が埋《う》まると、デスラットの体は塵になって消えた。

「できたね。剣だけじゃなくて、スキルの使い方も上手。たくさん練習したんだね」

他人の努力を理解できるのは、それ以上に努力してきた人だけだと僕は思う。

人知れず通ってきた苦労も、全《すべ》てが見透《みす》かされているようである。

「でも、こんなに時間かかってちゃダメですよね」

「回数を重ねれば不必要な動作も省略できるだろうし、次第《しだい》に速くなるよ。そのうち頭の中だけで発動できるようにもなる。それに、きっと君のスキルには色々な使い方がある。もっと簡単な方法が他にあるかもしれない」

確かに、泡の性質は他にもある。応用すれば攻撃の種類も増やせるかもしれない。

【泡】は魔物との戦闘でも使うことができる。実際に魔物を倒して証明したんだ。この可能性が妄《もう》想《そう》だとは言わせない。努力次第で、僕もそれなりの冒険者になれるかもしれない。そう思うだけで、胸の中でワクワクとした気持ちが溢れ出していた。

「リアン君。君にお願いがあるんだけど」

「はい。なんでしょうか」

「君、私の弟子《でし》にならない？」

詰まった言葉が、喉《のど》を締《し》めつけるようだった。

天使は英雄《えいゆう》を従えて、愛神を守護する神器の一部となる。

天使の弟子、それは即《すなわ》ち天使が従える英雄の候補になるということだった。

「ぼ、ぼ、ぼ、僕がですか？　【泡】のスキルはそこまで強いか、まだわからないと思いますが」

「大事なのはスキルじゃない」

「じゃ、じゃあどうして僕が……他にも凄い人はたくさんいるのに」

決して嬉《うれ》しくない訳じゃない。

ただ、この前まで落ちこぼれと評価されて、学園を抜け出したような孤児《こじ》が英雄候補に選ばれるなんて、そんな法外な話は簡単に受け入れられるものじゃない。

「君の【泡】は操作系のスキルだよね。物を操る操作系のスキルは、一つ一つの質よりも物量が評価される。私の家を掃除していた時にも思ったけど、君の操作してる泡の数は異常だよ。普通《ふつう》は不安定になって形を保てない。泡のように崩れやすいものなら、尚《なお》のこと」

「……」

「大量の泡を支えているもの、それはスキルの安定性。機微《きび》な魔力操作、つまり魔素を放出させる出力の調整が正確ということ。これは君が思っている以上に凄い才能だよ」

淡々としながらも、ラフィーリアの説明は理路整然としていた。

本当に僕に才能を感じていたから、ここまで連れてきてくれたのか。

お世辞にしては話が具体的で鵜呑《うの》みにしたくなる。ましてや天使の言葉だ。つい心が浮《うわ》つく。

でも、僕は断らないといけない。

僕には夢がある。

ルークたちにも、夢を叶えると約束して学園を出たんだ。今さら勝手に曲げるわけにもいかない。

「あの、すみません……僕はラフィーリア様の弟子になることはできません」

「……どうして？」

「僕には、夢があるんです」

「夢？」

「冒険者になって終始結晶《スタートエンド》を見つけるのが僕の夢なんです」

「終始結晶《スタートエンド》……始まりと終わりの臨界点。冒険者が目指す、最果ての地」

あるかもわからない秘宝、伝説の地、この世の全てを表現するもの。

そんなお伽話《とぎばなし》を理由に天使の申し出を断る僕は、きっと頭の足りない子供だと思われただろう。

だけど、今はその方が都合がいい。

僕は夢を変えられないし、下手に期待される前に失望された方が傷は少ないはずだから。

「そう、素敵《すてき》な夢だね」

「……笑わないんですか？」

「他人の夢を笑うのは、努力の価値を知らない人だけだよ」

ラフィーリアが頭を少し傾《かたむ》ける。

前までは、この手の話をするたびに馬鹿《ばか》にされていたんだけどな。

「弟子になっても夢は追えるよ。むしろ私の弟子になった方が、叶えられる可能性は高まるかも」

「でも、天使様の弟子になるということは、英雄にならなきゃいけないってことなんじゃ……」

「英雄になるのは強制じゃないし、返事はすぐじゃなくていい。君の歳なら、二十年は待てる」

「二十年……」

「私は君の成長を近くで見ていたい。君は私から知識と経験を得て、冒険者としての地位を確立できる。君にとっては悪い話じゃないと思う」

「……ほ、本当に僕なんかが、弟子になってもいいんでしょうか」

「うん」

ラフィーリアの目に曇《くも》りはない。

浮《う》き沈《しず》みのない口調はずっと本当のことだけを言っているような気がする。

この人以上に優秀《ゆうしゅう》な人なんていない。いたとしても、巡《めぐ》り合えるはずがない。

ここで怖気づいたら、夢は一歩も二歩も遠ざかってしまう。

覚悟を決めよう。

途方《とほう》もない目標を追うなら、躊躇《ためら》ったり、遠慮《えんりょ》したりする時間なんてないはずだ。

「ぼ、僕でよかったら、弟子にさせてください」

「ありがとう。よろしく」

あっさりと、誰に認知されるわけでもなく、僕は天使の弟子になった。

それはそれは軽々と神の威光《いこう》を授かる立場になってしまったのである。

そして余韻《よいん》も残さず、ラフィーリアはさらっと話を切り替えてしまう。

「そろそろ日が暮れる。今日はこの辺にしておこう」

なんというか、もうちょっと厳《おごそ》かにした方がいいのではと、恐縮《きょうしゅく》したい気持ちが空回りしていた。

◇　◇　◇

「その剣はここに置いておこう。じきに溶けるから」

「はい」

もったいない、と貧乏性《びんぼうしょう》を抑《おさ》えつつ、僕は氷の剣を道の端《はし》っこに放置した。

ルフト洞窟を出ると、森の影は傾きを強くしていた。

こんな危険な場所に僕は何時間いたんだろう。すっかり没頭《ぼっとう》してしまった。

なんだか心がフワフワしっぱなしだ。急に洞窟に連れてこられたかと思えば、魔物と戦って、天使の弟子になってしまった。まるで進展しなかった僕の夢が突如《とつじょ》として動き始めたわけだけど、最初の一歩にしては歩幅《ほはば》が大きすぎて実感がついてこない。

洞窟の入り口に置いておいた掃除道具を手に取ると、これが現実なのか夢なのか混乱してくる。

「君は、注目されるのは苦手？」

森を抜ける道すがら、放たれたラフィーリアの質問は掴《つか》みどころのないものだった。

「ええっと……今まで注目されるようなことがなかったので、あんまりわからないです」

「そう。ならしばらくは、弟子になったことは隠した方がいいかも。バレると、色々と大変だから」

「そうなんですか？」

自分の苦い経験を思い出したのか、ラフィーリアの瞼《まぶた》が重たそうに下がる。

「天使の弟子になると、とにかく国中からお祝いの品が届いたりする」

声に疲《つか》れが見える。お祝いの品を貰えるのは普通なら嬉しいことのはずだけど、どのようなことであっても、適量を超えてしまえば、それは押し付けでしかなくなってしまう。

「天使の権威《けんい》、その先にある神様の力にあやかるために、数えきれない人が媚《こび》を売ってくるようになる。一人でいられる時間はなくなるし、心が休まる場所も少なくなる」

ラフィーリアは話の継続《けいぞく》に備えて、長い息を挟《はさ》む。

「一番厄介なのは、嫉妬《しっと》深《ぶか》い人たちが一定数いること。彼《かれ》らは敬意を表すると偽《いつわ》って、手合わせを願い出てくる。英雄候補を倒して、あわよくば自分が英雄に成り上がるためにね」

「……物騒《ぶっそう》な話ですね。でも、人から奪うようなことをして本当に英雄になれるんでしょうか」

「寵愛《ちょうあい》の剣《けん》の役割が何か、君は知ってる？」

「神様を守ること」

「正解。だけど、それは正確な答えとは言えない。天使や英雄に選ばれた人間が守るもの、それは神様を崇拝《すうはい》する信徒たちの信仰心《しんこうしん》だよ」

「信仰心……」

「愛神は、人の信仰心を奇跡の力で生命力に変換《へんかん》してくれてる。それが愛神の権威に繋《つな》がって、また新しい信徒が増える。信徒が増えると奇跡の力も威力《いりょく》を増して、与《あた》えられる生命力も増える。信徒の信仰心を守ることが、神様のためにも信徒のためにもなる」

ラフィーリアは手の上で氷のナイフを生み出して、茂《しげ》みの奥へ投げ入れる。獣のような叫《さけ》び声と共に、舞《ま》い上がった塵が茂みの向こうで風に流されていた。気配が察知させたのだろうか。何者かがこちらを狙《ねら》っていたらしい。

「だからこそ、天使や英雄には知名度も必要になる。愛神の存在を広く知らしめたり、威光を強くするための象徴的《しょうちようてき》な役割がある。だから『英雄候補を上回った』という名声があると、本当に英雄候補に選ばれたりする。逆を言えば、自分の名誉《めいよ》を汚《けが》すことは、神様の権威に傷をつけることと同じだから、天使も英雄も、公《おおやけ》の場で負けることは許されてない」

ラフィーリアの白く細い指が上に向けられると、茂みの奥で氷の柱が隆起《りゅうき》した。

さっき倒された魔物が落としたものだろう。

ラフィーリアが掴んだのは、氷の柱で飛ばされてきた魔石だった。

「知名度のない私は天使としては役立たず、っていうことになるんだけどね……今は関係ない話か。そういうことで、しばらくは師弟の関係を秘密にした方がいいと思う」

差し出された手の平に転がった小さな魔石を僕は貰った。

名声が神の信仰心を守ることにも、増やすことにも減らすことにも繋がる。

それこそ天使は、常に品行方正な立ち居振る舞いが求められたりするんだろうか。

神様に仕えるっていうのは、想像以上に色々と大変そうだ。

冒険者と二足の草鞋《わらじ》を履《は》くのは、やっぱり無理なような気がしてくる。

王都の関所が遠くに見えて、もう魔物も現れなくなった頃《ころ》、ラフィーリアは足を止めた。

「時間を空けて別々に王都に戻ろう。門番には君が通ることを説明しておく、安心して」

「は、はい。わかりました」

「今度からは、気づかれないように変装する」

「変装、ですか……」

「うん、変装。今度はいつ遠征に行ける？」

「休みは週に一度なので、行けるとしたらまた来週に」

「了解《りようかい》。暗くならないうちに、真《ま》っ直《す》ぐ帰ってね」

「は、はい！」

ラフィーリアは高く跳躍《ちようやく》しながら、関所の方へ遠ざかっていった。

魔力体術だけであれだけ早く移動できるんだから、スキルの精度が高いのだって当然だった。

言われた通りに真っ直ぐギルド会館に戻った頃には、辺りはすっかり暗くなって、街に並んだ魔力ランプの光が存在を大きくしていた。

「おう、今帰ったのか？」

酒瓶《さかびん》を片手に入り口の横で飲んだくれていたレナードが、僕を見つけて近寄ってきた。

この人は、またお酒臭《さけくさ》い。ギルドの専属冒険者で会館の警備が彼の仕事のはずだけど、もう職務中に飲酒してることも隠すつもりがないようだ。

「こんな遅《おそ》くまで何やってたんだ？」

「べ、別に……なにも……」

「なにも？　天使様の家に行ってたんだろ？　何もねぇってことはねぇだろ」

「すぐに掃除も終わってしまったので、ずっと王都を散歩してましたよ」

「ふーん……」

「もうお腹減《なかへ》っちゃいました！　食堂でご飯貰ってこよっと！」

話を切り上げるために掃除道具を戻した後、すぐに食堂へ向かった。少々強引《ごういん》だったかもしれないけど、まさか僕が天使の弟子になったとは考えもしないはずだ。

今日のシェフおすすめの夕食は甘辛《あまから》ソースの牛ステーキだった。

トマトペーストをベースとした酸味と、蜂蜜《はちみつ》やすりおろしたリンゴの甘み。生姜《しょうが》、にんにく、香辛料《こうしんりょう》が漂わせる香《かお》りが何層にも味わいを深くして、お肉の旨味《うまみ》を倍増させている。

冒険者たちに合わせた量だから、僕には少し重たいかもって思ったけど、ソースが油っぽさを消してくれていて、意外とペロリといけてしまいそうだ。

美味《おい》しい。それは間違いない。

ただ、食べている間にも今日の出来事が頭の中を過ってきて、あまり集中はできなかった。

天使の弟子って、僕は一体どういう状況なんだろう。

この上ない師に巡り合えた。それは素直《すなお》に喜んでいいことなのか。

館内の掃除をして回っている時も、僕は次のダンジョン探索《たんさく》のことばかり考えていた。

◇◇◇

空から落ちてきた剣が、地面に突き刺さる。

「そこまで！　ルークの勝利！」

教員ボルトフは手を上げて判定を下した。拍手《はくしゅ》の音に、俺《おれ》の戦いを称賛《しょうさん》する声が混じる。

今日の午前中は、訓練場で魔力体術の授業。魔素を全身に行き渡らせることで身体強化を促《うなが》す魔力体術の授業には、剣術といった武器を使用した訓練も含まれる。

俺たちはスキルを取得しているから、魔素が外に漏れると自動的にスキルが発動してしまう。

魔力体術では体に魔素を巡らせるわけだが、コントロールが甘いと魔素が体の外に漏れ出て、誤ってスキルを発動させてしまう生徒が何人も出てくる。この授業は身体強化の訓練ではあるが、魔素のコントロール、ひいてはスキルを制御する力を養うためでもある。

「……フフフ……ハッハッハッハッ！　流石《さすが》はルーク！　褒《ほ》めて遣わそう！」

今しがた負けたはずの小太りの生徒が、胸を張って偉《えら》そうに俺を褒める。

ブルート・シアノ・レスノール。

公爵《こうしゃく》家の嫡男《ちゃくなん》。傲慢《ごうまん》なブルートは、スキルの優劣《ゆうれつ》で人の価値を判断するクズ野郎《やろう》だ。

アウセルが去った一因を作ったムカつく奴《やつ》でもある。

「貴様はいずれ俺の部下として働くことになるんだからな！　もっともっと精進《しょうじん》しろよ！」

敗北の汚泥《おでい》を誤魔化すために見栄《みえ》を張っているのか。付き合うだけ馬鹿馬鹿しい。

俺は背を向けて訓練場の隅に腰を下ろした。

数ヶ月間、基本的な剣の使い方を学んだあとは、二人一組になって試合をするようになったのだが、最初から最後まで物足りない稽古《けいこ》が続いてる。

俺は三割の力も出していないのに、いつもこれからが勝負というところで決着がついてしまう。

アウセルなら、この程度の打ち込みで剣を落とすようなことはなかったのに。

「くだらない……」

退屈《たいくつ》な授業に愚痴《ぐち》を溢《こぼ》した。

この学園は国内でも随一《ずいいち》の学《まな》び舎《や》なんて言われてるけど、本当にそうなのか？

金持ちの子供が多くて、実力で入学している奴の方が少ない気がする。貴族かそれに近い子供は英才教育されてるせいか、話のできる奴もいるが、ほとんどは遊び半分で授業に参加しているような甘ったればかりだ。

足音が近づいてきた。視線を上げると、クラスメイトたちが群がってきていた。

「お疲れ様、ルーク君！」

先陣《せんじん》を切ったのは【振動《しんどう》】のスキルを手に入れたリリア・シチュアート。

子爵《ししゃく》家の令嬢《れいじょう》らしいけど、俺みたいな孤児にも気兼《きが》ねなく話しかけてくるくらい、身分の違いなんて気にもとめない奴だった。他の子供とは違って大人びているところも、俺にとっては話しやすい理由になっていた。

「凄かったよ、ルーク！　こうシュッシュッて、凄く速かった！」

「そうそう！　シャキン、シャキーン、バッ、バッ、バッてね！」

騒々《そうぞう》しく迫《せま》ってくる男子たちが、俺の剣技を真似《まね》ているつもりで変なポーズをとる。

「どうしてそんなに強いの!?　今度一緒《いっしょ》に剣の練習しようよ！　ねぇねぇ！」

学園を出れば行き場のない孤児の俺が、どんな想《おも》いで剣の修行《しゅぎょう》に励《はげ》んでいるのかも知らないで、のうのうと楽しそうに授業に参加している奴らを見ると少し腹が立ってくる。

ああ、なんでこんなにイライラするのか、それはやっぱりアウセルの影響《えいきょう》が大きいだろう。

あいつは何の後ろ盾《だて》もなく、この学園を飛び出していった。誰よりも多くの成長を遂《と》げるために、こんなオママゴトみたいな場所から抜け出して、細く険しい道を選んだんだ。

「悪いな。俺は口で教えるのは苦手なんだ。他の奴と練習してくれ」

こうしている間にも、あいつはどんどん先に進んでいるのかと思うと俺は情けなくなってくる。

「ルークは誰に剣を教わったの？」

「別に教わったわけじゃない。アウセルが訓練に付き合ってくれたから、自然と身についたんだ」

途端《とたん》、沈黙《ちんもく》が続いて、少し重たくなった空気を掻き分けるようにリリアは問う。

「あのさ、アウセル君を学園から追い出したのって、本当に君なの？　それって絶対に嘘《うそ》だよね？」

「さぁな」

アウセルを学園から逃がした日、役目を終えた俺とスコットは教員から問い詰められた。

気弱なスコットではいずれ耐《た》えられなくなると思ったし、俺は咄嗟《とっさ》の思いつきで抗弁《こうべん》した。

アウセルを追い出したのは俺だと。スキルに恵《めぐ》まれなかったアイツを追い出せば、別の孤児が学園に入ってこれると、スコットは無理やり協力させていただけだと、自分で泥《どろ》を被るつもりで嘘をついた。万が一アウセルが捕まっても、俺のせいにできると思って。

学のない俺にしては悪くない発想だと思ったけど、次は生徒を追い出した俺の罪が問われる流れになった。停学か退学、何かしら厳しい処分が下るのだろうと覚悟していたのだが、しかし、今もこうして呑気《のんき》に座《すわ》っている通り、実際には何のお咎《とが》めも受けていない。

担任のボルトフはスキル主義だからか、アウセルが去ったことをむしろ喜んでいる節があった。

加えて、ブルートの無神経さも、お咎めがなかった理由の一つかもしれないと思っている。

覚醒の儀式、当日。

獲得したスキルを試すために訓練場へ行った時、奴は汚《きたな》らしい笑《え》みを浮かべながら言っていた。

『そのネズミと縁《えん》を切ったら、俺がお前を召《め》し抱えてやらないでもないぞ……』

どうやらブルートは、俺がアウセルを追い出したという嘘を、自分に対する忠節と勘違《かんちが》いしているみたいだ。将来は俺を部下にするつもりで、俺の処分を見送らせるよう働きかけたかもしれない。

自惚《うぬぼ》れたブルートらしい気持ちの悪い誤解の仕方だが、そのおかげで放免《ほうめん》されたかもしれないんだから、今は好きに言わせておけばいい。

「授業はここまで！　午後からは天使様の講演だ。粗相《そそう》のないよう、綺麗な制服に着替《きが》えるように」

更衣室《こういしつ》で魔力体術用の服から、学生服に着替える。

歴代の孤児たちで着回してきた制服は、随分《ずいぶん》とくたびれている様子だった。

「綺麗な制服なんて、あるわけねぇだろ」

教員たちがいつになくざわついていたが、今日は学園に天使がやってくる日らしい。

食堂で昼食を食べ終わったあと、新入生たちは渡り廊下《ろうか》を抜けて会議場へ向かい、クラスごとに、弧《こ》を描《えが》くように並んだ客席を埋めていく。

ライトアップされた壇上《だんじよう》。椅子《いす》に座った二人の男と、その隣《となり》に眼鏡を掛けた女が立っている。

向かって右側の男は、金色の髪《かみ》を後ろに流して、ドデカい真っ赤な鎧《よろい》を装備してる。

左側の男は丸刈《まるが》り頭で、鎧の男とは対照的にボロボロになるまで使い込んだ軽装の装備。顔中が傷痕《きずあと》だらけなのが、遠目からでもよく見える。

生徒たちが席についたのを確認して、眼鏡の女は話し始めた。

壇上では男二人の間にもう一つ空いている椅子が置いてあるが、あれは誰の椅子なんだろう。

「どうも！　学園の生徒の皆《みな》さん、こんにちは！　私の名前はレイア・マークアート。寵愛《ちようあい》の剣《けん》は第四天使ルーベン様に仕える英雄の一人でございます。以後、お見知り置きを！」

九十度に勢い良くお辞儀《じぎ》をするレイアは、どこか緊張が抜けきらない様子だった。

見覚えのない教員が進行役を務めているのかと思ったら、まさか英雄だったとは。

栗色《くりいろ》の丸み掛かった髪を肩《かた》まで伸ばすレイアは、腕や脚《あし》は細いのに、胸と尻《しり》だけがやたらと出っ張っている。癖になっていそうなオドオドとした姿勢と、戦闘向きとは思えない体つきを見ると、強そうな奴とは思えない。

神を守るための英雄は、強い奴がなるものなんじゃないのか？

「本日、一年生の皆さんをこの講演にお招きしたのは他でもありません。このランドール王国の地を治める地主神、寵愛《ちょうあい》の女神《めがみ》クラーディア様のご尊意と、私たち信徒の役目を学んで頂くためです」

深呼吸をして、自分の使命を思い出したかのようにレイアは声音《こわね》を強くする。

「皆様《みなさま》もご存じの通り、愛神クラーディア様は信仰心を生命力に変換する奇跡の力を使って、ランドール王国に住む国民の健康を維持《いじ》してくださっています」

レイアは自身の胸に手を当てて、続ける。

「私たち寵愛《ちょうあい》の剣《けん》は国民の信仰心を守り、そして新たな信仰心を集めるために存在しています。皆さんの信仰心が神様の力になり、神様の力が国民の健康に繋がる。神と人が共存共栄しながら生活を豊かなものにしていく。それが千年間続いてきた、この世界の在り方なのです」

肘掛《ひじか》けに頬杖《ほおづえ》をつくと、はぁ、と溜息《ためいき》が出た。

（また女神様の話か……）

毎朝毎晩と祈《いの》りを捧《ささ》げて、授業でも散々神様の話を聞いて、今度は天使様の講演。有り難《がた》い話が、布教活動ということだ。愛神が俺たちの健康を守ってくれてるのはわかってる。感謝もしてるし、毎日ちゃんと気持ちを込めて祈ってる。

でも、こう何度も理解していることを繰り返し説明されると、流石に嫌気《いやけ》が差してくる。

重ねて言うけど、別に神様を信じてないわけじゃない——と、神様がどこで俺の心を見透かしてるかわからないので、念は押しておく。

「ご紹介《しょうかい》いたします。向かって左側に座っていらっしゃるのが、寵愛《ちょうあい》の剣《けん》は第四天使ルーベン・ハークス様。右手は同じく第十二天使レックス・アルケイン様です」

「ルーベン・ハークス……？　どっかで聞いたことあるな」

「たしか、ルーベン様って君と同じ【剣】のスキルを持っていたような」

隣に座っていたリリアが俺の疑問を解消した。

スキルを覚醒させた時も王宮魔術師《まじゅつし》たちに教えてもらってたな。

「頑張《がんば》れば、君も天使様になれちゃったりしてね」

イタズラっぽく笑ったリリアだが、不思議と嫌味は感じない。

英雄にも天使にもなるつもりはないけど、ルーベンが持つ【剣】のスキルの技術には興味がある。

神の守護者ともなると、想像もつかないようなスキルの使い方をしてそうだからな。

レイアは天使の方に向き直って講演の本題に進む。

「これから天使様への質問を通して、神様の存在を紐解《ひもと》いていきましょう。ルーベン様、レックス様、本日は貴重なお時間を割《さ》いて頂き、ありがとうございます」

「いえいえ、未来を担《にな》う若い人たちのためなら、時間なんていくらでもあげちゃいますよ」

紹介されたレックスが髪をかき上げながら目を細めると、後ろから黄色い声が上がった。

会議場にコッソリと忍《しの》び込んでいた女子生徒が騒いで、教員たちに追い出されていた。

レックスは女にモテる見た目なんだろう。

寵愛《ちょうあい》の剣《けん》は信仰心を集める責務があるらしいし、色気を使った知名度も、愛神を守る力として一役買うってことか。だとすれば、実力だけが神の守護者に選ばれる基準ではないのかもしれない。

苦笑《にがわら》いしながら間を設けて、レイアは気を取り直す。

「寵愛《ちょうあい》の剣《けん》に所属するお二人ですが、当然、我が国の地主神であらせられるクラーディア様にも、お会いする機会があると思います。クラーディア様はどのような御方《おかた》なのでしょうか」

「あ〜、まぁとってもいい神様ですよ、うん。女神って感じで。もう何でも許してくれる感じです」

「は、はぁ……」

「こいつは五年前に天使に昇格したばかりだ。クラーディア様とも数えるほどしか会話してない」

「ちょ⁉　バラさないでくださいよ⁉　ここでは威厳《いげん》のある天使で通したいんですから！」

腕を組むルーベンは、ちょっとお調子者なレックスに呆《あき》れながら、代わりに返答した。

「クラーディア様は慈悲深い御方だ。常に国民の安寧《あんねい》を願っておられる。その願いは奇跡の力となって、俺たち国民の健康を保ってくれている。他国と比較《ひかく》してこの国の平均寿命《じゅみょう》が長いのは、神の恩寵《おんちょう》を証明している客観的事実だ。そして、クラーディア様の力が強く働いているのは、俺たち国民の信仰心が神に届いている証拠《しょうこ》でもある。家族や仲間、大切な人の健康を願うのなら、お前たちもクラーディア様への敬愛を忘れないことだ」

ルーベンの言葉にみんな聞き入っていた。そして改めて、愛神は実在するのだと想いを巡らせる。

伝説やらお伽噺《とぎばなし》やら、大人たちから聞く神様の大切さやら、物心ついた頃から耳にタコができるくらい聞かされてる話だけど、俺たちは実際のところ、一回も女神様をこの目で見たことがない。

事実として健康的な人が多いから信じてるだけだ。

居るのならどうして姿を現さないのかって昔は疑問に思ってたけど、姿が見えないからこそ、みんながみんな、自分の信じたいものを信じられるんだと、今はなんとなくわかる気がする。

「お二人が寵愛《ちょうあい》の剣《けん》に選ばれたキッカケは何だったのでしょうか」

「愛神様の声が聞こえたんですよね。『あなたの力が必要です』って。まぁスカウトってやつ？　神様にお願いされちゃ、断れないでしょ？　ハハハ！」

「どこぞの誰かが『モテたいから英雄にしてくれ』って土下座してたのは、俺の記憶違いだったか」

「そうです……ルーベン様の記憶違いです」

ムードメーカー的なレックスの人柄《ひとがら》が伝わってくるようで、みんなクスクスと笑う。

「生徒たちの中にも英雄になることを目指している人がいると思います。一生懸命《けんめい》に頑張れば、ここにいる生徒たちが寵愛《ちょうあい》の剣《けん》に選ばれる可能性はあるのでしょうか」

「もちろん！　誰にでも夢を叶えるチャンスはあります。とくに可愛《かわい》い女の子は夢をつかみやすいと思いますねぇ！　挑戦したい子は、どんどん僕に相談してねぇ！」

「ルーベン様はどう思われますか？」

「あれ？　僕の話、聞いてます？」

「俺が言えるのは一つだけだ。こちらに来る時は、死よりも重い覚悟を抱《いだ》いてこい」

二人への質問は続き、二、三時間で講演は終了《しゅうりょう》した。

生徒たちがクラスごとに教員に引率《いんそつ》され、教室へ戻っていく。

今日の授業はもうない。帰りの挨拶《あいさつ》のために教室に戻るのもダルい。

このまま孤児院《こじいん》に戻る道すがら剣の訓練でもしよう。

こういう時、いつでも剣を作り出せるから俺のスキルは便利だよな。

渡り廊下の途中でクラスメイトたちの列からコッソリと抜け出した時だった。

不自然に運ばれてきた冷たい風に肩を叩かれた気がした。

「君、ちょっといい？」

「ん？」

抜け出したのが教員にバレた――そう思い振り返ると、広い街道にポツリ、不審者《ふしんしゃ》が立っていた。

黒いローブを羽織って大きなフードで髪を隠しているばかりか、へんてこな仮面を着けている。

「会議場、どこか知ってる？」

「……会議場なら、向こうだけど」

「ありがとう」

女が襟元《えりもと》についた宝石に触れると、ローブは黒から緑色に一変する。外した仮面を懐《ふところ》にしまって、会議場へ向かおうとする時、女の背中には蔓草《つるくさ》の絡《から》まる剣の紋章《もんしょう》があった。

「今ごろ来たのかい、ラフィーリア！　いったいどこにいたんだ⁉」

会議場からレックスと思《おぼ》しき声が響いてきた。

どうやら、別の天使は何かの用事で講演をすっぽかしていたらしい。

◇　◇　◇

初めてルフト洞窟へ行ってから、一週間が経《た》った。

今日はラフィーリアと約束した二回目の遠征の日だ。

この日をずっと待っていたよ。

前回のように掃除道具だけで挑むつもりはない。

ちゃんと市場で装備を買い込んで、準備を調《ととの》えておいた。武器には子供でも扱《あつか》いやすい短剣。戦闘用の丈夫《じょうぶ》な布で作られた服と、革の軽防具、革の靴《くつ》、動きやすいよう背中にピッタリとくっつく斜めがけのバッグを買った。

素材の質や、付与《ふよ》されてる特殊効果によって装備類はピンからキリまで値段に開きがある。

今の僕にはサッパリ違いがわからなかったから、安価なものを選んでしまったので、魔術《まじゅつ》的な付与効果は一つもない。ど素人が選んだ装備。不安は拭えないけど、今は仕方がない。

「うーんと。さて、どうしようかな」

張り切ってはみたものの、いつも通りに起床《きしょう》したので今は四時半。

まだ外は陽《ひ》も出てないだろうし、ラフィーリアの家へ向かうにしても、ちょっと早い。

「朝食を済ませよう。食堂なら、昨日の残り物とか、探せば何かしら食べるものはあるだろうし」

隣の部屋で寝ている人たちを起こさないよう、そっと扉《とびら》を開けた時だった。

対面の扉に体重を預けて立っている人がいて、体が固まってしまった。

黒いローブについた大きなフードを被っていて、奇妙《きみよう》な模様が描かれた仮面を着けている。

なんだろう。失礼ながら、不審者としか思えない。ここが職員用の私室が並んでいる廊下で、関係者以外立ち入り禁止になっていることも、不審者と判断したくなる理由の一つだろう。

レナードはこれの入館を許したんだろうか。

いや、今頃《いまごろ》は酒に酔《よ》い潰れて寝《ね》ているだろうし、真面目《まじめ》に仕事をしてるはずもないな。

でもロゼが受付にいるはずだし、本当に不審者なら警告くらいするはずだよな。

じゃあ、お客さんなのかな？

「おはよう。リアン君」

淀みのない口調は、聞き覚えのある声だった。

仮面を取り、フードを外す。首を振って揺《ゆ》らした髪は、月夜の川のように暗闇と青を混ぜている。

「……!?　ラフィー……」

名を叫びかけたところ、その相手は右手で僕の口を塞ぎ、左手の人差し指を麗《うら》らかな唇《くちびる》に当てた。

「君が私の弟子になったのは秘密。私の名前は呼ばない方がいい」

ラフィーリアは僕の口から手を離《はな》すと、また仮面を着けて、フードを被ってしまった。

そういえば今度会う時には変装してくるって言ってたな。

「じゃ、じゃあ……師匠《ししよう》と呼ぶようにしますね」

「うん」

返事も単調に、ラフィーリアは一階のロビーに進む。

「おはようございます、ビオラ様、リアン様」

「ビオラ……あだっ……」

受付で丁寧《ていねい》に一礼するロゼが誰のことを呼んでいるのか考えているうちに、急に立ち止まったラフィーリアのお尻にぶつかってしまった。明らかにラフィーリアに向かってビオラと言っている。

「お二人はお知り合いなのでしょうか」

「うん、知り合い。ちょっと一緒に出かけてくる。お昼には戻るから、気にしないで」

見た目が不審《ふしん》だからか、ロゼは僕の顔を見て、これが信頼《しんらい》できる人物なのかを問いかけていた。

僕は怪《あや》しまれないよう、すぐに頷《うなず》いた。

「かしこまりました。では、どうかお気をつけて、休日をお楽しみくださいい、リアン様」

「う、うん。いってきます、ロゼさん」

ロゼは優しい笑顔《えがお》で見送ってくれた。

僕にも休日を一緒に過ごす友達ができたのだと、祝福しているようでもあった。

会館の扉を出て、誰にも聞こえないよう、小さな声で質問した。

「あの、ビオラという名前は……」

「知り合いに頼《たの》んで、偽物《にせもの》の登録証を作ってもらった」

長いローブの袖から出た白い手首には、緑の魔鉱石が嵌《は》め込まれた銀色の腕輪《うでわ》が装着されていた。

それは冒険者リングや登録証と呼ばれる、装着者の冒険者たる身分や職歴を証明するものだった。

『冒険者の心得』にも書かれてた。このリングが定期的に魔力を発して居場所を知らせることで、ギルドは冒険者の居場所を把握《はあく》できるようになっていて、消息を確認している。

「リスト」

ラフィーリアがそう言うと、腕輪にある鉱石が光りだし、空中に文字を浮かび上がらせる。

そこには冒険者ランクや与えられた称号、戦歴、所属するクランやパーティ名が記されている。

「そ、それって犯罪なんじゃ……」

「悪いことに利用しなければ問題はないよ。さぁ行こう。時間がない」

ラフィーリアの変装は、僕が下手に人の注目を集めないようにするための配慮《はいりよ》だ。

偽造《ぎぞう》された登録証も僕のために用意してくれたのかと思うと、申し訳ない気持ちになったが、ラフィーリアはそんな僕の罪悪感をこの場で切り落とすように、少しだけ足を速めた。

王都の関所を抜けて、草原を歩く。

陽の光がなく、月も沈んでしまった今は一日の中で最も暗い時間だった。

今になって照明道具を買っておかなかったことを後悔《こうかい》した。洞窟の中じゃランプが道を照らしてくれるからって、すっかり失念していた。

「装備、自分で買ったの？」

「え……あ、はい。何を買っていいかわからなかったので、市場で適当なやつを」

周りに誰もいなくなったところで、足を止めたラフィーリアは僕の衣類を指でクイクイと引っ張ったり、鞘《さや》から引き抜いた剣を一瞥《いちべつ》して戻したりと、一通り装備を観察していた。

「うん、まあ、今はいいか。すぐに体も大きくなるだろうし、次に新調する時は私が買うよ」

「そ、それはダメですよ！　ちゃんと自分のお金で買いますから！　ラフィ……師匠には予算の中で良さそうなものがどれなのか、選んでもらいたいです」

抗議の意を示すように、師匠の仮面が僕の顔にぐいと近づいてくる。

「や、やっぱり、身の丈《たけ》に合ったものを自分で買う方がいいと思うんですよね」

「……君は、物に欲がないいんだね。冒険者を目指すなら、それはとてもいいことだよ」

「そうなんですか？」

「うん。欲深いと、大事なところで決断を間違える人が多いから」

ラフィーリアは僕の胸当てを綺麗な指でトントンと叩いた。

「でも、どんな装備にせよ、左胸を守れるように、胸当てだけはいいものを選んで」

わざわざ仮面を取ってから僕の目をじっと見て、真剣《しんけん》な面持《おもも》ちで言葉は続く。

「心臓は天啓《てんけい》の拠《よ》り所《どころ》。愛神の加護は血液を伝って全身に届く。心臓さえ無事なら、余程《よほど》の重症《じゅうしょう》でもない限り延命できるから」

ラフィーリアはそれだけ言って、また仮面を着けて歩みを再開させた。

先週、一回だけダンジョンに行っただけの僕には、当然のことながら実力もなければ実績もない。才能を見込んで投資してくれるのは嬉しいけど、普通の人に貰うのと、神に仕える天使に装備一式を買い揃《そろ》えて貰うのとでは意味合いが大分違う。今の僕が貰っても、恐縮と申し訳なさで、そんな付与効果なんてあるわけないのに装備から不可解な重さを感じてしまいそうだ。

申し訳なさで言ったら、こうやって遠征に引率してもらっていることもそうだ。

本当に貴重な時間を割いてまで教える価値が僕にあるんだろうか。

というよりも天使というのは普段は何をして過ごしているものなんだろう。

「あの、天使様というのは、普段はどこで何をしていらっしゃるものなんでしょうか」

返答次第では弟子になることも辞退するつもりで、僕は質問した。

「信仰心を守ること、広めること。基本的に寵愛《ちょうあい》の剣《けん》は、これを使命として心血を捧げてる。具体的には国内の治安維持と、布教活動をする。今日も昼から、ウェモンズの魔導師《まどうし》学園で講演がある」

「ええ⁉　お忙《いそが》しいんだったら、またの機会にしても……」

「昼に戻れば問題ない。探索できる時間は十分にあるよ」

申し訳なさが倍増したところで、ルフト洞窟に到着《とうちゃく》。先週と変わらず、入り口に魔力貯蔵庫を置いて、管で通したランプを光らせながらずっと奥まで伸びている。

独特の湿《しめ》った空気。反響《はんきょう》する足音は、自分のものかラフィーリアのものか、それとも第三者が背後からついてきているのか徐々に曖昧《あいまい》になっていく。

不安を呼び起こさないよう、僕は過去の記憶から『冒険者の心得』を開いた。

ルフト洞窟は三つの階層に分かれている。

上層は地上に近い初心者ゾーン。

深層は深い場所にある中級者・上級者ゾーン。

最下層は、魔素の根源となる龍脈《りゅうみゃく》が通る場所。

魔素の根源を壊してしまうと、ダンジョンはもぬけの殻《から》になってしまうから、三つ目の階層は出入り禁止になっている。他の魔素を食べることしか考えない魔物は、基本的に人間の敵でしかないが、倒した時に貰える魔石や素材は、僕らの生活に役立つものばかり。それに、下手にダンジョンの魔素の濃度《のうど》を下げれば、内部の魔物たちが新しい狩場《かりば》を求めて多方に散ってしまう。魔物の被害《ひがい》より、利益のほうが上回っている限り、ダンジョンを閉鎖《へいさ》させるのは国益にそぐわない訳だ。

そろそろ魔物が出る場所まで入ってきた。

用心に越したことはないし、今のうちに剣は手に持っておこう。

「待って、リアン君。スキルの熟練度を上げるためにも、今日は剣を使わずに魔物を倒してみて」

「け、剣を使わずに戦うんですか……」

「大丈夫。危ない時はちゃんと守るから。そのために私がいる」

「……わかりました」

デスラットが姿を現す。本当に上層はデスラットの縄張りなんだな。たぶん、これが他の魔物を全部食べてしまっているんだろう。数の暴力が凄まじいのは、なんとなく想像がつく。

目の前に魔物がいるのに武器を持たないっていうのはかなり怖《こわ》い。

でも、ラフィーリアが守ってくれると言ったんだ。

僕はその言葉を信じて、やるべきことに集中するしかない。

「膨張《バルーン》！　硬化《ロック》！」

泡の壁を作ると、デスラットが思いっきり激突する。デスラットを挟むようにもう一つの泡で退路を塞ぎ、閉じ込める。そして、内側にもう一つ泡を作って、押し潰す。

圧死したデスラットは塵になった。

よし。と、小さく拳《こぶし》を振る。前回よりはスムーズにできた気がするけど、まだ手間がかかる。

複数匹《ひき》が同時に向かってきたら余裕《よゆう》を持って対処できるとは思えない。

これこそ、経験を積み重ねて慣れていかなきゃいけない部分だろうな。

「たしか、泡には他にも性質があるって」

「はい。『収縮』とか『張力』とか、泡で見られる性質がスキルにもあります」

「それぞれの性質で魔物を倒せるようになれば、それだけスキルの応用力がつくよ。たとえば今度は、縮む力を利用してデスラットを圧死させるとか」

「なるほど。やってみます」

泡の壁にデスラットを閉じ込める。ここまでは定石。

新たに作った大きい泡にデスラットを飲み込ませたあと、中の空気を抜くように、小さくしてく。

しかし、ある程度小さくなったところで、泡の縮小が止まってしまった。

制御が難しくて、ぷるぷると震《ふる》え始めた泡は挙動をおかしくしている。

集中力が足りない。即ち、想像力やイメージに必要な材料が足りてないんだ。

名前や体の動作を加えると、より集中できるようになるってラフィーリアに教えてもらったけど、そういえば『収縮』の性質にはまだ名前をつけてなかったな。

草花が枯れる。萎《しお》れて小さくなるイメージから、『収縮《ディケイ》』って呼ぶことにしよう。

集中力を上げるために、しゃがんで縮こまることでイメージを明確にしながら発言する。

「収縮《ディケイ》！」

デスラットは小さくなっていく泡から逃げ出すことができず、押し潰されて塵になった。

デスラットと出くわすたびに、他の性質も試していく。

『増殖《ぞうしょく》』は、泡がブクブクと増えるイメージで『増殖《ゲイン》』。

石鹸《せっけん》を泡立《あわだ》てるように腕をぐるぐる回せば集中力が上がる。

硬化させた小さな泡を大量に発生させれば居場所を失った標的が圧死する。

増やしながら、硬化させながら、時には膨張も交えながら圧力を上げるのは結構難しい。

「次は『破裂《はれつ》』をやってみます」

「うん」

弾けるイメージだから『破裂《バースト》』。

手を叩いて音を鳴らす動作が破裂音と重なるようで集中力が増す気がする。

硬化させた泡を破裂させれば、飛び散った泡の破片《はへん》が対象に突き刺さるはずだ。

泡を地面や壁に複数個くっつけておいて、デスラットが通過する瞬間に発現させる。

「破裂《バースト》！」

破片が刺さったデスラットは塵になった。

ここまでは予定通り、のはずだったのだが、四方に飛ぶ破片は僕の方にまで襲いかかってきた。

回避する準備なんてしているはずもなく、無数に散らばったガラスの破片が視界に広がっていくのを見ていることしかできなかった。

風のように現れるラフィーリアの背中。

複数のガラスが一斉《いっせい》に割れる音がした。僕の動体視力では追えない。ラフィーリアの手には剣が握られているから、たぶん飛んできた破片を切り落としたのだと、憶測《おくそく》でしか語れない。

「便利な力だけど、ちょっと危ない」

「はい……」

『張力』は流石に攻撃には使えなさそうだ。泡の表面張力はどちらかというと分裂《ぶんれつ》した泡を一つの泡にまとめるとか、『硬化』を助ける補助的役割のほうが使いやすい。

糊《のり》のようにくっついたり、引っ張り合うイメージがあるから、名前は『張力《グルー》』。両手の指を交互《こうご》に絡めることで、くっついていく動きに集中できそうだ。

「ん……？　これは……」

塵が舞う場所に、魔石と一緒に牙が落ちていた。

「素材だね。魔物がたまに落とす。それも売り物になるよ」

八センチ程のデスラットの大きな前歯だ。強度があるから加工すれば色々な道具を作れそうだ。

「リアン君。君の泡の有効射程はどれくらい？」

「今は八メートルくらい離れた場所なら、泡を生み出せます」

「一つ提案だけど、デスラットの体内に直接泡を生成できないかな？」

「た、体内……やってみます」

泡の中に閉じ込めたデスラットに向け、腕を伸ばす。

ネズミの内側に内臓の収まる空間があると意識しながら泡の発生地点を定め、魔素を放出した。

藻掻《もが》き苦しむデスラットが倒れ、口や鼻から泡を吹き出し始める。

ピクピクと動いていた体が完全に停止すると、デスラットは塵になった。

圧迫《あっぱく》とも、『破裂』が作る裂傷《れっしょう》とも違う。これは窒息《ちっそく》だ。

自分で発動しておきながら、見ていて恐ろしくなった。

呼吸する生き物に使えば簡単に殺せてしまうことが容易《ようい》に想像できるからだ。

それは、人間に対してだって例外じゃない。

「師匠……僕のスキルって……」

「君のスキルは劣勢《れっせい》とも優勢とも言い切れない。使う人を選ぶタイプだろうね。普通の人なら、大量の泡を生み出せないし、すぐに割れてしまう繊細《せんさい》な泡は維持することすら難しいと思う。性質と硬化の現象をここまで引き出せているのは、リアン君の魔力操作があるからだよ」

学園のボルトフ先生には劣勢を指摘《してき》されてばかりだったから、褒められるのに慣れてない。

客観的な事実で自己評価を改めようか……そんなことで悩《なや》んでいると、頬《ほお》を撫でた生暖かい風に意識を持っていかれた。洞窟の中じゃ不自然な風だった。

「気づいた？　君は本当に飲み込みが早いね」

「なんだか、奥から風が吹いてきたような……」

「それが魔物の気配。空気中に漏れ出た魔素の流れ。よく覚えておいて」

言葉では表現しにくいけど、いくつかの壁を挟んだ向こう側に、なにか動くものを感じる。

これが気配、空気中に漂う魔素の流れ。この感覚が掴めるようになったら、視覚や聴覚《ちょうかく》に頼らずとも魔物の居場所がわかるようになるのか。これは確かに早く習得したほうが得だし、安全だな。

気配が近づいてくるのがわかるのに、いつものデスラットの足音が聞こえてこない。

不思議に思っていたら、フワフワと飛んできたのは今までに出会ったことのない魔物だった。

「スモッグだね」

洞窟内に発生したガスと魔素が結びついて生まれた魔物。灰色の雨雲のような見た目をしている。

『冒険者の心得』には、魔物の知識はどんな高価な装備品よりも有能に働くと、魔物の属性や、その対処法が具体的な実戦例になぞらえて記されていたのを思い出した。

「気体の魔物って、物理的な攻撃が当たらないんですよね？」

「うん。だから、今の君があれを倒すのは少し難しいかも」

「師匠なら、倒せますか？」

「気体は冷気で固体化させられる。けど、ここでそれをしたら、洞窟内にいる冒険者が全員死ぬ」

「それは……やめた方がいいですね」

「倒せないかもしれないけど、リアン君の泡ならスモッグを囲い込めるんじゃないかな」

「……や、やってみます」

「頑張って」

ゆっくりと、体を小さくしながら歩いて、近づいていく。

慎重《しんちょう》に足を進めても、小石を踏んでしまった些細《ささい》な音が洞窟内では大きく響いてしまう。

こちらを警戒《けいかい》したスモッグは大きく頬を膨らませて、大量の煙《けむり》を吹きかけてきた。

視界が黒に染まる。魔力ランプの灯《あか》りも遮《さえぎ》られてしまって、辺りは真っ暗になった。

「うわっ⁉」

「今のリアン君の攻撃範囲《はんい》じゃ間に合わないか」

「し、師匠⁉」

「大丈夫。ただの煙幕《えんまく》だから。落ち着いて。無闇《むやみ》に動くと、却《かえ》って危険が増す」

「は、はい！」

黒から灰色へ。煙が薄くなると、徐々に魔力ランプの暖かい光の色へ変わっていく。

ダンジョンの中で視界が奪われるってこんなに怖いものなのか。ラフィーリアが声を掛けてくれたからなんとか落ち着いていられたけど、僕一人だったらパニックに陥《おちい》っていただろうな。

煙の中で何かが動いたように見えた。それは煙の濃淡《のうたん》が見せる影だと思っていた。

二つの赤い光、腐敗《ふはい》した口臭《こうしゅう》を嗅《か》いだ時、デスラットが僕の顔面に噛み付こうとしているのだと気づいたのは、十五センチほど目前に牙が迫ってきた時だった。

「⁉」

対応する間もなく襟首《えりくび》を後ろから引っ張られた。ラフィーリアは僕を抱えて、来た道を高速で引き返していく。入り口付近まで戻ってくると煙は外へ抜けて視界も晴れていた。

ラフィーリアは余裕をもって僕を下ろして、追いかけてくる魔物を優美に待つ。

猪突猛進してくる姿は間違いなくデスラット。しかし、その体は普段の二十倍以上、頭から尻尾《しっぽ》まで三メートルくらいはあろうかという巨大《きょだい》さだった。

あそこまで大きくなると、ネズミと言うより熊《くま》に近い。

ラフィーリアが剣を握る。

細身の剣は冷気を凝縮《ぎょうしゅく》させて、氷霧《ひょうむ》を纏《まと》いながら青白い光を乱反射させている。

ラフィーリアが前傾《ぜんけい》姿勢になった瞬間、姿が消えた。

気づいた時には十メートル向こう側へ移動していて、手前のデスラットの体が断面を凍りつかせたまま両断されていた。遅れて、凍《こご》えきった空気が透《す》き通るような甲高《かんだか》い音を響かせた。

倒れた魔物の体が塵になる。残った魔石は、今までの魔石の十倍くらいに大きかった。

「ついてなかったね」

「い、今のは……」

「レアデスラット。ダンジョンとか、魔素の溜《た》まりやすい場所だとたまに出てくる希少種。レアモンスター。希少種は普通のよりも強いから、リアン君は見つけたら逃げるようにね」

「は、はい……」

「あ……」

固まったラフィーリアは、僕ではなく、視界に入っていた洞窟の出口を見ていた。強い光が丸の形を作ってる。来る時は真っ暗だったのに、いつの間にか外はすっかり明るくなっていた。

「……そういえば、師匠。お昼に用事があるって……」

「……ごめん。今日はここまでにしよう」

「了解しました。あの、助けてもらったり、色々と教えてもらったり……ありがとうございます！」

「君の【泡】のスキルは、たぶん周りに物があったほうが強くなる。この洞窟とは相性《あいしょう》がいいかもね。魔物との戦いに慣れるまで、何度でもここに来よう」

「はい！　よろしくおねがいします！」

僕の目では認識することすらできないラフィーリアの実力。遥《はる》か先にいる達人が、僕の可能性を引き出そうと骨を折ってくれているのだと、改めてその幸運を感じだ。

迷うことはない。迷うほど僕は大した存在ではないのだから、今は天使に導かれるまま、前だけを見つめていればいい。興奮で舞い上がってしまったのか、純粋《じゅんすい》にそう思っている僕がいる。

「この前の魔石は換金した？」

「いえ、まだ」

「会館の受付の奥に換金所があるから、お金に換《か》えてもらうといいよ」

「わかりました。やってみます」

「じゃあ、ちょっと急ぐから、帰りは私が運んでいくね」

「え、あ……はいっ⁉」

僕の返答も待たずに、ラフィーリアは僕を抱えて、街道も使わず、跳躍して森を突っ切っていく。

すごい速さだが、それでも多分、僕のために遠慮してくれていた。

関所を抜けたところで、僕を下ろしたラフィーリアは所用へと向かった。

危機感が薄れると疲労感《ひろうかん》が全身に張り付いてくる。僕は大人しく会館へ戻ることにした。

お昼時の会館は大食漢な冒険者を満腹にさせるため、食堂がフル稼働《かどう》で匂《にお》いを充満《じゅうまん》させていた。

「戻ったか。昼飯は外で食ってきたのか？　……って、お前、その格好《かっこう》」

ゴロゴロステーキ飯が盛られた器《うつわ》を片手に頬張《ほおば》りながら、玄関《げんかん》を入ってすぐ横のいつもの席に座っていたレナードは、こちらを凝視《ぎょうし》しながら近づいてきた。

スンスンと鼻を鳴らし、僕の衣類を嗅いで一言。

「お前……王都の外に出たな？」

「え……」

レナードは呆れたように溜息を吐《つ》く。

僕の言い訳を聞く前から断定されて、下手に怒られるよりも心を絞られるようだった。

遠征用の服装を見られても趣味《しゅみ》で着ているだけと言えば誤魔化せると思っていたのに。

臭《にお》いでわかるものなのかな。自分で嗅いでみても、よくわからない。

「血生臭《ちなまぐさ》さと、湿気臭《しっけくさ》さ、洞窟系のダンジョンか。この辺じゃ、ルフト洞窟しかねぇだろうな」

「あ、あははは……すごいですね、臭いでわかるなんて……」

「お前なぁ、自分の歳がいくつなのか、わかってんのか？　あぁ？」

レナードは人差し指で何度も僕の額を突《つつ》く。

「すみません……でも、大丈夫です。とっても強い人に、同行してもらっているので」

「強い人？　誰だ？」

「ビ、ビオラさんっていう人です。僕、その人の弟子になったんです」

「ビオラ？　聞いたことねぇ名前だな。強い奴の名前は、大体知ってるはずなんだがな」

「ま、まあ、絶対に無理はしないので、大丈夫ですよ」

「大丈夫って……どれだけ危険なことをしてるのか自覚はあるのか？」

「一応はあります。でも、やめるわけにはいかないんです。これが僕の夢ですから」

「……はぁ。覚悟があるならそれでいい。お前は賢《かしこ》いからな。勇敢《ゆうかん》さと無謀《むぼう》を履き違えなきゃ、ルフト洞窟で死ぬようなことはねぇだろう。だが、お前が強いと言っているビオラって奴には一度会わせろ。信用できる奴かどうか、俺が審査《しんさ》してやる」

「わ、わかりました。ビオラさんにそう伝えておきます。じゃあ、僕は魔石を換金してきますね」

「換金って……魔物を倒してきたのか？」

「はい！」

「おいおい……別の意味で先が思いやられるな、お前の成長は」

額に手を置いて気怠《けだる》そうにしているレナードは、何かを思い出して当惑《とうわく》しているようだった。

冒険者稼業《かぎょう》とは、危険と隣《とな》り合わせな環境《かんきょう》に身を置く職業だ。怪我が怖くて務まるような仕事じゃない。レナードがそれっきり過保護に扱わなかったのは、僕の将来を想ってこそだった。

「えっと、換金所は……」

受付を通り過ぎた、通路の手前のところにある扉を開ける。

中は人ひとりが入れるくらいの広さで、目の前の壁に正四角形の溝《みぞ》が掘《ほ》られている。

独房《どくぼう》なんて入ったことないけど、それを想像させるような殺風景な部屋だ。

「換金したいものがあるなら、早くお出しよ」

「あ、は、はい！　す、すみません！　今すぐ！」

ぼーっと立ってると、奥から嗄《か》れた女性の声が聞こえてきた。

急いでポケットから魔石と素材を取り出して、昨日とった魔石と一緒に溝の中に入れた。

「バンッッッ‼」と腕を切断させるような勢いでシャッターが下ろされる。

どうやら二重扉《にじゅうとびら》になっているようで、向こう側で品物を査定しているみたいだ。

（いくらくらいになるんだろう……命懸けで半日動いたから、一万ディエルは欲しいんだけどな）
一、二分でシャッターが開く。金貨五枚と銅貨六枚が置いてあった。
硬貨《こうか》に挟まれて一枚の紙が置いてあり、換金の内訳が書かれていた。

ランドール王国冒険者ギルド協会　ルビエント支部
取引日　神暦１００９／７／１４
・グリーン魔石（小）　１０００　×　２３　＝　２３０００
・グリーン魔石（大）　３００００　×　１　＝　３００００
鑑定料　＝　１００　×　２４　＝　２４００
合計　＝　５０６００ディエル

「『デスラットの牙』は依頼《いらい》で引き渡したほうが高く売れるよ」

硬貨の横には、そのままの姿で戻ってきたデスラットの牙が置いてあった。

「どうする？　ここで買い取るのかい？」

「あ、いえ！　あ、ありがとうございます！　失礼します！」

デスラットの牙をポケットに戻し、部屋を出る。

半日で五万ディエルも稼《かせ》いでしまった。レアデスラットから出た魔石が三万ディエルだったのが大きいけど、あれは滅多《めった》に出ないものだろうし、それを差し引いても二万ディエルは稼げてる。

途中で引き上げたから、頑張ればこれの倍以上は稼げるかもしれない。

もし毎日遠征に行ったら、余裕で年収は七百万を超える。

しかもこれって、初心者用のダンジョンの話だ。高難易度の遠征先に行けば、濃《こ》い魔素を体内に宿した強い魔物がいるわけで、より希少な魔石や素材が手に入るようになるだろう。

冒険者たちが命を懸けてでも遠征に向かう理由が脳裏《のうり》を過る。

『欲深いと、大事なところで決断を間違える人が多いから』

ラフィーリアが呟いた言葉と共に。

◇　◇　◇

僕が学園を出てから半年が経った。

一月。新年の祝賀として、愛神への豊穣祈願《ほうじょうきがん》と感謝の念を伝えるために、様々な風習を執《と》り行う。

教会の祭壇《さいだん》に米や麦などの作物や、それらから生まれた酒、家畜《かちく》たちの肉など食材を供えたり。魔草を縒《よ》り合わせて冠《かんむり》を作って、子供たちに被らせたり。リースやドライフラワーなどを作って、壁に飾《かざ》ったり天井《てんじょう》から吊るしたりして、奇跡の力で与えられた生命力を讃《たた》えている。

師匠に案内してもらって、最低限の装備を調《ととの》えてもらった。一流に選んでもらった装備は、実用性に長けた物ばかり。青を基調とした装備は、師匠の髪の色とお揃いみたいで嬉しかった。

『照明になるアイテム（携帯《けいたい》用の火力型魔力ランプ）』

『気温の変化に対応するアイテム（体温保護アベレージストール）』

『水や食料（チョコレートと魔力水筒《すいとう》）』

『緊急時《きんきゅうじ》用の薬（第四等級エクスポーション百グラム）』

など、他にも選んでもらったのだが、こっちの細々とした物の方が武器や防具より高くついた。

師匠は言う。大事なのは戦うこと、勝つことではなく、無事に生還《せいかん》すること。何よりも逃げるために必要なアイテムが最も重要であり、これらにはお金に糸目を付けてはならないと。

そういった重要なアイテムをしっかりと持ち運べるように、中くらいのリュックに新調した際には、衝撃軽減と軽量化の魔術付与が施《ほどこ》されているものを選んだ。お腹の辺りにベルトがあって、体に密着させられるから身動きも取りやすい。

これも師匠のアドバイスだが、荷物は中でゴロゴロと動かないよう整頓《せいとん》してピッタリ詰めるように入れた方が、音を立てずに済むし、重心のブレも防げてより安全になる。

「このストールに付与された保温効果、凄いですね。首に巻くだけでポッカポカです！」

「私がもっと高いものを買ったのに……」

「今の僕には、これで十分なんですよ」

「安いものは体温と温度差があり過ぎる場所だと効力が弱まるから気をつけて」

「はい。気をつけます」

雪が降り積もる寒さの中でも、愛神の力に支えられた草花は枯れる様子を見せない。

この季節の寒さでは、人間の肌はピリピリと痛むものらしい。

もちろん肌寒《はだざむ》さは感じるのだが、生命力を与えてくれる愛神の力で、信徒の体は痛みを感じる冷たさまで体温が下がらないようになっている。その点、ランドール国民は国外へ出国する時や、愛神の恩恵《おんけい》が届きにくい場所に向かう際には、温度変化に注意するよう言われたりする。

僕は相変わらず、清掃《せいそう》の仕事をしつつ、ラフィーリアとダンジョンに通っている。

「ついたね。希少種はいつ出るかわからない。油断はしないように」

「はい！」

今日もまたルフト洞窟に到着すると、いつものように魔物と対峙《たいじ》していく。

援護《えんご》を期待していた自分はもういない。

半年間続けてきた成果。我ながら、随分と冒険者らしく、戦闘力《せんとうりょく》もかなり向上したと思う。

その顕著《けんちょ》な例が、泡の生成スピードだ。以前はいちいち大袈裟なジェスチャーが必要だったけど、練度を上げた今では、手の動きで泡を操作することができる。具体的には、握った拳を広げれば『膨張《バルーン》』
片手で五本の指を曲げれば『収縮《ディケイ》』
強く拳を握り込めば『硬化《ロック》』
指や手首、腕を回せば『増殖《ゲイン》』
指を鳴らせば『破裂《バースト》』
人差し指と親指を擦れば『張力《グルー》』、といった具合に全てが簡略化されている。
泡の壁に衝突《しょうとつ》させ、怯《ひる》ませたデスラット。拳を強く握ったあと、指を回す。
「膨張《バルーン》、硬化《ロック》、増殖《ゲイン》」
体内で発生した少し硬めの泡によって、デスラットが窒息した。
全てが手の動きだけで完結する。焦りも気負いもない。あっけなくやられてしまうデスラットに同情すら抱きたくなるくらいに、一連の動作が滑《なめ》らかに繋がる。
本当なら泡の壁も省きたいところだが、動く標的の内臓を狙い撃《う》ちするにはまだ修練が足りない。
「リアン君、こっちにきて」
ラフィーリアに誘《さそ》われて、いつもとは違う道を歩く。
『下級者、入るべからず』、『この先、難易度ランクB以上』などという物々しい注意書きが記された看板を奥に進むと、直径四十メートルはあろうかという巨大な穴があった。
下から吹き上げてくる風が、地鳴りのように響いてる。
かなりの深さだ。ずっと奥の方まで真っ暗。底が見えない。

側面を辿るよう螺旋状《らせんじょう》に木製の梁《はり》が打ち込まれている。おそらくは階段なんだろうが、あまりにもスカスカすぎて、僕みたいな子供じゃ間に体が入ってそのまま落ちてしまいそうだ。

「ここが深層の入り口。一応、教えておく」

「ここって、結構入り口から近くないですか？」

「うん。だから興味本位で挑戦しようとする初心者冒険者があとを絶たない」

少し覗き込んだだけで足が竦《すく》んでしまって、僕は後ずさりした。

対してラフィーリアは断崖絶壁《だんがいぜっぺき》の縁に立っても、呼吸一つ乱れない。

「師匠は行ったことありますか？」

「一度だけ。でも私の冷気は滞留《たいりゅう》させると自分も周りも危険に晒《さら》すし、屋内だと不利に働くこともあるから、あまり好きな場所じゃない。それに、下はランプが設置されてなくて視界が悪いから、修行の場所としてはあまりおすすめしない」

「ち、近づかないように、気をつけます……」

一日中ルフト洞窟で魔物を狩り続けたあと、ギルド会館に戻る。

いつものように挨拶を交《か》わしたレナードが、隣にいるラフィーリアの方を睨《にら》みつけた。

「またこいつと遠征に行ってたのか？」

邪険《じゃけん》にする顔つきでレナードは顎《あご》をしゃくる。最初に紹介した時からレナードは僕の師匠が気に入らなかったらしく、ラフィーリアと会館に訪《おとず》れた時には必ず突っかかってくる。

「まだ師匠の実力を疑ってるんですか？　僕がこうやって無事に帰って来てるのが、何よりの証拠じゃないですか」

「こんな変な仮面つけてる奴、怪しんで当然だろ」

レナードも周りの冒険者たちも、誰も僕の隣に居るのがラフィーリアだと気づいていない。レナードが師匠に突っかかるのは、僕を心配してのことだとわかっていても、天使に悪態をつく様は居た堪《たま》れない。天使の弟子だと言えば騒がれるけど、秘密にするのは、それはそれで気掛《きが》かりだ。

「……ま、ちゃんと問題なくやれてんならそれでいい……頑張れよ」

そう言って、レナードは持ち場に戻っていく。突っかかっても、引き際は毎度あっさりとしたものだ。どこかで師匠の実力を少し披露《ひろう》できる機会があれば、レナードにも認めてもらえるのにな。

手に入れたものを換金所で換金する。丸一日ダンジョンに潜《もぐ》って、デスラットを九十八匹倒した。

鑑定料を引いても魔石だけで九万八千ディエルで売れた。

手に入れた『デスラットの牙』は五本。依頼《クエスト》で注文が入りやすく、一つ金貨二枚で売れる。合計で金貨十枚で売れるんだけど、僕はまだ冒険者として登録しているわけじゃないので、自分で依頼を引き受けることができなかった。そこで、デスラットの牙はラフィーリアに依頼を代行してもらう形で現金化してもらった。

一日で稼ぎが約二十万ディエル。

凄い大金だけど、十数回とこなしてきて慣れちゃったのか、積まれた金貨を見てもあんまり感情が動かなくなってきてる。というより、回を重ねるほど無事に生きて帰れたことの方が重要だと気づいてきて、報酬《ほうしゅう》は二の次になってる感じだ。ラフィーリアと出会った頃は、そのお金の無頓着《むとんちゃく》さに驚かされっぱなしだったけど、今ならなんとなくその訳もわかる気がする。

貰ったお金を持ってそのままロゼのいる受付に置いた。

「送金、お願いします」

「はい。では、こちらの用紙にご記入ください」

しばらくの資金は装備の清掃で稼いだお金で事足りてるから、必要な分だけ自室のベッドの下に隠した布袋《ぬのぶくろ》に貯金しておいて、稼ぎ過ぎた分は孤児院の院長であるミネルへ送るようにしてる。

孤児院の物は色褪《いろあ》せたものばかりだった。せっかくなら家具や勉強道具、衣類なんかを新しくしてほしいということと、子供たちの学費にも充《あ》ててほしいと手紙では伝えてある。

学園で受け入れられる孤児の人数を増やしてもらう。送るのはそのための資金だ。

「どうしてそんなに孤児院に寄付するの？」

「な、なんででしょうかねぇ、あははは……」

中途半端《ちゅうとはんぱ》に笑いながらペンを走らせる。

僕がいた場所だから、とは言えなかった。ラフィーリアはこんなにも僕のために時間を割いてくれているのに、連れ戻されることを恐れて、未《いま》だに本名すら名乗れていないのだから情けない。

ちなみに、差出人も本名では書けないので送金はリアンの名義で送っている。学園で受け取られた小包を誰が開けるかもわからないので、手紙で事情を説明することもできない。

向こうからすれば、リアンを名乗る謎《なぞ》の人物から寄付金が届いていることになる。

「君はもう少し、自分のためにお金を使った方がいいと思う。もっと性能のいい装備を買うとか」

「ははは……僕もそう思います。でも、これぱっかりは放ってはおけないんです」

四月になって暖かい季節が来たら、覚醒の儀式が始まる。もうすぐあの日から一年が経つ。そう思うと、今こうして自分の居場所だと思える環境で生活できていることが奇跡のように感じられる。きっと僕は色々なものに支えられてここにいる。証拠はないけど、確信を持ってそう言い切れる自信がある。今度こそは僕が誰かの支えになれたらって自惚れずにはいられない。

学園の孤児院に来る子供たちにも、僕と同じように大切だと思える居場所を見つけてほしい。成長する可能性や誰かに認められるチャンスは、みんなにあると思いたいから。

「私が寄付しようか？」

「……ちなみに、いくら寄付するつもりでした？」

「百億」

「絶対にダメです」

「十億……」

「ダメったらダメです。これは僕がやるべきことですから。師匠がお金を出す必要はありませんよ」

ラフィーリアは少し俯《うつむ》いて、拗《す》ねているようだった。

この人は小銭感覚で数千万を渡す人だから、すぐに大金を持ってきそうで気が抜けない。

「遠征に行くのにも、慣れてきたね」

「はい。以前よりは」

「じゃあ、今度は別の場所に遠征に行ってみよう」

「えっ⁉　いいんですか⁉」

「うん。隣町《となりまち》のルベルタなら日帰りでも行けると思う」

楽しみすぎる予定を決めて、ラフィーリアは小さく手を振ってギルド会館を後にした。

王都から西へ移動したところにあるルベルタ。そこには僕が王都に来る前に住んでいた孤児院がある。ルークと出会ったのもその時だったな。久しぶりに前の孤児院も見ておきたい。

そこが済んだら、次はもっと遠くへ、ゆくゆくは外国にも行ってみたい。

国外には他の神様を敬う人たちがいて、ここととは違った文化がある。世界中の国を渡り歩いて、色々な経験を積んでみたい。それはきっと、秘宝を見つけるためにも必要だと思うから。


「ふざけんじゃねぇ！　俺はぜってぇ許さねぇからな！」

次の日。廊下を掃除していると、ロビーの方から怒鳴《どな》り声が聞こえてきた。

状況を伝え合うことが人命に直結するとあって、冒険者たちの声量は基本的に大きいのだが、その声はただ大きいだけじゃなく、相手に圧力を掛ける怒《いか》りを孕《はら》んでいた。

「アサルトドッグスがBランクな訳ねぇだろうが！　どういう査定をしてるんだ⁉　協会は！」

受付台の上に置かれた依頼書を叩きながら、大柄《おおがら》の男が目を吊《つ》り上げていた。

事情がよくわからない。何の話をしてるんだろう。

僕と背丈《せたけ》がさほど変わらない、ドワーフのアドリックの肩を叩いた。

「あの、すみません、アドリックさん。あの方は……」

「片田舎《いなか》から最近出てきた新参者だ。たしか名前は、ベルズ・ハンク。……ふん、説明する価値もない話だ。奴は、依頼《クエスト》に失敗した腹いせに、ギルド職員に八つ当たりしている」

「八つ当たり……ですか……」

「どんな事情があるにせよ、自分の失敗を他人のせいにする奴に、冒険者を名乗る資格はない」

たとえ誰かに騙《だま》されたり、不慮《ふりょ》の事故や、不運に見舞《みま》われたとしても、劣悪《れつあく》な環境を乗り越えるのが冒険者の腕の見せ所であって、敗走の言い訳にはならない。なんとも厳しい意見だが、体一つで我を張って自由を求めて突き進む、そんな冒険者の本懐《ほんかい》がそこには含まれているのだろう。

「討伐任務中に起こった如何《いか》なる負傷、損害にも、当ギルドは責任を負いかねます。任務を受領する際、免責事項《めんせきじこう》をご確認の上、サインを頂いております。どうかご了承《りようしよう》くださいませ」

ロゼの丁寧な応対を叩き潰すように、ベルズは再び机を殴《なぐ》る。

「だから！　アサルトドッグスをBランク指定にしてることが、そもそもギルド側の不手際《ふてぎわ》だって言ってんだよ！」

「当ギルドが査定した討伐難易度は、十分な調査の上で決定されたものです。魔物の強さは、状況や環境によっても変化するものであって、Bランク冒険者だからBランクの魔物を倒せる、といった絶対の指標を表すものではありません。これは依頼書にも記載《きさい》されている通りでございます」

魔物の名前を聞くと、無意識のうちに頭の中の『冒険者の心得』がペラペラと捲《めく》られていく。

アサルトドッグス。四足歩行の哺乳類《ほにゆうるい》が魔素に染まって、黒色の狼《おおかみ》に変化した姿をしている。魔素の濃い森に出現し、群れを成して行動する。とても賢く、統率《とうそつ》の取れた動きで獲物の背後を狙う。

火に弱く、群れの中のリーダー格を倒せば退散する習性がある。

冒険者ギルド協会が定める討伐難易度はB、それは僕の記憶とも一致《いっち》している。

「依頼にあったアサルトドッグスは、普通じゃなかったんだ！　あれは……そう！　希少種だ！」

その時、遠目から見ていた冒険者が噴き出した。男の言い訳があまりにも見苦しかったからだ。

「なに笑ってやがる!?」

「それは誠に不運でございました」

ロゼは他の人に注意が向かないよう、言葉尻《ことばじり》を払《はら》うように声を少しだけ大きくした。

「しかし、希少種との遭遇《そうぐう》はどの遠征でも起こり得るものです。遂行《すいこう》中の任務に異常事態が発生した場合についても、当ギルドは責任を負いかねます」

「御託《ごたく》はいいからさっさと任務の結果を取り下げろ！　んでもって、俺に慰謝料《いしゃりょう》を払いやがれ！」

ここまできて、ようやく話の全体像が掴めてきた。冒険者として任務失敗の経歴は信用に響くから、この男はなかったことにしたいのだろう。確かにアドリックの言う通り、事情があるのかもしれないけど、自分の責任を棚《たな》に上げて駄々《だだ》をこねるのは子供のようで情けない。

「あの……助けにいかなくて大丈夫でしょうか」

「まあ、見とくといい。こういう時のために、あの飲んだくれはいるんだからな」

片隅《かたすみ》で、酒瓶《さかびん》の割れる音がした。全員の注目の先には、おもむろに立ち上がるレナードがいる。

いつにもなく殺気立ったレナードの表情。専属冒険者として警備を任された役目を、今こそ思い出したのかもしれない。

「よう、兄さん。任務に失敗して腹が立ってるのはわかるが、どんな理由があるにせよ、それをなかったことにするのは違うんじゃねぇのか？」

「あぁ？　なんだテメェは。関係ねぇ奴はすっこんでろよ」

「どこの田舎から来たか知らねぇが、お前も冒険者なら、冒険者の掟《おきて》ってもんを守らねぇとな」

レナードの拳が炎《ほのお》に包まれる。

放出される感じじゃなく、その炎は拳に纏《まと》わりついているように見える。

あれがレナードのスキルだろうか。火炎《かえん》系の大方は優勢スキルに部類される。

流石は専属冒険者としてギルドに選ばれただけはある。酒飲みでも、やはり優秀な冒険者なのだ。

「掟……？」

「俺たちは、テメェのママじゃねぇってことさ……。自分のケツは、自分で拭《ふ》けってことだよ！」

魔力体術で強化した一歩はとても早く、拳の炎が軌道を描くように伸びる。

躊躇いのない踏み込みはベルズの懐に入り込んで、炎の拳が火球のように腹部に炸裂《さくれつ》した。

火の粉が飛び散る。熱波が仄《ほの》かに僕の皮膚を温めた。レナードの拳は真正面からベルズに命中している――はずなのだが、当の対象は微動だにせず、その場に留《とど》まり続けていた。

「……きかねぇなぁ……全然」

ベルズが不敵な笑みを浮かべる。

衣服が焼けこげ、殴られた部分に穴が開いている。露《あら》わになった肌が灰色に変化していた。

数秒前、拳の炎が弾けた瞬間に響いた音は、大きな銅の鐘《かね》が打ち鳴らされるようだった。

そう、まさしくその体は、鋼鉄並みに硬化していたのだ。

おそらくベルズのスキルは【鉄】か、それに近いものだろう。

「今度はこっちの番……だよなっ！」

鉛色《なまりいろ》に変化したベルズの拳が、その巨躯《きょく》から振り回される。

咄嗟に両腕を交差させて防御の体勢をとったが、抵抗も虚《むな》しくレナードはぶっ飛ばされた。

ガラス窓に展開された魔力防壁《ぼうへき》にレナードの体は打ちつけられ、床《ゆか》に倒れていった。

「レナード！」

アドリックが短い足をゴッゴッと動かして駆け寄る。

体を起こすと、レナードの右腕は前腕部《ぜんわん》分が不自然な場所で歪《ゆが》んでいた。

魔力体術は筋肉や骨の強化にも有効なはずだが、ベルズの一撃はそれをも打ち砕《くだ》く威力だった。

食堂で宴《うたげ》を開く冒険者もよく人を殴るが、こればかりは冗談《じょうだん》では済まされない状況だと感じた。

「これでわかっただろ？　この俺がBランクの任務で失敗するなんて、どう考えたってあり得ねぇ話だ。わかったら大人しく俺の言うことを聞けよ。痛い目を見たくなかったらな」

ベルズは受付の方へ拳を見せつけるが、ロゼに怯んでいる様子はない。

むしろ、その意識は研《と》ぎ澄《す》まされていくようで、漂わせる気配は広大な森林の静けさに似ていた。

植物に由来する亜人《あじん》であるロゼは、並の人間よりは戦えるのかもしれない。でも、レナードもロゼも、僕をここに置いてくれた大切な恩人だ。これ以上、黙って傍観《ぼうかん》しているつもりはない。

「……ん？　なんだ？」

気づけば僕の足は動いていて、ベルズの後ろで止まっていた。

「ここはガキの来るところじゃねぇぞ。早いとこママのいるところに帰んな」

「どうして、依頼に失敗したんですか？」

「あぁ？」

「失敗には、あなたの準備不足にも原因があったんじゃないんですか？」

ベルズが受付台を叩き、僕の声を牽制《けんせい》する。

硬化させた状態で振り下ろされた拳は、木製の台に穴を開けた。

「おい、ガキ……口の利《き》き方には気をつけろよ？　ガキを殴る趣味はねぇが、俺はムカつく奴は片《かた》っ端《ぱし》から殴り飛ばす、そういう主義だからよ」

「あなたのスキルは体を硬化させる類いの能力。その拳には威力があって、防御力《ぼうぎょりょく》も相当なものかもしれない。でもその分、あなたには素早く動く身軽さがない」

ベルズの涙袋《なみだぶくろ》がヒクヒクと動く。

「アサルトドッグスは足の速い魔物だと聞きます。これは僕の推測ですが、あなたは傷こそ負わなかったが、アサルトドッグスの素早さには対応できず、討伐することができなかった」

「黙れ……」

「あなたは自分の長所ばかりを過信し、短所から目を逸《そ》らした。魔物のことをよく調べもせず、依頼を引き受けた。あなたは、僕がなりたい冒険者とは全然違う。その甘さは、素人以下の心構えだ」

目を血走らせ、歯噛《はが》みした口から荒《あら》い息を吐《は》き出すベルズは興奮し始めた牛のよう。

この程度の挑発《ちょうはつ》で冷静さを欠いているのだから、大した冒険者じゃないって僕でもわかる。

身体的に恵まれているだけ。優勢スキルに守られてきただけ。

工夫《くふう》する努力も、自分の弱点と向き合うこともしてこなかった人を、僕は怖いとは思わない。

「このクソガキがぁ！」

大男が襲い掛かってきた時、僕は手の平を下に向け、直後に握り拳を作った。

「リアン様！」

「うおっ⁉」

僕を殴ろうと左足を前に出した瞬間、ベルズは仰《の》け反《ぞ》るように転んで、後頭部から床に着地した。

「ぐっ……なんだ⁉　ぬわっ⁉」

立ち上がろうとするベルズだが、支えにしようとした腕がずるりと滑《すべ》って大きな体を横転させる。

「な、なんだこれは……クソッ！　誰の仕業だ！　ぶっ飛ばすぞ！」

慎重に動いてもツルツルと滑る感覚は、床が凍りついたかのように感じるだろう。

仕組みは簡単。目には見えないほど小さな泡の粒《つぶ》で床を埋め尽《つ》くし、直後に硬化させたのだ。

透明なガラス玉がばら撒かれているようなもの。

踏ん張ることができなければ、ご自慢《じまん》の拳も役には立たない。

「テ、テメェ、クソガキが……」

ベルズに向けて腕を伸ばし、体内にある胃袋や腸といった空間を思い浮かべ、魔素を放出する。

「うぐっ……おグァガッ……ガゴゴゴ……ボゴゴゴ……」

口や鼻から泡を吹き出しながら悶《もだ》え苦しむベルズは、床を殴りつけようと拳を上げた。だが、僕が胃袋の中の泡を大きく膨らませたら、胸部が内側から圧迫されたせいで背骨が反り返り、また仰《あお》向《む》けに倒れてしまった。

大きな腕がゴトリと音を立てて倒れたのを見て、泡を消す。ベルズは気絶したが、息はしていた。

「「うおおおおおっ！」」

しばらくの沈黙を破壊《はかい》する歓声《かんせい》の嵐《あらし》とともに、周りの冒険者たちは僕を取り囲んだ。

「スゲェじゃねぇか、リアン！」

「お前の夢は冒険者になることなんだろ？　こりゃ将来は名だたる冒険者になるかもな！」

職員の手を借りずとも、冒険者たちは協力してベルズを持ち上げて、会館の外へ放り出した。

こんな喧嘩《けんか》や騒動《そうどう》、小競《こぜ》り合いなんかは、冒険者界隈《かいわい》では取るに足らない出来事なんだろう。

無法者を排除《はいじょ》した後は、みんな何事もなかったかのように日常へ戻っていった。

外の通行人も、倒れているベルズを気にも留めずに通り過ぎていく。

「大丈夫ですか？　レナードさん」

「あ、ああ……。はぁ、ああいう奴を黙らせるのが、俺の仕事だったんだがな……アイチチチ……」

「相性が悪かったんだと思います」

「相性……か……。フォローが上手いな、お前は。……助かった、礼を言う」

「怪我は大丈夫ですか？」

「この程度なら問題ない。『愛神の加護』様様《さまさま》だ。売店の回復薬を飲めば、すぐに治る」

　レナードは右腕を庇《かば》いながら立ち上がり、トボトボと売店へ回復薬を買いに行ったが、財布《さいふ》を取り出すことができず、アドリックが代わりに買ってあげていた。

「……じゃあ、僕も仕事に戻ろうかな」

　今日はまだ、冒険者たちから預かった装備品を洗浄《せんじょう》する作業がある。

　こんな騒動にいちいち気を取られていたら、きっと冒険者稼業じゃやっていけない。

　過ぎたことは忘れよう。

　そう思って、受付の先、職員事務室を抜けて倉庫に続く、地下階段を下っていった時だった。

「……いないのか⁉　おーい！　……！」

　ロビーの方から、また大きな声が聞こえてきたのだ。またか……と、溜息が出る。

　地下に入ると声が辺りに反響して、何を叫んでいるのか上手く聞き取れなかったが、ついさっきのベルズのような乱暴者は珍しくないと知ってからは、気にするのも時間の無駄《むだ》に思えてくる。

「……！」

　声は続いている。酒に酔った誰かが、騒いでいるだけかもしれない。

「アウセルー！　いないのかー⁉」

　前に進もうと下段に降りた右足が、引き返してきた。それは間違いなく、僕を呼ぶ声だった。

　しかし、ここではリアンという偽名《ぎめい》を使っている。僕の本名を知る人は誰もいないはずだ。

　一体誰が……。こんな気になることを後回しにはできない。僕は踵《きびす》を返してロビーへ向かった。

「お客様、あまり大きな声で騒がれては、他のお客様のご迷惑《めいわく》となりますので……」

「本当にアウセルはいないのか⁉」

「確認いたしましたが、登録中の冒険者の中にアウセルという名前はございません」

「そ、そんな……じゃあ、アイツはどこに……」

ロゼが対応しているが、後ろからだと誰と話しているのかわからない。

受付台に体が隠れてしまうほど身長の低い人らしい。

僕はコソコソと腰を低くしながら、横に長く続く受付台の一番端っこから覗き込んだ。

「国外の支部に情報があるかもしれません。お時間を頂ければ、お調べすることもできますが」

「俺は今日中に帰らないといけないんだ。待ってる時間なんてねぇよ」

灰色の制服。口に手を当て、真剣な面持ちで思案を巡らせているのは、ルークだった。

学園が生徒の外出を許すのは保護者の申し出があった時だけ。

孤児が学園の外に出られる機会は校外学習の時くらいだ。

きっと抜け出してきたのだろう。しかし、今は都合が悪い。ここではリアンという名前で通してる。本名がバレたら、どこかで学園に連れ戻されてしまうかもしれない。

「他の場所を探すしかないか……」

「お力になれず、申し訳ございません」

「いや……俺の方こそ、騒いで悪かったな」

ルークが玄関扉を潜《くぐ》って、僕はすぐに後を追いかけた。

「リアン様、どちらへ？」

「ちょ、ちょっと散歩に」

会館を出て、まだ気絶しているベルズを他所《よそ》に左右を見渡《みわた》す。

昼間の目抜き通りは人通りが多い。子供の背丈ではすっかり紛《まぎ》れ込んでしまっていた。

道の中央まで走ると、向かいの路地裏に入っていくルークの姿が見えた。

「ルーク！　ちょっと待って！　ルーク！」

ルークがこちらを向く。ギルド職員の制服姿だったせいか、僕と気づくまでに数秒の間があった。

「アウセル！」

「な、なんで、ここにいるの？」

「お前が何してるのか、気になって見にきた」

「学園は？　どうやって出てきたの？」

「フッ、抜け出して来たに決まってんだろ。荷物を運んでた馬車に潜り込んだんだ」

腰に手を当てて自信満々に胸を張るルーク。

流石というか、なんというか、その豪胆《ごうたん》さは僕なんかよりよっぽど冒険者に向いている気がする。

二人で王都を歩きながら限りある時間に言葉を詰め込んで、お互《たが》いに近況《きんきょう》を報告し合う。

孤児院では家具を買い替えたり、使い回してきた教材や制服などを新調したりと、僕の仕送りが有効活用されているようで、その中でも妹や姉たち女性陣《じょせいじん》は、ヨレヨレの制服が新しくなったことを一番に喜んでいたらしい。

「あれは、お前が送ってくれたんだろ？」

「う、うん」

「やっぱりな。リアンって知らない奴から送られて来たってミネルは言ってたけど、俺はお前が送って来たってすぐにわかったぜ。あの汚《きた》ねぇ字はお前の字だったからな」

「汚くて悪かったね……学園に連れ戻されるのが怖くて詳《くわ》しいことを伝えられなかったんだ。ギルド会館じゃ、嘘の名前で雇《やと》ってもらってるから」

「なるほどな。ありがとうな、アウセル。みんな喜んでたぞ。……でもな、俺は心配になったんだ。お前の歳であんな大金、普通は手に入んねぇだろ。お前が何か良くないことをして、稼いでるんじゃないかって不安になってたんだ」

「ああ……ご、ごめん」

「もちろん、信じてはいたけどな。ちゃんとギルド会館で働いてるって聞いて安心したぞ」

「実は【泡】のスキルが掃除に役立つことがわかって、いつもは会館で清掃員の仕事をしてるんだけど、冒険者たちの装備品を清掃するのにも役立ってて、そっちの方が稼ぎになってるんだ」

「ふーん。もうちゃんと自立できてるんだな。お前はやっぱりスゲェよ」

歩幅を広くして足並みをずらしたルークは話題を切り替える。

「それにしても不運だったたな。冒険者登録の年齢制限。ここまできて十歳までお預けなんてな」

ラフィーリアとの師弟の関係は秘密にしておく約束だ。だけど、ルークにだけは嘘をつきたくない。というより、これ以上一人で抱え込むのもしんどくなってきた頃だ。

いい機会だから、親友に甘えて、誰にも言えない話を吐き出してしまおう。

「うん。聞いた時には肝《きも》を冷やしたよ。でも、実は……」

僕が口を隠すように手を添《そ》えると、ルークは耳を近づけてきた。

「……⁉　天使の……！」

叫びそうになったルークの口を手で塞いだ。

「そのことは秘密にしてるんだ。誰にも言わないようにして」

ルークが首を縦に振ったのを見て、僕は手を離した。

「実は師匠の弟子になってから、ダンジョンに通うようになったんだ」

「なんだよ、もう夢叶ってんじゃんか」

「うん、半分ね」

ルークの声を隣で聞いていると、孤児院にいた頃をまるで昨日のことのように思い出せる。みんなの笑顔が頭の中で、次々に思い浮かんでくる。

そして必然のように、学園から抜け出した日のことも脳裏に蘇《よみがえ》ってきた。

「そういえば、あのあとルークたちはどうだったの？」

「あのあと？」

「僕が学園から抜け出したあとだよ」

「ああ。先生たちには、俺がお前を追い出したってことにしてる」

「は？」

「俺が追い出したことにすれば、お前が捕まった時にも言い訳が立つだろ？　スコットの奴も守れるし、一石二鳥だと思ってな」

学園にいた頃は上級生に誰かが因縁《いんねん》をつけられればルークが矢面《やおもて》に躍《おど》り出て、全部の敵意を背負っていた。学園を抜け出す時だって躊躇わず囮《おとり》役を買って出てくれた。ルークの勇敢さはずっと前から知っていたはずなのに、僕はもう、なんて言っていいのか言葉が見つからなかった。

「まあ、気にすんなよ。結局俺はまだ学園にいる。とくにお咎めもなかった。過ぎた話だ」

足取りは自然と人波につられて、賑《にぎ》やかな方へと進んでいく。

ここは王都に四つある商店街の一つ。

円形の王都には中心を通る縦と横の目抜《めぬ》き通りを境に、大きく四つの区画に区切られている。栄誉《えいよ》を極《きわ》めた王城が北東エリアに健在し、そこを第一区画として時計回りに数えていく。

加えて、中心から距離《きょり》を置くたびに、カトル通り、フェルト通り、サンフレット通りと続いて、一番外周にあるのが大半の住宅地が密集するラトン通りと、同心円状に区画が設けられている。

目抜き通りを結ぶように、鉤《かぎ》の手に曲がった道が商店街。

僕らが入ったのは南西にある第三商店街だった。

いい匂いを漂わせる屋台。所狭しと並ぶ商品。男心をくすぐる武器屋に防具屋。

王都を出歩くのも初めてであろうルークが興味津々《しんしん》に辺りを見回している。

「せっかくだから、何か買っていく？」

「え……でも、金が……」

「手持ちに少しはあるから、大丈夫だよ」

「いや……それは……」

遠慮しかけたルークだったが、少し照れながらチラとこちらを見る。

「……いいのか？」

「うん。なんでも、欲しい物があったら言ってね」

「アウセル！　お前はやっぱり、最高の親友だぜ！」

目をキラキラさせて喜ぶルーク。

恐縮する必要なんて、どこにもない。あの時、ルークとスコットが背中を押してくれなかったら、僕は学園を抜け出すことができなかったんだから、いくらでもお礼がしたいくらいだ。

「今通ってきた道で、なにか欲しい物とかはあった？」

「ああ！　剣だ！　俺は、剣が欲しい‼」

グッと体を近づけてきたルークの熱意は、ちょっと熱苦しいくらいだった。

全くもってルークらしい。これだけの品数を前にしたって、迷うことがないんだから。

武器屋さんでルークの身の丈に合った小さめの鉄の剣を金貨二枚で購入《こうにゅう》した。

「ふひょぉぉおおおお！」

鏡のように磨《みが》き上げられた剣にルークの大興奮した顔が映る。

木製の剣ではやはり物足りなかったんだろう。鉄の重みを嬉しそうに感じていた。ルークならスキルで剣を生み出せるはずだけど、それとこれとは違うっていうのはわかる気がする。

他の雑貨に等級があるように武器もピンキリで、今の手持ちでは何の魔術的付与もない普通の剣しか買えなかった。また機会があったら、今度はもっといい剣をルークに贈《おく》ってあげよう。

「なにか食べていこうよ。ここらへんのご飯は、どれも美味しいんだ」

「じゃあ、お前のおすすめのやつを教えてくれよ」

そう言われて、僕は思いつく限り、美味しいものを紹介した。

甘辛いソースで焼かれ、炭の香りが香《こう》ばしい『串《くし》肉焼き』。

揚《あ》げた肉と甘じょっぱい卵ソースをパンで挟んだ『揚げたまバーガー』。

薄く焼いた卵ベースの生地《きじ》を三枚重ねて、果汁《かじゅう》入り生クリームを包み込んだ『ボールクレープ』。

ルークが十分だとお腹を膨らませるまで食べ歩いた。

親友との久しぶりの時間はあっという間に過ぎ去り、気づけば陽が傾き始めていた。

「美味《うま》いものは食ったし、剣も買って貰えたし、お前のことも見つけられたし、そろそろ帰るかな」

「スコットは、なにか欲しいものとかないかな？」

「うーん……。やっぱり、灯りになるような物が欲しいんじゃないか？」

「スコットはまだ夜に目が覚めちゃったりしてるの？」

「ああ、たまにな。それでも、少しずつ制御できるようになってきてるみたいだけどな」

暗いところが苦手なのに、【蝙蝠】のスキルのせいで夜に目が覚めてしまうスコット。

暗闇でも不安が和《やわ》らぐようにと、ストラップの小さい魔力ランプを購入し、手土産《てみやげ》に持たせた。

別れ際、声が届く限り、僕とルークは何度も後ろを振り返って、そのたびに手を振っていた。

また会える保証はない。言わずとも、お互いがそう覚悟していたみたいに。

第三章　焦《あせ》る心

目覚めてすぐ、遠征《えんせい》用の服に着替《きが》える。

奮発して買った上下とも黒いインナー。肌《はだ》にピッタリと張り付く薄《うす》い生地《きじ》は、伸縮性《しんしゅくせい》に優《すぐ》れている。息苦しさも、動きにくさもまるで感じない。

着ると、貯留された魔素《マナ》が反応して、小さな魔術《まじゅつ》文字が線のように青く光る。これは保温効果と気圧調整と衝撃《しょうげき》軽減の術式だ。衝撃軽減は擦過傷《さつかしょう》や軽い打撲《だぼく》を防いでくれる。

ストールの保温効果一つで冬場も裸《はだか》で過ごせるくらいなのだが、破損や紛失《ふんしつ》した時のことを考えると、保温効果はいくら重ね掛《が》けさせてもいい。これも師匠《ししょう》の教えの一つ。

ちなみに、上下セットで百万ディエル。金貨百枚が一瞬《いっしゅん》で溶《と》けてしまった。これでも基本的な術式しか使われていない一番安い方だというのだから溜息《ためいき》も吐《つ》きたくなる。

身を守る装備で肌に一番近い部分だから、インナーの類いは高くつくものらしい。

鞘《さや》から剣《けん》を出して、錆《さび》や汚《よご》れ、刃《は》が欠けてないかをチェック。

携帯《けいたい》用のアイテムを破損がないか一つ一つ確認《かくにん》しながら鞄《かばん》の中に詰《つ》めていく。

細かいアイテム類は、遠征から帰るたびに鞄から全《すべ》て出す。鞄にも小さな衝撃軽減の術式が付与《ふよ》されているが、外からの衝撃は防げても、中で物同士がぶつかることは防げない。知らない間に壊《こわ》れたりする場合があるから、鞄から出す時と入れる時で、こうやってダブルチェックをしている。

最初の頃《ころ》は荷物をまとめるだけでも時間が掛かっていたけど、ルーティンとなった今では十分と掛からず済ませられるようになった。実戦とは関係ないけど、冒険者《ぼうけんしゃ》としてこれも立派な成長の一つだと思う。

「よし！　準備完了《かんりょう》！」

今日は会館の仕事は休み。つまりは遠征に行ける日なので、扉《とびら》を開ければすぐそこにラフィーリアが待機しているはずだ。待たせるわけにはいかない。準備を最速で終わらせて、廊下《ろうか》へ出た。

「……あれ？　いない……」

向かい側の部屋の扉にもたれ掛かっているはずの師匠が、今日に限っては見えなかった。

ラフィーリアは神に仕える天使。それこそ今頃は、国家の存亡をかけた事件を解決するために、使命を果たしているのかもしれないし、忙《いそが》しくて当然。ちょっとの待ち時間は仕方がない。

ロビーにいても入れ違《ちが》いになることはないだろう。とりあえず一階に下りようか。

ガヤガヤと物音が聞こえてきた。この時間にしては珍《めずら》しく、今日は人通りが多いらしい。

「物資の確認は確実にやれ！　装備品の点検もしとけよ！　今回は中継《ちゅうけい》地点も少ないからな！」

ギルド会館の前で百五十から二百人くらいの冒険者たちが馬車に荷物を積んでいる。

大規模パーティの遠征だ。

冒険者の仕事は危険な場所へ出向く傭兵《ようへい》という意味では一致《いっち》しているが、その役割は多岐《たき》にわたり、ひと括《くく》りにすることはできない。討伐《とうばつ》、運搬《うんぱん》、護衛、調査、採取。依頼書《いらいしょ》の隅《すみ》には、それぞれの役割ごとに色を分けたマークが目印になっている。

長く稼業《かぎょう》を続けていれば、自分のスキルや性格にあった役割が見えてくるんだろう。それぞれに特化してくると、風貌《ふうぼう》にも系統のようなものが濃《こ》くなっていく。

たとえば、討伐依頼《クエスト》を専門にやっている人はガタイのいい人が多く、力を誇示《こじ》するように何かしらの目立つ武器を一つは持っていたり、運搬依頼《クエスト》に特化した人は、筋肉隆々《りゅうりゅう》でも武器や防具を身に着けていなかったりする。

討伐専門と護衛専門を比べると、討伐は身軽さを重視している一方で、護衛は大きな盾《たて》や重そうな鎧《よろい》を纏《まと》っていて、装備がそれぞれの目的をわかりやすく周りに伝えている。

体の大きい精悍《せいかん》な人が、手元の資料を確認しながら指揮に当たっていた。

この人の名は、アウザス・グラスレイ。

冒険者ランクA。その実力を誇《ほこ》るように、背中に携《たずさ》えた長剣には迫力《はくりょく》が感じられる。

強く、優《やさ》しく、気さくで、末端《まったん》のギルド職員のみならず、掃除《そうじ》係にすぎない僕《ぼく》の名前も覚えてくれるような人。全体を通してバランスの良い振《ふ》る舞《ま》いをする彼《かれ》は、よく知りもしない僕の目にすら、頼《たよ》りがいのあるリーダーに映る。

「これから出発ですか?」

「おお、リアンか。ああ。北西のカルカラ大森林で大量発生したハネグモを討伐しに行くんだ」

「ハネグモ……たしか、糸で膜《まく》を作って帆《ほ》を揚《あ》げながら空中を飛んでいくやつですよね」

「よく勉強してるな。本当に七歳《さい》なのか、お前は。――この寒い時期には強い北風が吹《ふ》くだろう。寒さから逃《のが》れるために、風に乗って南下してくるんだが、王都にまで飛来する可能性が高くてな。奴《やつ》らは作物を食い荒《あ》らすし、糸を吐き散らかす。空に飛んで拡散しちまう前に、現地に行って間引いておけと王宮から直々のご依頼だ。報酬《ほうしゅう》も高ければ、費用も肩代《かたが》わりしてくれるから、腕《うで》に覚えのある冒険者にとっちゃ書き入れ時ってな訳で、毎年これだけのパーティ人数になっちまう」

「はえ〜」

誰《だれ》も彼《か》もが甘《あま》い蜜《みつ》を吸えるわけじゃない。力不足な人は事前に篩《ふるい》に掛けられているはずだ。

予想を裏付けるように、目の前の冒険者たちから漂《ただよ》う気配には強い根幹を感じる。

このアウザス班に入れること自体がちょっとした名誉《めいよ》なのだ。新人冒険者の中にはそれだけを目標にしている人だっているだろう。

大規模遠征の際は必要な物資の大方がギルドへ注文されて、出発直前に会館のロビーで納品される。せっせと馬車へ荷物を運び入れる運搬係の冒険者たちは熱気を帯びて、体から湯気が立ち上っていた。真冬だというのに、中には上半身裸の人までいる。

護衛役が馬車の周りを見張る。討伐役は昼に備えて馬車の中で寝《ね》ている。

役割分担をしっかりと持つことで自分のやるべきことに集中できるんだな。複数人の長所を活《い》かしていけば、遠方にすら足が届く。持ち運べる物資の多さを見ると、連帯の強みがわかる。

いつか僕も仲間を募《つの》って、どこか遠くへ遠征に行きたいな。

そんなことを考えていると、冒険者登録できるまでの二年ちょっとがとても長く感じられる。

「はぁ。早く僕も冒険者になりたいなぁ」

「ハッハッハッ！　お前はまだ若いんだから、今は力を蓄《たくわ》えておけばいいんだよ」

アウザスは僕の頭をポンポンと叩《たた》き、隊列に合流していった。

リーダーの号令でパーティは出発する。

ポツンと置いてかれてしまった僕は、出立《しゅったつ》する勇敢《ゆうかん》な人たちの後ろ姿を見送っていた。

「いいなぁ……」

ラフィーリアがいないと何処《どこ》にもいけない。自分一人じゃ何も決められない。

静寂《せいじゃく》は僕の不甲斐《ふがい》なさを責め立てるようだった。

「僕一人でも行っちゃおうかな……」

思い立って、首を振った。

「いやいや、ダメでしょそんなの！」

通行証がないと関所を出入りできない。冒険者リングさえあれば通行証になったんだけど、今は年齢《ねんれい》制限で取れないし……それに何より危ないし……危ないし……危ないしね……。

そうやって諦《あきら》める理由ばかり探していると、また情けなくなった。ルフト洞窟《どうくつ》じゃほとんどデスラットしか出てこないし、希少種が出たとしても逃《に》げればいい。泡《あわ》で壁《かべ》を何枚も作れば、いくらでも時間稼《かせ》ぎはできる。通行証だって、なかったら絶対に通れないってわけじゃないだろう。

何が危険なのか。本当に危険なのか。自分を過保護にし過ぎちゃいないか、わからなくなった。

同時に、少ない休日の時間をただ待っているだけに使うのはもったいない気がしてくる。

「がぁあああ」

情熱ある冒険者たちが出発した余韻《よいん》の中に、馬鹿《ばか》みたいに大きなイビキが響《ひび》いてる。

相変わらずレナードが、隅の椅子《いす》で涎《よだれ》を垂らして眠《ねむ》っていた。

……今なら引き止められずに、行けるかも。

こういった軽薄《けいはく》な行動が命を落とす原因になるかもしれない。

そうわかっていても、僕の足はもう止まらなくなっていた。

「ロゼさん！」

「おはようございます。リアン様」

「あ、おはようございます……あのロゼさん！　僕の師匠がここに来たら、僕は先にルフト洞窟へ向かったって、伝えてくれませんか⁉」

「ひ、一人で向かわれるおつもりですか？　それは流石《さすが》に危険なのでは……」

「大丈夫《だいじょうぶ》です！　もう十分に慣れましたから！」

「あっ！　レナード様！　リアン様をお止めください！」

「んにゃ……？」

「行ってきます！」

寝ぼけたレナードを他所《よそ》に、僕は一人で会館を出た。

先を進んでいたアウザスのパーティが関所の門番に依頼書を見せて、馬車の中身を検《あらた》められている最中、僕は混雑に乗じて視線を掻《か》い潜《くぐ》り、城壁《じょうへき》を抜《ぬ》けた。やってしまった、という罪悪感と、来てしまった、というワクワク感が一緒《いっしょ》にやってきて、結局はワクワクが勝《まさ》ってしまった。

暗い森の中でも、草木が僅《わず》かに放出している魔素の気配のおかげで、視覚に頼らずとも街道《かいどう》がどこへ続いているのかわかる。最初の頃は、草木の影が邪魔《じゃま》だと感じていたのに、偉《えら》い違いだ。

これだって僕が成長している証《しょう》拠《こ》だから、不安よりも自信の方が湧《わ》いて出る。

考えもせず、ルフト洞窟へ入った。

夏ではヒンヤリと寒気《かんき》を運んでくるが、冷たい風が吹く一月では洞窟の中の方が暖かい。

「なんか……一人だと新鮮《しんせん》だな……」

風の音に違和感《いわかん》があるのは、いつも後ろで見守ってくれていた存在が欠けているから。

万が一の事態に見舞《みま》われても、助けてくれる人は誰もいない。その緊迫感《きんぱくかん》は命綱《いのちづな》なしで挑《いど》む登山とでもいうのか。一切《いっさい》の甘えも許されない、生き残った者だけが自分の存在を証明できる空間。死人に口なし、純度百パーセント弱肉強食の世界。それこそは、本当の自由へと続く道。

怖《こわ》くない、といえば嘘《うそ》になる。しかし、安全な領域から抜け出して、遠く彼方《かなた》へ足を踏《ふ》み入れてこそ、今の僕はようやく冒険者として最初の一歩を踏み出したような気がしている。

「いつも通り……いつも通り……」

そうやって自分に言い聞かせていることが既《すで》にいつも通りではないのだが——ということはなるべく無視しておくとして、足を動かす。

スンスンと長い髭《ひげ》を揺《ゆ》らしながらデスラットが姿を現した。

最初の戦闘《せんとう》こそ、一番の懸念点《けねんてん》。

人の行動や意思は、本人ですら予想もつかない反応を示すことがある。

半年前、初めてデスラットと出くわした時がそうだった。緊張のあまり体が動かず、それまでずっと訓練してきた剣の技術も身のこなし方も、まるで使い物にならなくなった。

慣れたスキル操作も、いざ使おうとした土壇場《どたんば》で発動しなくなる可能性だってある。

一番確実で、簡単で、安全な方法でいこう。

泡で作った壁に突進《とっしん》してくるデスラットを激突《げきとつ》させ、勢いを削《そ》ぐ。慣れた今では泡が割れる心配はないと思っているけど、石橋を叩いて渡《わた》るくらいの気持ちで剣は手に持っておく。

デスラットの体内に標準を合わせ、魔素を放出する。

暴れ回るデスラットは、泡を吹きながら事切れた。

「うん。大丈夫だ」

僕はホッと溜息を吐いて、拳《こぶし》に力を入れた。

スキルが使えない、パニックに陥《おちい》るという事態にはならなかった。

緊張はしてるけど、体に染《し》み付いた今までの経験が、最低限にやるべきことを自動化させている。

過去の僕が、今の僕に見えない力をくれているみたいだ。

「よし。師匠が来るまでは、やれるだけやってみよう」

一匹《ぴき》、二匹《ひき》と、次々にデスラットを倒《たお》していく。

慢心《まんしん》も畏縮《いしゆく》もなく、平常心を心掛ける。期待も不安もなく、ただ目的と手段だけが鮮明《せんめい》に思考の中を行き来している状態。決断に掛かる時間を最小限に済ませ、実行と対処を繰《く》り返す。

慎重《しんちよう》に足を進めているから倒せるデスラットの数はいつもより少なくなってしまうけど、安全を確保できているという実感が僕に自信を持たせてくれる。退路が信用できる状況《じようきよう》は精神衛生上、冷静さを保ち続けることにとても役立っている。

夢から覚めるように、ふと我に返った。

ギルド会館の倉庫を掃除した時みたいに、僕は集中すると時間を忘れてしまう癖《くせ》がある。

こうやって我に返った時には、数時間経《た》っていることが多い。時間の感覚に疎《うと》いのは冒険者として不利になるんだろうか。腕時計《うでどけい》を買うことも検討した方がいいかもしれない。

「師匠……遅《おそ》いなぁ……」

ラフィーリアほどの人なら洞窟の中にいたって気配を辿《たど》って見つけ出せると思ってたけど、案外難しかったりするのかな。それとも、本当に国家存亡の危機に立ち向かっているのかも。だとすると、今日は最後まで会えないのかもしれない。


ぐぅ、とお腹《なか》が鳴った。

「なにか食べようかな」

食事を取る、つまり栄養を補給するということは、何をするにしても大事なこと。命の危険に晒《さら》される遠征時においては、平時よりも真剣に、食べ物の貴重さを考えなければならないだろう。

遠出の場合、携帯食料を持ち込《こ》める量には限りがあるので、現地調達で飢《う》えを凌《しの》げるようサバイバル能力が問われる状況がたびたび訪《おとず》れる――ということをラフィーリアに言われて、持参の携帯食料は使わず、ここに来る時にはなるべく洞窟の中で採れる食材で食事を済ませていた。

このルフト洞窟にはクラダケという植物が自生している。

黒色の尖《とが》った笠《かさ》を持っている。見た目を裏切ることもなく、想像通りに不味《まず》い。味はしないし、硬《かた》い革製品を齧《かじ》っているような食感と土の臭《にお》いがする。

形や名前的にはキノコだが、どちらかといえば山菜に近くて、新鮮なら生でも食べられる。

大変な想《おも》いをして生き延びた先で、不味いもので空腹を満たすのはとても辛《つら》い。だけど食べなきゃいざという時に力が出せないし、ここではこれを胃の中に放り込むしかない。

もう一つ、アンシダケというキノコもある。

暗闇《くらやみ》で淡《あわ》く光る傘を持っていて、生えている場所がわかりやすく、採取しやすい。

しかもこっちは絶品らしい。生では食べられないが、焼けばとろけるような柔《やわ》らかい食感で、バターのような甘みと風味があるとか。

なぜ推測にすぎないかといえば、アンシダケは足元を照らしてくれる貴重な光源なので、洞窟内で自生しているものは採ってはいけないというのが、冒険者たちの暗黙《あんもく》の了解《りようかい》としてあるからだ。

もう一つ、今回は食材がある。デスラットが落とした素材、『デスラットの片足』である。

一応、毒もないので皮を剥《は》ぎ取って焼けば食べられるが、獣臭《けものくさ》いので一般的《いつぱんてき》には食用ではない。

街にいたら絶対に食べないけど、ここではこれも貴重な栄養源だ。

行き止まりの道に背中を預けて、火力型魔力《まりよく》ランプの小さな火で食材を炙《あぶ》り、食べる。

「う～ん……不味い……」

念入りに炙ったから、焦《こ》げ臭さが辛《かろ》うじて血生臭《ちなまぐさ》さをカバーしてくれているが、喉《のど》を通る時の独特な獣臭さは抜けていない。咀嚼《そしやく》すればもっと酷《ひど》くなるから、なるべく噛《か》まずに胃へ流し込む。

魔力水筒《すいとう》を取り出す。ネジ式の蓋《ふた》を開けるとボタンがある。そのボタンに触《ふ》れると、中に入っている小さな水晶《すいしょう》から水が出て、中身を補充《ほじゅう》してくれる便利なアイテム。

この水晶には水流系のスキル保持者の魔素が注入されている。会館の倉庫に隣接《りんせつ》された水場にも、似たような魔力水晶が水道を作っていた。

水は人が生きていく上での必需品《ひつじゅひん》。水流系のスキルを持った人は、億万長者になれる特権を手に入れるようなもの。こんな薄暗《うすぐら》い洞窟でひもじい食事をしていると羨《うらや》ましくもなってくる。

冒険者になるのが目標で、今もその目標に向かって順調に進んでいるはずなのに、どうして他人が羨ましくなったりするんだろう。まだまだ集中力とか覚悟《かくご》が足りないってことなのかな。

それとも、こういうちょっとした嫉妬《しっと》は、人として生きていく上では仕方のないことだったりするんだろうか。僕はまた、デスラットの足を齧る。苦さの正体は獣の肉のせいか嫉妬のせいか、思い切ってゴクリと飲み込んだあとでは、もうわからない。

「……そろそろ、帰るか」

ラフィーリアが来ないなら、奥《おく》へ進み続けるのも危険だろう。

そう、決して、不味い食事で気が滅入《めい》ってしまったわけではない。

こうやって生き延びているだけで大きな収穫《しゅうかく》だから、それで満足しようという話だ。

気配を頼りに出口の方へ進む。明確に気配を読み取れているわけじゃないけど、なんとなく空気の重いところと軽いところには差があって、きっとそれは魔素の濃度《のうど》を示している。いつも通りなら、空気の軽い方向へ進み続けると、出口に辿り着けるはずだった。

「ん……？」

ふとした変化が気に掛かった。向こう側から来る魔素は、幾《いく》つもの小さな流れを活発にさせているように感じられる。大量の何かがこちらに向かってきていて、出口から流れ出るはずだった魔素を、洞窟の中へ押《お》し戻《もど》しているようだ。

しばらくすると、気配を察するまでもなく、それが大人数の足音だとわかるようになる。

大規模パーティの遠征？　こんな初心者用のダンジョンに？

安心安全に弱い魔物を狩《か》れるからって、大人数で来ても大した儲《もう》けにはならないだろうに。

次第《しだい》に、足音に混じってなんとも呑気《のんき》で軽快な声が聞こえてくる。大人じゃない、子供の声だ。

先頭の人物が洞窟のうねりから顔を出した時、脳を殴《なぐ》りつける衝撃が自覚よりも早く来る。

現れたのは、かつての師。一年一組に在籍《ざいせき》していた当初、僕の担任だったボルトフだった。

「あなたは……なぜここに……」

目を見開いたボルトフは、魔物か何かと勘違《かんちが》いしたのか、険しい表情に変わった。

まさか、こんなところで先生と出くわすなんて。僕を連れ戻しにでも来たんだろうか。

せっかく冒険者としての第一歩を踏み出したのに、ここで学園に戻されるのは、ギルド会館で過ごした半年間の苦労を無下にするのと同じだ。

どうする、隙《すき》を見て通り抜けるか。

様々な選択肢《せんたくし》が頭の中で右往左往して、対応をこまねいている時だった。

「あああ⁉　アウセル⁉　アウセルじゃない⁉」

「ホントだぁ！　おい、みんな！　アウセルがいるぞ⁉」

先生の陰からヒョコッと顔を出した子供が、明るい声を上げたのだ。

「あ、ちょ、ちょっと待ちなさい！」

先生の忠告も無視して一人の子供が前を走ると、次から次へと他の子供たちも後に続いた。

高級なローブ。深緑や白や青など色の違いはあれど、胸には同じ紋章《もんしょう》が刺繍《ししゅう》されている。

僕を取り囲んだのは、かつてクラスを共にしたウェモンズ魔導師学園の生徒だった。

「どうしてアウセルがこんなところに⁉」

「みんなこそ……どうして？」

「僕たちは授業で来たんだよ。すごいでしょ！　魔物をズバーッて倒しにきたの！」

「ずばー……」

授業……そうか、みんなはスキルの基本的な使い方も学び終えて、いよいよ実戦に向けて本格的な挑戦《ちょうせん》をしていく時期なのか。年齢的にも遠征に出向くのはまだ早すぎる気がするけど、僕が言うと説得力がないな。

「その格好《かっこう》……アウセル、もしかして冒険者になったの？」

「う、うん、まあ、見習いって感じかな。正式には十歳にならないと冒険者登録できないから」

面白《おもしろ》おかしく僕の装備を見る生徒たち。なんだかバツが悪い。

みんなからしてみれば、学園を抜け出して危険極《きわ》まりない冒険者稼業をしている僕は、落ちこぼれの成れの果てか、出稼《でかせ》ぎに来た肉体労働者か何かに見えるだろう。被害妄想《ひがいもうそう》かもしれないけど、僕の目に映る彼らの制服は、青春のオーラを無自覚に拡散していて、直視するには眩《まぶ》しすぎた。

「すげぇ！　頑張《がんば》ったんだね、アウセル！」

「アウセルはもう魔物を倒したことがあるの⁉」

……あれ？　みんなの僕を見る目は、かなり純粋《じゅんすい》で好意的だ。見下している要素が一つもない。

昔教室で和気あいあいと喋《しゃべ》っていた頃が思い出される。

「気にしなくていいよ、アウセル君。ルーク君は君を学園から追い出したって言っていたけど、誰もそんなこと信じてないからね」

「え……」

「スコット君に聞いたの」

まだ現れてもいない魔物の存在を恐《おそ》れて、女性陣《じょせいじん》は先生の後ろに留《とど》まる子が多かった中で、その女の子だけは堂々と男の子たちの中にあって、凛《りん》とした姿勢を保っていた。

リリア・シチュアート。子爵《ししゃく》家の令嬢《れいじょう》なのだが、権威《けんい》を振りかざすこともなく、僕が学園にいた頃にも気さくに話しかけてくれた人だった。

「しつこく聞いたら口を割ったの。君が冒険者を目指して学園を出ていったって。ルーク君とスコット君は、それを手伝っただけだってね」

気弱なスコットが涙目《なみだめ》になって、必死に口を閉《と》ざして詰問《きつもん》に耐《た》えていた姿が思い浮《う》かぶ。

元をたどればその責任だって僕にあるんだから、スコットには申し訳ないことをした。

「それは事実だよ。ルークとスコットは悪くない。勝手に学園を抜け出した僕が悪いんだ」

「え〜？　アウセルは夢を追いかけただけなんだから、なんにも悪いことしてないんじゃない？」

「そうだぞぉ。だって冒険者になった今のアウセル、めちゃめちゃカッコいいもん！」
二、三ヶ月で教室に顔を出さなくなったのに、どうしてこんなにも温かいのか。ここが決して気を緩《ゆる》めてはいけないダンジョンの中じゃなければ、とっくに泣いているところだ。
僕の情報が流れるとすれば、それはルークからしか考えられないから、もしかするとルークは僕のいい噂《うわさ》しか流さなかったのかもしれない。

「学園に戻ってくる気はないの？　ルーク君、君がいなくて寂《さび》しそうにしてるよ？」

他の生徒たちと比べてしまうからか、リリアの声はとても大人びて聞こえた。

「一人でダンジョンなんて、流石《さすが》に危ないでしょ。学園でも修行《しゅぎょう》する方法はあるんじゃない？」

「そ、それは……」

ギルド会館以外に僕の居場所はどこにもないと思っていたから、僕の本当の名前を呼んでくれたことも、誘《さそ》ってくれることも、とっても嬉《うれ》しかった。

でも、安全な場所にいては得られない成長があることを、僕はもう知ってしまっている。

夢を追うためにも、丁重《ていちょう》にお断りするしかない。

「ご、ごめん……僕は冒険者になって探したいものがあるから……学園には戻れない」

「何を言っているのですか？」

冷めた溜息を吐きながら、ボルトフが口を挟《はさ》む。

「学園に戻っても、もうあなたの籍《せき》は残っていませんよ」

「え……」

「それはそうでしょう。無断欠席が続けば、処罰《しょばつ》も限度を超《こ》えてくる。ましてや、あなたは孤児《こじ》。学費すらまともに払《はら》ってはいないのですから擁護《ようご》もできない。極刑《きょっけい》。つまりは退学処分です」

心無い言葉だが、ボルトフの言うことも正しい規則の範囲《はんい》であった。

「そ、そうですか……僕はもう、学園には戻れないんですね……」

「「えええええええ‼」」

当事者の声すら掻き消すくらいの大声を上げる生徒たち。魔物を引き寄せるから、ボルトフはすぐに口を閉じるように注意したが、生徒たちはお構いなしに抗議《こうぎ》を続ける。

「アウセル戻れないの⁉　なんで⁉」

「ちょっとくらい待ってあげたっていいじゃん！　ケチー！」

「そ、そんなことを言われても……これは私の決断ではなく、学園の総意なのですよ」

ボルトフが意外にも戸惑《とまど》ったのは、声を上げる生徒たちの中に、白と青の制服を着た貴族や有力者の子供が含《ふく》まれていたからである。

抗議の声は素直《すなお》に嬉しかったけど、みんなの気持ちとは対照的に、僕にはボルトフの報告が吉報《きっぽう》のように感じられた。

「あの……つまり、僕はもう学園に連れ戻される心配をしなくていい、ということでしょうか」

「籍がないのですから、我々があなたを連れ戻す理由はありませんよ」

「そ、そうですか……ありがとうございます！」

「……？」

ボルトフは片眉《かたまゆ》を上げて首を傾《かたむ》けた。

もう連れ戻される心配がないなら、名前を偽《いつわ》る必要もない。

会館のみんなにも、ラフィーリアにも本当のことを伝えることができる。後ろめたい想いを引きずりながら、身分を偽り続ける必要はもうないんだ。学園に帰れないことよりも、嬉しさが勝っているところを見るに、僕の心はとっくに冒険者に染まっているのかもしれない。

「おい、そこで何をしている。後ろが渋滞《じゅうたい》してるんだ。さっさと前に……」

嫌味《いやみ》な声を聞いた瞬間《しゅんかん》、感慨《かんがい》に浸《ひた》る余韻も消え失《う》せた。

彼との会話には、一度だっていい思い出がないと断言できるからだ。

「はははは！　誰かと思えば！　穀潰《ごくつぶ》しのネズミじゃないか！」

ブルートは面白いオモチャでも発見したみたいに笑《え》みを浮かべて、取り巻き二人に僕を囲っていた生徒たちを押し退《の》けさせた。

「学園を去ったはずの負け犬が、こんな所で何をやってるんだ？」

偏見《へんけん》を凝固《ぎょうこ》させた目をニヤツかせて、こちらの返答も待たずにブルートは続ける。

「気持ちはわからなくもない。あんな劣勢《れっせい》スキルを手に入れたら、誰だって自暴自棄《じき》になる」

「自暴自棄……？」

「言わずともわかるさ。学園を去ったあとも、お前は誰にも相手にされず、流れ流されてこんな薄《うす》汚《きたな》い場所で、奴隷《どれい》のようにこき使われているんだろう？」

公爵《こうしゃく》家の嫡男《ちゃくなん》という肩書《かたが》きがどれくらいの権限を持つのかは定《さだ》かじゃないが、先程《さきほど》は先生にだって抗議していた生徒ですら、誰も彼もが口をつぐんでいた。

「ここはデスラットの巣窟《そうくつ》らしいからな。ネズミのお前にはお似合いの、いい末路じゃないか」

ブルートは僕の頬《ほお》を軽く叩く。人間性すら否定する劣悪《れつあく》な言葉ばかりが並んでいるが、しかし、何故《なぜ》だろう。ブルートの挑発《ちょうはつ》がどこか些末《さまつ》な問題に感じられる。

死ぬこと以外は掠《かす》り傷。どんな言葉も聞き流してさえいれば、僕の体を傷つけることは叶《かな》わないのだから、放っておいても構わない。

ブルートの声は雑音として、意識を通り抜けていく。実力だけが問われる実戦の中で、僕の心は知らないうちに、必要な情報の取捨選択《せんたく》ができるようになっているのかもしれない。

というよりも、今もブルートが垂れ流している魔素の気配を見ると、とてもじゃないが大した相手とは思えないのだ。

この人の持っている強みは父親の権威だけなのだと、今の僕の目は見抜《みぬ》けてしまう。

「アウセル！」

これが一年一組の列なら、当然、僕の親友も含まれる。

後方に並んでいた生徒にもブルートの下品な声が届いているのだろう。

怒《いか》りの籠《こ》もった足取りで近づいてきたルークが、鋭《するど》い視線をブルートに向けた。

「お前、何も知らねぇくせに適当なこと言ってんじゃねぇよ」

「ふ……フッハッハッハッハ！　ルーク、お前がコイツを追い出したという話は、嘘だったみたいだな。まだ無能なネズミに情を抱《いだ》いてるのか？　お前は将来をドブに捨てるつもりか？」

歯に力を入れるルークは、強く拳を握《にぎ》って、ギリギリのところで暴言を堰《せ》き止めていた。

「ふん。まあいい。ボルトフ、先へ行くぞ。この先にもネズミがいっぱい出てくるんだろ？　こんなのに構っていたら時間がいくらあっても足りないぞ」

「ブルート様の仰《おつしや》るとおりですね。ほら、みなさん！　先へ進みますよ！」

ボルトフが権威に迎合《げいごう》してニコニコしながら前へ進むと、生徒たちも歩みを再開させる。

「……来てたんだな」

経緯《けいい》を理解しているルークは、僕がなぜここにいるのかも察しが早かった。

「一人で来たのか……？」

「今日は師匠に会えなかったから」

「危なくないのか？」

「何時間かここにいたけど、大丈夫だったよ」

「そうか。でも、あんま無理すんなよ」

「ルーク！　さっさと来なさい！」

「チッ……。じゃあな」

「うん。ルークも気をつけて」

短い時間の中で言葉を交《か》わして、ルークは列に戻っていった。

別のクラスの生徒たちも、順番に通り過ぎていく。僕はすぐに学園から離《はな》れてしまったので、他のクラスの生徒とはほとんど会話もしていない。そういった生徒たちからは、なぜ子供がこんな所にいるのかと、不思議そうな顔で見られていた。

護衛する任務に当たっているんだろう。間隔《かんかく》を空けて十数人の冒険者が引率《いんそつ》に参加していた。

整った気配は、それが熟練者であることを予想させる。

国が管轄《かんかつ》するウェモンズ魔導師学園なら、その生徒の警護任務は、王宮から経由して依頼されるものだ。報酬金《ほうしゅうきん》の羽振《はぶ》りの良さも然《さ》ることながら、任務を引き受けられるのは、事前調査で選ばれた精鋭《せいえい》の冒険者だけ。実力は折り紙付きのはずだ。

ただ少し、心配だな。

冒険者に守られているからか、大人数で一緒にいるからか、初めてのダンジョンに挑む生徒たちは、まるで遠足にでも行くみたいに長閑《のどか》だ。命の危機に身を晒しているという現実を、全くと言っていいほど理解していない――まあ、今の僕は他人のことを心配できる立場じゃないんだけどね。

「さて、帰るか……油断せずにね。無事に帰るまでが遠征だ」

人通りが多くて気配が読み取りにくいけど、生徒の進行を逆流すれば、間違いはないだろう。

歩き始めようとした時だった。死角から現れた影に、僕は抱《だ》きしめられた。

出合い頭《がしら》に飛び掛かって来られたら、普通《ふつう》は警戒《けいかい》して反撃でも繰り出してしまいそうなものなのに、軽《かろ》やかな身のこなしは常に僕の虚《きょ》を突《つ》くようで、自分でも驚《おどろ》くくらいに無防備なまま、僕は気づけば、ひんやりとした冷気を纏った人に包み込まれていた。

「ラ、ラフィ……師匠……」

返事もせず、ラフィーリアは僕を抱きしめていた。

横を通り過ぎていく生徒たちにチラチラと見られている。まさかこの黒いローブと仮面を着けた人が天使だとは思わないだろうけど、普通に恥《は》ずかしいので僕は反応に困っていた。

◇◇◇

曇天《どんてん》。凍《い》てつく寒さが真夏の蒸《む》し暑さを押し退けて、強い風を吹かせていた。

白に染まった一面の草花は、足が少し触れただけで、薄い飴細工《あめざいく》のように崩《くず》れていく。

振り向けば、冷気で霞《かす》んだ灰色の世界で、黒い影が十数本、寂しげに立っている。

それは、氷の柱。

生きたまま氷漬《こおりづ》けにされた、冒険者たちの成れの果て。

「落ち着け、ラフィーリア！　冷静になるんだ！」

微《かす》かな記憶《きおく》の中で、そんな言葉が教会の鐘《かね》のように響いて、猛吹雪《もうふぶき》に掻き消されていった。

焦りが増すにつれ状況が悪化していく様は、この惨劇《さんげき》が私の仕業であることを証明していた。

装備の保温効果も間に合わなくなって、呼吸をするたびに凍結《とうけつ》しかけた内臓が悲鳴を上げる。

私が何とかしなくては、パーティが全滅《ぜんめつ》する。

自分を気絶させないように、雪に埋《う》もれる体も知らず、私は叫《さけ》んでいた。

神に慈悲《じひ》を乞《こ》うために。

「……」


今にも落ちてきそうな大きなシャンデリアが、寝起《ねお》きの私を見下ろしている。

横たわるのはロビーに置かれたソファ。この館にある唯一《ゆいいつ》の家具。

お客さんが来た時に座《すわ》るところがなかったら流石に失礼かなって思って、これだけは買っておいたのに、結局ベッドとしてしか使っていない。

寝具《しんぐ》ぐらいは用意しなさいってダリルには言われたけど、遠征中の野営に比べれば、雨風を凌げるだけで私にとっては十分寝床《ねどこ》になるから、寝るためだけの道具なんて買う気になれない。

それに、あの子に掃除してもらったあとは、ここの空気も軽くなって、寝心地《ねごこち》も悪くない。

ギルド会館で清掃係として働いている、リアンという七歳の男の子。

最初に出会った時には驚かされた。

泡を大量に生成して、維持《いじ》して、しかも表面を滞留《たいりゆう》する魔素の流れをコントロールして、汚れを掻き出そうとする。あの機微《きび》な魔力操作は他には見たことがないくらいに異質だ。

最初にリアンをダンジョンへ連れて行った時には、性質の使い方を少し話しただけで、すぐに形にできていた。普通は見聞きしたからって簡単にできることじゃないんだけど——しかも、リアンはあれが初めての魔物との戦闘だって言ってたし——未熟な集中力を、卓越《たくえつ》した魔力操作で補っている感じだった。なのに、本人は自分の才能を自覚していなかった稀有《けう》な子だ。

今日はあの子と遠征に行く日。あの子は私よりも忙しいから、待たせるのは忍《しの》びない。次は隣町《となりまち》に行くって言ったら、とっても嬉しそうな顔をしてたし、余計に遅刻《ちこく》はできない。

「少し早いけど、もう行こう」

ソファに掛けていた剣と胸当てを装着し、毛布代わりにしていたローブを羽織る。

このローブは、変装するためにわざわざ隣国《りんごく》であるドラーフルから取り寄せた特注品だ。

変装時には黒色、寵愛《ちょうあい》の剣《けん》を示す時には薄緑色《うすみどりいろ》と、胸元《むなもと》の宝石に触れると色が変えられる。

体から無意識に放出される微量《びりょう》な魔素を遮断《しゃだん》させ、気配を隠《かく》す効果もある。その他にも耐火《たいか》、耐《たい》水《すい》、耐寒《たいかん》、耐熱《たいねつ》、体温調整、自動修復、軽量化と、もろもろ……前払《まえばら》いで二億ディエルを適当に渡したら、向こうの職人が張り切って色々とてんこ盛りに付与を施《ほどこ》してくれたらしい。

魔術を扱《あつか》う者を魔術師、スキルを扱う者を魔導師と言うが、その区別は装備品を選ぶ時には重要になる。スキル保持者は特別な方法を使わなければ魔力を体外に抽出《ちゅうしゅつ》できないので、使用者の魔素を吸って付与効果を発動させる直流式のアイテムは使えないことが多い。

だからスキル保持者が選ぶ魔導師専用の装備は、魔素を貯蔵する部品を付属させる補充式を使っているのが大半。それらは定期的に魔素を補充させないと、付与効果が発揮されなくなる。

その点、魔力消費効率化があるこのローブは、こんなに魔術が付与されているのに、魔素の補充がほとんど必要ないのが便利なところだ。

お金に目敏《めざと》いドラーフルの人たちだけど、仕事に対する熱意と技術力には感心させられる。

「……」

玄関《げんかん》の扉を数センチ開けた途端《とたん》、嫌な予感がしてすぐに閉めようとした。

しかし、誰かが死角から足を差し込んできて、閉まらなくなる。

「こんばんは、ラフィちゃん。起こすのも悪いと思ったから、ここで待ってたの。外はとても寒かったよ。中に入れてくれると嬉しいなぁ……あいたっ⁉　いた⁉　痛い！　ちょっと……！」

何度か強く扉を閉めようとしたが、挟まった足はなかなか丈夫《じょうぶ》で折れなかった。

「ちょっと！　先輩《せんぱい》が来たんだから、お話くらいしてくれてもいいじゃん！」

「……ああ、これエレノア様の足だったんですね。ゴキブリの脚《あし》かと思ってました」

「ひどっ⁉　それはゴキブリにも失礼だよ⁉」

エレノア・アークテイル。第七天使である彼女《かのじょ》は、私の先輩に当たる人だ。

金色の長い髪《かみ》を靡《なび》かせる女性は、私よりも背が低く、見た目は二十代前半といった感じだけど、実年齢は百三十歳を超えている。

何かと私に付き纏ってくる人で、一方的な好意を押し付けてくる。

私が好きになるように、微弱《びじゃく》な洗脳の魔術が施された物をわざわざ他国から取り寄せてプレゼントしてきたり、食べ物に媚薬《びやく》を混ぜたり、家のポストに自分の下着を入れていたり……。

私は、同性を恋愛《れんあい》対象にしたことは一度もないと告げても、

「違和感は時が埋めてくれる！　それは悠久《ゆうきゅう》を生きる、私たち天使の特権なのよ！」

と、強引《ごういん》な持論で求婚すら迫《せま》ってくる。情熱的な愛情表現が嫌《きら》いなわけじゃないけど、彼女の場合は度が過ぎていて、戦闘では直面したことのない未知の危機感を感じさせてくる人である。

神の尊意を守り、この国の安寧《あんねい》に礎《いしずえ》を築いてきた先輩や先代の天使たちを、私は基本的に尊敬している。が、彼女に限っては例外の一人だ。

「これはゴキブリじゃなくて、私の足だよ。覚えといてくれると嬉しいなぁ。ラフィちゃん」

気を許した足を、改めて強く扉で挟み込んだ。

「あいたっ⁉」

剣をゆっくりと引き抜いて、確実に目標を切断するために狙《ねら》いを定める。

「確かに、ゴキブリだってたった一つの命。安易に殺すのはいけないことでしたね。でも……」

「ラ、ラフィーリアさん？」

名工に作ってもらった剣は、鞘の外に姿を見せた時から空気を切り裂《さ》く音を響かせている。

「エレノア様の足なら切り落としても大丈夫ですよね？　天使なら、傷はすぐに治りますから」

「ちょちょちょ、ちょっと！　それは洒落《しゃれ》にならないって、ラフィちゃん！」

「親しい人にしか、その呼び方は許してないんですよ……」

「なんでよぉ！　体の中のあつぅい本能を、思う存分にぶつけ合った仲でしょ！　あの日のことは、遊びだったの⁉」

「紛《まぎ》らわしい言い方をするのはやめてください。あれは、エレノア様が勝手に決闘を持ちかけてきただけでしょう。人の家の玄関で待ち伏《ぶ》せするような不審者と、仲良くなった覚えはありません」

「待ち伏せだなんて人聞きの悪い……私はちゃんと理由があって、ラフィに会いに来たんだから」

猫撫《ねこな》で声を上げて、扉の隙間《すきま》から覗《のぞ》き込んでくるエレノアの目は三日月のように湾曲《わんきょく》している。

私と会う口実を作るためなら、この人はどんな嘘でも悪びれもなく用意する。もはや私の嫌気《いやけ》すらご馳走《ちそう》かのように食《く》らい尽《つ》くしていくのだから、抵抗《ていこう》も逆効果。

ここで手をこまねいていても、リアンとの合流に遅《おく》れてしまう。私は剣を納めて、扉を開けた。

「んふふ～」

悦《えつ》に浸った顔が憎《にく》たらしい。決してあなたを受け入れたわけじゃないと言っても、彼女の耳は都合のいい部分しか聞き取ってくれないだろう。

「……どうしてここへ？」

「ダリル様が、一度は報告に来なさいだってさ」

まともな理由で胃を裏返された気分だった。

弟子《でし》を見つけろと言われて以来、急がないという言葉に甘えて、師匠には現状を伝えていない。

「ラフィの弟子探しのことでしょ。ダリル様を大切に想うのはいいけど。ダメだよ、ちゃんと弟子をつけて、英雄《えいゆう》に相応《ふさわ》しい才能を見つけるのも、天使の役目なんだから」

私が英雄となる配下を儲け、立派な天使となった時に、ダリルは天使の座から離れると宣言した。それが即《すなわ》ち、ダリル自身の死に繋《つな》がることは、もはや覚悟の上である。

「弟子なら、もう随分《ずいぶん》と前に見つけてる」

「え……えええええぇ⁉　男⁉　女⁉　ラフィちゃんはその人のことが好きなの⁉」

私が足を切断しようとした時よりも切迫《せっぱく》して、エレノアの顔は青ざめていた。

「先約があるので急がないといけません。とりあえず、ダリル様のところへ行って来ます」

「あ、ああ……」

捨てられそうな子犬のように哀調《あいちょう》を帯びた目を無視して、私は神殿《しんでん》へ向かった。

王都の中央街。まだ陽《ひ》も昇《のぼ》らない時間だというのに、神殿を囲う広場には、数十人の人たちが両《りょう》膝《ひざ》を冷たい石畳《いしだたみ》について祈《いの》りを捧《ささ》げ続けている。

「ああ、ラフィーリア様、エレノア様……ありがたや、ありがたや……」

私に気づいた信徒たちは、一段と深く頭《こうべ》を垂れ、体を小さくする。強い信仰心《しんこうしん》を保っている彼らの方が、新米の天使よりも女神《めがみ》の糧《かて》になれているのだから、私の方が恐縮《きょうしゅく》したくなる。

「ラフィーリア様、エレノア様。おかえりなさいませ」

「ご苦労様」

異様なほど顔の整った美青年と美少女の門番が、穢《けが》れのない佇《たたず》まいで挨拶《あいさつ》する。

門から神殿まで、両側に聳《そび》える青く光る柱が、通行人の影を二つに裂いている。

暖かい光に照らされると、蓄積《ちくせき》した疲労《ひろう》が全て洗い流されていく感覚がある。この青い光は『聖なる光』と言われているが、邪教徒《じゃきょうと》が通ると心に潜《ひそ》む邪悪《じゃあく》な思念が暴《あば》かれるのだとか。

巨人《きょじん》の足と評される石の柱を潜ると、重厚《じゅうこう》な扉がある。愛神の意志なくしては開閉できない、厚さ十メートルはある『権能の扉』は、神の懐《ふところ》の広さを物語るように、常に解き放たれている。

内装は白い大理石で埋め尽くされていて、大きく響く足音は、来訪者の品格を問うよう。

巨大な廊下を進んで突き当たりまで来ると、道は三つに分かれる。

正面には自然豊かな中庭があり、天井《てんじよう》を覆《おお》うガラスで魔力障壁《しようへき》が展開され、星空を滲《にじ》ませている。草花に挟まれた石畳の道を進むと出会える、蔓《つる》の絡《から》まる石作りの建物は、愛神が鎮座《ちんざ》する本堂。神殿はこの本堂を囲むように建てられていて、女神を護《まも》る寵愛《ちようあい》の剣《けん》たちの私室が入っている。

神殿には五つの試練が待ち構えているという。

最初の試練はこの国の権力、ランドール王国が所有する軍隊、十万を超える騎士《きし》たち。

二つ目は聖なる光。三つ目は権能の扉。

四つ目は、目の前の中庭。許可のない者がこの庭園に足を踏み入れると、愛神に与《あた》えられた生命力で育つ樹木たちが動き出し、侵入者《しんにゆうしや》を捕《と》らえるため力を露《あら》わにするという。

そして、最後の試練が寵愛《ちようあい》の剣《けん》。つまりは、私たち天使とそれを支える英雄たち。

これらの試練を全て突破《とつぱ》した者だけに、女神を拝謁《はいえつ》する栄誉《えいよ》が与えられる。と、それらしく理解したつもりでいるが、天使としても中途半端《ちゆうとはんぱ》な私は最後の試練たる実力も覚悟も持ち合わせていないのだから、この場所に来るたびに情けなくなって、溜息を吐くのが通例になっているのだった。

「はぁ……」

中庭を正面にして、左右にある階段を上っていく。

最上階。神殿の中央にあって、寵愛《ちようあい》の剣《けん》の中でも最も権威の高い者に与えられる第一天使の部屋こそが、私の師匠ダリル・ロズベルトの私室であった。

天使の健康は愛神の力で維持されているため、慣れてくると食事も眠ることすら不要になる。

私は天使になって一年が過ぎても、まだ一日に一度は寝ないと気持ちがスッキリとしないのだが、第一天使は寵愛《ちょうあい》の剣《けん》の筆頭、ダリルに至ってはここ数百年、一睡《いっすい》もせずに女神の警護を続け、国民の健康を、ひいてはこの国の平穏《へいおん》を守り続けている。

私の師匠にしては偉大《いだい》すぎる人。

未《いま》だに、こんな不出来な私を、どうして弟子として迎《むか》え入れたのかと疑問に思うことがある。

もしかすると、リアンも私に対して同じ想いを抱いていたりして……。使命を果たし続けて五百年以上が経《た》つダリルに比べれば、二年目の私に畏《かしこ》まる必要なんて、皆無《かいむ》だとは思うのだけれど。

「あの、どこまでついてくるつもりですか……」

「いや～、ラフィちゃんが寂しいかなぁと思って」

エレノアは当たり前のように後ろをついてくる。ジロジロと粘《ねば》り気のある視線を送ってくるのは、いつものことだから無視していたが、師匠の部屋へ入室させることはできない。

「わかってるよ。ここで待ってるさ」

「待ってなくていいです」

「もう、素直じゃないんだからぁ」

付き合っているだけ時間の無駄《むだ》だ。私は扉を叩いて、返事を待ってから入室した。

広い部屋で、床《ゆか》に置かれた無数の蝋燭《ろうそく》が小さな火を揺らしている。部屋には他に長方形の箱だけがあって、ダリルは瞑想《めいそう》でもするように、その箱に静かに座っていた。余計な装飾《そうしょく》が一切なく、暖色の光が暗闇を照らす部屋では、壁や床に使われている大理石がダリルの姿を反射させている。

「やっと来ましたか。ラフィーリア」

私が謝《あやま》るより早く、師匠は本題に向けて言葉を並べ始める。

「学園の理事長レストルから話は聞いています。学園にいた優秀《ゆうしゅう》な生徒たちを集めたが、あなたがその中から弟子を選ぶことはなかったと」

「はい」

「あなたの理想に適《かな》う生徒は、見つかりませんでしたか？」

「……はい、学園には。ですが、才能豊かな人を冒険者ギルド会館で見つけることができました」

「ほう！」

ダリルの表情が明るくなる。

「ではその方は、冒険者なのですか？」

「いえ、ギルドで清掃員《せいそういん》として働いていたリアンという、七歳の男の子です」

「清掃員、七歳……それはまた、面白い弟子の選び方をしましたね。将来性を見込《みこ》んで、あなたが育てていく、というおつもりですか」

「はい。……ただ、彼はまだ追いかけたい夢があるようで。英雄として寵愛《ちょうあい》の剣《けん》に入るかどうかも、決まっていません」

「英雄はそう易々《やすやす》とは見つからない。あなたが前に進もうとしているのなら、それで構いません。しかし、その子が辞退した時も考慮《こうりょ》して、別の弟子を探しておいた方がよいでしょう」

「はい。わかりました」

リアンの他に弟子を取る、か。

天使には五人まで英雄を従える権利がある。配下に置く英雄の名声も揃《そろ》って、天使の格を形作るものだから安易に選ぶことも難しい。できることなら一人ずつ指導に当たりたい。だけど、リアンの夢を尊重すればこそ、同時に複数人の弟子を取る必要があるのかもしれない。

「弟子を取ったと聞いて、少し安心しました。ですが……七歳の男の子ですか……」

ダリルはくすりと、彼にしては珍しい笑い方をした。

リアンの才能を信じてもらえていないのだろうか。

「若くとも彼の才能は本物です。会って頂ければ、きっとダリル様も驚くはずです」

「いえ、あなたの目を疑っているわけではありませんよ。ただ、以前のあなたを思うと、少し変わった様子に見えたものですから……」

「変わった？　私がですか？」

「少し前のあなたなら、他人に対してそれほどの想いを抱くことはなかったと思います。よほど素晴《ば》らしい才能に巡《めぐ》り合ったのでしょうね。あなたを前向きにさせたのが、嘴《くちばし》も黄色い雛鳥《ひなどり》であったとは、思いもしませんでした」

指摘《してき》されて、急に恥ずかしくなった。確かに、リアンと出会うまでの私は誰かと会うことすら、憂鬱《ゆううつ》に感じることが多かった——いや、誰かとの交流が面倒《めんどう》に感じるのは今も同じか——ただリアンと会う時だけは、彼の成長を見るのが楽しみだと思う感情の方が圧倒《あっとう》的に大きい。

「あなたの弟子探しが難航しているようで、少し心配していたのですよ」

「報告を怠《おこた》っていました。申し訳ありません」

「……ラフィーリア。私は傷心したあなたの気持ちに付け込むような形で、寵愛《ちょうあい》の剣《けん》に招き入れてしまったことを、今もまだ気掛《きが》かりとしています。無理をしているのなら、今ならまだ、天使に昇《しょう》格《かく》したことも取り下げることができるやもしれませんが……」

配慮《はいりょ》を差し向けるように視線を下げたダリル。

だが、その態度は私が初めて見抜いた師匠の嘘であった。

「師匠、その言葉が偽りかどうかくらいは、いくら未熟な私でもわかる。師匠は私が天使の使命を捨てないと確信した上で、そんなことを言っている」

目を見開いたダリルが、困ったように笑う。

「降参です。いずれは気づかれるとは思っていましたが、まさかこうも早く見抜かれてしまうとは。あなたの言う通り。私は、私が生涯《しょうがい》を終えるためなら、長い時間を掛けてでもあなたを連れ戻すために言葉を重ねたことでしょう」

失礼とは承知しつつも、それが、いずれ自分も通るかもしれない道である以上、私は問い詰めずにはいられなかった。

「どうして師匠は、死を受け入れようとしているのですか？」

慎重に言葉を選ぶため、ダリルは時間を置いた。

未熟であっても、私は命のやり取りも当たり前な冒険者の出だから、薄々《うすうす》は知っている。

人間が密《ひそ》かに持つ、心の脆《もろ》さ、醜《みにく》さ、不透明《ふとうめい》さを。神を支える信仰心が人の心であるならば、神が変換する奇跡《きせき》の力にも、人が本来持つ不完全さ、負の面が含まれていることを。

負の面。それは即ち愛神が齎《もたら》す厄災《やくさい》の一つであって、信仰心の妨《さまた》げになる側面であるが故《ゆえ》に、ダリルが口にするには一時的にでも使命を忘れる必要があった。

「歴代の天使たちがそうであったように、私も、疲《つか》れてしまったのですよ……ラフィーリア」

未だかつて、一度だって年齢を感じさせなかったダリルの声が、急速に衰《おとろ》えていた。

「体を若返らせることはできても、心が時間に逆行することはない。永遠に与えられ続ける健康……その先にあるのは、美しい器《うつわ》の中でカラカラと音を鳴らす、干からびた良心だけだ」

愛神が渡してくれるのは、生命力であって活力や気力ではない。

健康が脅《おびや》かされない人生、痛みを感じにくい人生は、良くも悪くも感情から起伏《きふく》を奪《うば》う。

予想がつかない未来も、それ自体が慢性《まんせい》化してくれれば不規則な動きがただ繰り返されているだけの毎日である。困難に立ち向かい、それを乗り越《こ》えるたびに私たちは生きていることを実感するものだが、それが四百年、五百年と続いたらどうだろうか。実際には寿命《じゅみょう》に際限がなく、自分で自分の命を絶たない限り、千年だろうが二千年だろうが続いていくのだから気も滅入る。

いや、滅入る気力があるならまだマシな方か。

五百年を過ごしたダリルの怠慢《たいまん》は、悠久の時を生きる天使だからこそ辿り着いた末路だ。でも、愛神の加護に浸った百年ばかりの人生で、病気や怪我《けが》への危機感が薄らいでいる普通の老人を見ると、時間さえあれば誰であろうと辿る道だとわかる。

愛神が齎す負の面をあえて言葉に置き換《か》えるなら、生に対する慢心とでも言うのだろうか。

死にたくないと抵抗する牙《きば》を少しずつ失い、生きていたいと願う活力も忘れて、そして忘れたことも忘れていく。勇猛《ゆうもう》な心の持ち主だって時間の流れには逆らえない。

「何かの戦闘で使命を使い果たした者は、悠久に生きることもなく、満足に生を終えることもできたでしょう。しかし、幸か不幸か……私のスキルは優秀すぎた」

人間離《にんげんばな》れした回復力を愛神から授《さず》かっているとはいえ、神殿から離れたり、魔素の濃い場所や、愛神の力が届きにくい状況では、天使だって復活が不可能な致命傷《ちめいしょう》を負うことだってある。

天使が持つのは豊潤《ほうじゅん》な生命力であって、それは不死身であることの証左にはならない。

過去には凶弾《きょうだん》に倒れた天使も少なくない。むしろ、そちらの天使の方が多い。私たちランドール国民が、天使や英雄がスキルに頼っている以上、得手不得手も頻繁《ひんぱん》に生まれてしまうからだ。

その中でも師匠のスキルには、これといった弱点がない。

師匠が撫《な》でた椅子代わりの箱。それは師匠が【壁】のスキルで生み出した小さな障壁であった。

壁という概念《がいねん》を巧《たく》みに使いこなし、あらゆる攻撃《こうげき》から神を、この国を、国民を、五百年間の平穏を守り続けた不動の盾は、完璧《かんぺき》なスキルであり続けた。

「師匠、私も元は冒険者です。自分の最後くらい、自分で責任を持ちます。それに、私のスキルでは、師匠ほど長生きもできないと思いますし……」

長い沈黙《ちんもく》が続いた。

報告を終え、自分の意志を伝えることも、天使の宿命も教えてもらうことができた。

もう用件はない。ギルド会館へ向かおう。それこそ、私は私の信じた使命を果たすために、リアンの成長を見届けなければならない。

「それでは、失礼します。師匠」

「……一つ、聞かせてほしい」

出口に向かおうとした私を、ダリルは引き止めた。

「あなたが天使の座に就《つ》こうと覚悟を決めた理由を、今一度教えてほしい」

「……それが、私の贖罪《しょくざい》だから」

「罪滅《つみほろ》ぼし……その御旗《みはた》で天使の使命を背負うのは、さぞ苦しい道のりになることでしょう。自分の罪を償《つぐな》うのは大変立派な行為《こうい》だ。だが、そこには必ず期限と制約を設けなければなりません。自分を許すために必要な条件を、予《あらかじ》め決めておきなさい。そして……ラフィーリア、私からあなたに最後の助言を授《さず》けます」

「……」

「人を愛しなさい……それだけが人の心を癒《い》やす道しるべとなるでしょう……」


一礼して、部屋を出た。

どことなく寂しげな師匠の笑みは、久しく面《おもて》に出すことがなかった人間らしさだった。

忘れないように、歩きながらダリルの言葉を頭の中で繰り返す。今までに出会った人、これから出会う人、全員が私よりも先に死んでいき、そのうち価値観を共有できる人もいなくなる。

生きる意欲が根底から涸《か》れていくと、もはや苦痛すら感じなくなるんだろうか。それはきっと、ダリルのように五百年以上の時間を過ごしてみないとわからない。

「ラフィーリアを幸せにできるのは僕だけなんですよ！」

「お前みたいなナルシストが近づくだけでラフィの尊さが穢れるんだよ！　百年生きてから出直して来い！」

　厳格な意識を重んじる廊下で、身長差のある二人の天使が睨《にら》み合っている。

　関《かか》わりたくもないのだが、ここを通らないと外に出られない。

「あ、ラフィちゃん！　ダリル様への報告は終わったの？」

　エレノアは、ドスの利《き》いた声をひっくり返して、尻尾《しっぽ》を振る犬のように甘えてくる。

「ラフィーリア！　君に大事な話があるんだ！　僕と、結婚《けっこん》しドガッ⁉」

　一方、戦闘には全く関係のない輝《かがや》きを誇る絢爛《けんらん》な甲冑《かっちゅう》に身を包んで、今しがたエレノアに顔面を殴られたのは、第十二天使レックス・アルケイン。

　彼は私の五年先輩の天使で実年齢は二十七歳。私と同様、寵愛《ちょうあい》の剣《けん》として神に仕えて日が浅い。

　天使としての役目を果たせるかどうか、今でも不安を抱き続けている私とは違って、自分の存在に自信満々な――とくに女性に対しては目の色を変えて雄弁《ゆうべん》になる――彼は、息を吸うように注目を集めて信者の意識を募り、愛神のための信仰心を確保している。

　私より一回り年上だが、天使の中では同世代と言っていいくらいに歳《とし》が近い。

　今後も同じ時代の中で長く共闘することになるのだから、色々と相談していきたい相手ではあるのだが……残念なことに、彼もまた私が尊敬しにくい先輩天使の一人であった。

「な、何をするんですか⁉　エレノア様！」

「ああ、すまない。気でも触れたのかと思ってな……」

よろめきながら立ち上がり、唇《くちびる》に滲んだ血を拭《ぬぐ》うレックス。

赤い瞳《ひとみ》の輝きは、爬虫類《はちゆうるい》の目のように縦に細く伸びる。

「嫉妬ですか……？　やっかむのはやめてくださいよ。ラフィーリアと僕は、生まれたその日から一緒になることが宿命づけられているんです。そう、これは神の啓示《けいじ》！　寵愛《ちようあい》の剣《けん》に芽吹いた愛の結晶《けつしよう》！　これを邪魔するというのなら、いくらエレノア様といえど許しはしなブヘッ！　ゴハッ！　グボルフェアッ！」

エレノアの拳で滅多《めつた》打ちにあって、壁にめり込んだレックス。

意味不明な言動を繰り返す彼もまた、エレノアと同じで私に一方的な好意を告げている。

これがなければ、素直に尊敬できる先輩なのに……。

「第一、エレノア様は女性でしょう！　まさかラフィーリアを男だと勘違いしてるんですか⁉」

「ふん。性別の概念に囚《とら》われるとはな……そんなことだからお前はケツの青い天使だって言ってんだ！　愛は性別じゃない！　ここだろうが！」

自分の胸を叩くエレノア。堂々としているが、日頃《ひごろ》の行いのせいでカッコ良く見えない。

「なっ……⁉　た、確かに……性別はただの器にすぎない……心と心を通わすのに、体や外見は関係ない。くっ……これが百年間使命を果たしてきた大天使の実力……」

どうしてそこまで私に構うのか、この色ボケ天使たちには困ったものである。

「ラフィちゃん！　今日は私と一緒にデートに行かない？」

「すみませんが、先約があります」

「がっ⁉」

「それと、内装は自動修復の範囲外です。神殿を壊したらルーベン様に殺されますから、バレないうちに王宮の魔術師に頼《たの》んで修復して貰《もら》った方がいいですよ」

「ぎゃ⁉　こ、こらレックス！　お前のせいなんだから、ちゃんと手伝いなさいよね！」

「な、なぜ僕が⁉」

調子づいていたエレノアの顔から色がなくなる。

第四天使ルーベン・ハークスは、【剣】のスキルを持つ寵愛《ちょうあい》の剣《けん》でも武闘《ぶとう》派で名を馳《は》せた天使。

実年齢は百八十歳。百三十歳を超えるエレノアであっても、半世紀以上の先輩である。

ただ、エレノアが真に恐怖《きょうふ》するのは、先輩に対する畏敬《いけい》の念からではなく、ルーベンが持つ傷だらけの顔面であろう。あれは天使になる以前の傷だから完治しないらしいのだが、殺気を充満《じゅうまん》させた眼《め》と相まって、あの顔で怒《おこ》られた日には、どんな不良も従順な犬のように平伏《ひれふ》すと私は思う。

これ以上関わっていたら、私の所にもルーベンの雷《かみなり》が届いてしまいそうだ。

そそくさと逃げるように、騒《さわ》がしい二人を置いてやっと外に出ようとした時だった。

「ああ、よかった！　エレノア様、レックス様、ラフィーリア様。ご報告がございます」

無造作な髭を生やした初老の男が、額を冷や汗《あせ》で濡《ぬ》らしながら外から駆《か》けてきたのだ。

彼の名はカルジ・パウロ。

私の師匠、第一天使ダリルが使役《しえき》する英雄の一人であり、私の兄弟子に当たる人だった。

「どうかしましたか、カルジさん」

「私に敬語は必要ありませんよ。ラフィーリア様は、もう天使様なのですから」

白い歯を全面に見せて笑う彼の笑顔《えがお》は、英雄の称号《しょうごう》に相応しく、近くの者を勇気づける。

彼に剣を教わったこともあるから、身分の差で態度を改めるのは少し難しい気がした。

「各地で同時に三体の希少種が出現しております。南西にプライドツリー、南東にサテラントマンティス、北東にリバードラゴン、どれも討伐難易度Sランク相当の魔物です。冒険者ギルドにも討伐要請《ようせい》を出しましたが、被害を最小限に抑《おさ》えるためにも、ここは……」

さらり、透《す》き通った気配が駆け抜けた。

エレノアとレックスの表情は、抜き身の剣が如《ごと》く、一切の気の緩みを削ぎ落としていた。

「私がプライドツリー、お前はサテラントマンティス、ラフィはリバードラゴン。迅速《じんそく》に敵を発見し、これを討伐。民《たみ》の命を最優先に、神の威信《いしん》を守り抜くぞ」

「了解しました」

「……はい」

こんな時になると、彼らは私が尊敬する天使の姿になる。

ずっとこのまま、カッコいい先輩でいてもらいたいものだ。

「先に事態を収拾した方が、ラフィの恋人《こいびと》に相応しい存在、ということだな」

「はい……。僕も男です。自分の価値は、自分で証明してみせますよ」

「カルジ、ここの壊れた壁を直しておけ。ルーベン様にバレたら殺されるからな……お前が」

「わ、私がですか⁉」

「よし、行くぞ。ラフィとの婚約《こんやく》を賭《か》けて競争だ！」

責任を他人に押し付けつつ、存在しない恋 敵《こいがたき》に勝つために、不純だらけな天使たちは歩き出す。

私の抱いた尊敬の念を返してほしい。

リバードラゴンは、魔素を吸い込み過ぎた川が魔物化することで出現する。

頭にある大きな口から鋭い牙を生やし、蛇《へび》のようにウネって周りの魔素を食い荒らしていく最中も、胴体《どうたい》は川と繋がっているので、広範囲に水害を齎す。氾濫《はんらん》した川の激流が意志を持って人間に襲《おそ》い掛かっていくのを想像すれば、どれほど恐ろしい相手なのかがわかるだろう。

野放しにすれば、街一つ水に沈《しず》んでしまう可能性だってある。

信徒の信頼《しんらい》を勝ち得る行為、もしくは異教徒たちの羨望《せんぼう》を集める行為は、愛神への信仰心を募る成果に繋がることから、こういった急務において天使はその真価を求められる。

私は人間関係の構築が苦手だし、注目を集めるのも苦手だ。力仕事でしか信仰心を集められないから、こんな時にこそ活躍《かつやく》しないと、神様の役に立つことができない。

リアンには悪いけど、少しの間、待ってもらうことにしよう。

私はギルド会館へ向かうことにした。道中で胸元の宝石に触れ、ローブの色を緑から黒へ変える。フードを被《かぶ》り、仮面を着ければ、私はまた一度、天使の座から身を隠す。

「あ、おはようございます！　ビオラ様！」

会館へ入るや、受付のロゼが手を上げて私の偽名《ぎめい》を呼んだ。

来館する全員の名前を覚えているんだろうか。受付を務める人の記憶力《きおくりょく》を私も見習いたい。

「あ、あの……実はリアン様が……」

「リアン君がどうかしたの？」

「ビオラ様がお見えにならない内に、リアン様が一人でルフト洞窟の方へ向かってしまって……ビオラ様が来られたら伝えるようにと……言伝《ことづて》を」

「……リアン君が……一人で……どうして？」

「そ、それは……私にもわかりません。突然《とつぜん》、一人で先に行くと仰って止める間もなく」

リアンが一人で遠征地に向かった。ロゼの言葉が頭の中で何度も現実を訴《うった》えかけてくる。

リアンは頭のいい子だ。なのにどうして、そんなことを……いや、ルフト洞窟なら今のリアンが一人で挑んでも、決して無謀《むぼう》にはならない。冷静でいられれば、まず死ぬことはないはずだ。利口なだからこそ時間を無駄にしないために、先に向かうという決断を下したんだろう。

でも、よりにもよって今は都合が悪すぎる。焦りがじわりと全身を火照《ほて》らせたのと同時に、体から漏《も》れた魔素が冷気を生み出し、必要以上に体温を吸い取っていく。

心の上澄《うわず》みに蓋をしていた結氷がひび割れると、衝撃で沈殿《ちんでん》していた黒い部分が動き出した。

私は大きく深呼吸した。

落ち着いて……焦ってはいけない……いつも通り、心を動かさない私に戻れ。

リバードラゴンがいつ街を破壊《はかい》してもおかしくない現状。街に住む数万人の信徒と、リアン一人の信仰心。天使としてどちらを優先的に保護すべきかなんて、わかりきっている。私にできることは、早急にリバードラゴンを討伐して帰還《きかん》し、リアンの元へ向かうことだけだ。

「ビオラ様……」

「……伝えてくれて……ありがとう……行ってくる」

街道の中央に立って、魔素の大半を脚部《きやくぶ》で高回転させ、踏み込む。

石畳を割りながら、一歩で五十メートル進んで、王都を駆け抜ける。

リバードラゴンは大きな河川から生まれる。

目撃されたのが北東なら、それは北東に聳える始まりの地アトラス山から流れる、ラームリバーの大河川に違いない。川に沿って移動すれば、氾濫している箇所《かしよ》を特定できるはず。

冬場に走ると、速度が遅い。足の摩擦《まさつ》が上手《うま》く地面に伝わらないとか聞いたけど、難しい話はわからない。ただ今は、そんなどうでもいい要素の一つ一つが私を煽《あお》るようで、日立ちたがる。

切り裂いた空気で風を巻き起こしながら、両端《りようはし》に雪が積もる街道を走る。

木々の上から落ちた雪の音が、遠く後方に聞こえた。

二時間ほど走り続けると、その慌《あわ》ただしさは探知するまでもなく五感に届く。

なにせ大量の水が木々を薙《な》ぎ倒しながら、道を作っているのだ。ジグザグにゆっくりと進みながら地均《じなら》しの如く破壊の音を轟《とどろ》かせ、先頭では口を広げた獰猛《どうもう》な顔が赤い目を光らせている。

「一定の距離《きより》を取りながら、川の方へ誘導《ゆうどう》するんだ！　絶対に飲み込まれるなよ！　神のご加護でも救い出せないぞ！」

見ると、三人の男女がギリギリのところで水の牙を避《さ》けながら、交互《こうご》に注意を引きつけている。

他の二人に魔物の視線を引き継《つ》がせた人が、合間に息を整えていた。

「大丈夫？」

「……⁉　な、なんだ⁉　どっから現れやがった⁉」

逞《たくま》しい体つきの男が、私を見るなり慄《おのの》いた。

そういえば変装したまま来てしまった。状況を聞くためにも不審《ふしん》に思われるのは避けたい。

私は仮面を外し、ローブの色を変え、改めて挨拶した。

「私は第十三天使ラフィーリア・エルシェルド。あなたたちは誰？」

険しい顔つきが、朝日に照らされたかのように和《やわ》らぐのを見た。

天使が来た。それだけでこの人は希望を見出《みいだ》してくれたんだろう。私は未だに名ばかりな天使だが、それでもこの称号が誰かを勇気づけるなら、振りかざすのも悪くない。

「お、俺《おれ》はダスタロっていう、しがない冒険者です。遠征中に近くでリバードラゴンが出現したと聞き、仲間と一緒にここへ来ました」

ダスタロは不慣れな様子で跪《ひざまず》き、頭を下げながら名乗った。

恐縮しているものの、冷静さは保てているようだ。

「今の状況を説明できる？」

「はい。この先、西へ五キロほど進んだところにラフレアっていう街があって、このままリバードラゴンを放置すれば、街が濁流《だくりゅう》に飲み込まれてしまいます。一度はリバードラゴンの討伐に挑みましたが、俺たちの力じゃあの巨大な魔物には歯が立たず……今はどうにか奴の注意を引きつけて、川の方向に引き戻せないか試《ため》しているところです」

氾濫した川をジグザクに進ませ速度を遅らせるだけでなく、街から遠ざけようとしていたのか。

私よりも先に駆けつけている時点で、ギルドの依頼書だって間に合わなかったはずだ。彼らは報酬や名誉のためではなく、街を守るために命を懸《か》けて、勝てないとわかった相手に挑んでいる。

勇敢な人たちは、まさに冒険者の鑑《かがみ》だった。何も守れなかった自分の過去とはあまりにも違い過ぎて、私はすぐに心を隠したくなった。

「持ち堪《こた》えてくれて、ありがとう。あとは私が片付ける。あなたたちは避難《ひなん》して」

「お、俺たちも戦えます！　何かお役に立てることがあるはずです！」

「……私のスキルは見境なく周りの命を傷つける。あなたたちがいると、力が使えない」

ダスタロは少し悩《なや》んだが、すぐに笑顔になった。

「足手纏《あしでまと》いってことか……わかりました。俺たちは遠くへ移動しておきます」

ダスタロは口笛を吹いて、仲間たちに撤退《てったい》の意を伝えた。

この状況で冷静でいられるのは、彼が多くの経験を積み重ねた冒険者だからだろう。潔《いさぎよ》さと決断力を持って仲間を守り抜いてきた背中に、私は声を掛けた。

「ダスタロ！」

「は、はい！」

「……足手纏いじゃない。見返りもなく、誰かのために命を懸けられるあなたたちは、勇敢な人たち。私があなたたちを遠ざけるのは、私の魔力操作が未熟だから……それを忘れないで」

「……ははは！　了解しました！　天使様！」

清々《すがすが》しい笑みを放って、ダスタロたちは引き下がった。

リバードラゴンは、より濃く、潤沢《じゅんたく》な魔素を求めて西へ進路を取る。正確に街の位置を把握《はあく》しているようだ。この様子だと、ダスタロたちがいなければ私の救援《きゅうえん》も間に合わなかっただろうな。

今日はどうにも心に重たいものばかり伸《の》し掛かってくる。ポタポタと器に一滴《いってき》ずつ落とされた水の音が、「いつ溢《あふ》れてもおかしくないぞ」と一定の間隔で私の肩《かた》を叩いてくる。

リアンと合流するためにも気持ちを切り替《か》えて、さっさとこの蛇を倒して王都へ戻ろう。

剣を抜き、できるだけ高く、真上に跳《と》ぶ。

鍔《つば》から切っ先にかけて手を翳《かざ》し、冷気を帯びた魔素を流し込む。上昇《じょうしょう》する力を失って、体が重力に従う瞬間、魔素を十分に溜《た》め込んだ剣をリバードラゴンの根本の方へ振り下ろした。

剣から解き放たれた魔力は氷点下の斬撃《ざんげき》となって、リバードラゴンが引き連れていた水を、凍《こお》らせながら切断した。頭と離れた胴体は意志を失って、本来の姿に戻った水が周辺の雪を襲いながら木々の隙間に流れ込んだ。蜥蜴《とかげ》の尻尾の逆。上流を失ったリバードラゴンは、頭と少し残った胴体をウネウネと動かして、攻撃を加えた私を標的に捉《とら》えた。

まだ落下中の私に対し、口を開いたリバードラゴンは大量の水を放射した。

本来なら胴体が川と繋がっているので無尽蔵《むじんぞう》に出続けるはずの水だが、今は供給元を切断されて

いるので、吐き出せば吐き出すほどリバードラゴンの体は消えていく。

普通にやれば凍らせることはできるだろうけど、ここは確実に、集中力を上げて挑もう。

「……氷瀑《アイスフォール》」

イメージしたのは凍りつく滝《たき》。圧縮した魔素を解き放つと、襲い掛かってきた水は、それを吐き出していたリバードラゴンもろとも凍りつき、重心がアンバランスになって倒れていった。

まだ柔らかかった雪が舞い上がり、少しのあいだ視界が白に染まった。

流動系の魔物は生死の判断がつきにくい。魔石を吐き出すまで攻撃を加える方が賢明《けんめい》だ。

凍ったリバードラゴンを剣で細断すると、喉元《のどもと》のあたりからゴトリと重たい赤い魔石が落ちた。

「天使様ぁ！」

ダスタロたちが元気よく手を振りながら戻ってきた。

「流石に凄《すご》すぎましたよ、天使様！　あんなバカでかい魔物をものの数秒で倒しちまうなんて！」

「それは、相性《あいしょう》が良かったこともある。本当に凄《すご》いのは、あなたたちの方。あなたたちがいなければ、きっと街は水に飲み込まれて多くの負傷者が出ていたはず。あの魔石はもらって行くといい。ギルドには、私からあなたたちの活躍を話しておく。もちろん、王宮にも」

「「あ、ありがとうございます‼」」

パーティ三人が、声を合わせて深く腰《こし》を折る。

きっといいパーティなんだろう。息が合っているのが、呼吸を通してもわかる気がする。

「じゃあ、私はこれで」

「あの、本当にありがとうございました！　天使様！」

挨拶も程々《ほどほど》にして私は踵《きびす》を返した。

リアンが会館を飛び出して既に二時間。ここから戻っても四時間が経過した頃になる。

愛神の力は魔素の濃いところでは鈍《にぶ》くなるとはいえ、ルフト洞窟の上層程度なら、延命の手が届くはずだ。致命傷を負っていたとしても数時間は持ち堪えられる。

でも、それでも……万が一、億が一にもリアンが絶命していたら……。

そんな最悪を想像するたびに心臓を握られたような気分になる。

王都までの道のりは直線で百六十キロほどだが、今は雪が積もっていて街道しか使えないので、百八十キロほどはある。その距離を全力疾走《しっそう》し続けて往復四時間。

こんなに長時間も体を酷使《こくし》すると、天使ですら治癒《ちゆ》力《りょく》が間に合わなくなるらしい。

ただでさえ焦《じ》らされる心が、疲労によって追い打ちをかけられ集中力が薄くなっていく。

通り抜けた草木が霜《しも》を増やしているのは、私から漏れ出しているスキルのせいだった。

ルフト洞窟へ辿り着いた頃には、負債《ふさい》を抱《かか》えた体が限界を迎えて足取りがフラフラしていた。

不安定なまま洞窟の中へ入るのは危険だ。私の命ではなく、私から出た冷気のせいで冒険者たちの動きが鈍くなってしまう可能性がある。

ローブの色を変え、仮面を着ける。洞窟のランプに魔力を送り続ける魔力貯蔵庫の陰に座って、愛神の力が自分の体を回復させてくれるのを、私の心がこれ以上の動揺《どうよう》を免《まぬが》れることを願った。

「クッ……！　い、急ぐぞ！　早くしねぇと、サージェの奴が死んじまう！」

数人の冒険者が互《たが》いの体を支え合いながら、洞窟から出ていった。

乱れた気配は、さっきまでの私と同じ。何かに怯《おび》え、焦る心を引きずっている。

無数の足跡《あしあと》で土と雪が入り混じった道に、赤い液体が滲んで、ただならぬ事態を予感させた。

いや、ダンジョンにいれば誰だって怪我くらいする。焦りが大袈裟《おおげさ》に感じさせているだけか。

大丈夫、私は、あの頃の私じゃない。きっと今度は守り通せるはず。私は……私はきっと……。

理性の裏側で、膝《ひざ》を抱えて座る私に蓄積された不安が喧《やかま》しく「休むな」と囃《はや》し立てる。

立ち上がると、さっきまでの疲労がなくなっていた。

「……ありがとう」

超人的《ちょうじんてき》な回復力は愛神がくれる奇跡の力に他ならないが、その力を遡《さかのぼ》れば国民の信仰心に辿り着くのだから、私の感謝はこの国で愛神を崇拝《すうはい》する信徒たち全員に向けられていた。

洞窟に入ると、異様な気配の流れを感じた。強い流れというよりは、いくつもの細かい魔素が複雑な流れを生んでいる。リアンが生む大量の泡から感じる、微弱で無数な魔素の流れと似ている。

これはリアンの仕業なのか。期待を胸に、気配の源流を標的に進み続ける。

やたらと小綺麗《こぎれい》な冒険者の背中が見えると、深緑色のローブを着た子供が列を作っていた。どうやらウェエモンズ魔導師学園の生徒が、校外学習で遠征に来ているらしい。

気配の正体はこれか。リアンと背丈《せたけ》が似ていて惑《まど》わされる。

生徒たちの横を通り抜けて、いくつかの角を曲がった時だった。

綺麗なままの制服ローブから浮いて、土埃《つちぼこり》で服を汚した少年が端《はし》に立っていた。

「ラ、ラフィ……師匠……」

挨拶もなく、気づけば私はリアンを抱きしめていた。

出会えた安堵《あんど》が対比となって、私はその時にやっと、自分の内側に渦巻《うずま》いていた不安の大きさを自覚した。幾つもの命のやり取りを乗り越えてきたはずなのに、こればっかりは何度味わっても慣れない。自分の命ならどうでもいいのに……どうして私は他人の命となると、こうも簡単に動揺するんだろう。

「し、師匠……苦しいです……」

「ああ、ごめんなさい」

リアンの声で我に返って、私はようやく腕の力を緩めた。

リアンが生きていてくれて嬉しい。それが心の大半を占《し》めている素直な気持ちだ。

しかし、それで果たして一件落着にしていいのだろうか。

私を悩ませているのは、師としての教育的な指導方針である。

リアンは単独でダンジョンに足を踏み入れることを決断した。リアンは無事だった訳だし、結果として時間を無駄にしなかった分、その判断は正しかったのかもしれない。でも、不必要な危険を冒《おか》したことは確かだ。これを説教するのは、彼のためにも必要なことかもしれない。

——というのは建前で、私が不安になるからやめてほしい、というのが実際の本音であった。

ただそのまま伝えてしまっては、師としてあまりにも情けない。なにか都合のいい言葉はないものかと、足りない語彙《ごい》力《りよく》で探してはみるものの、落ち着かない心のままでは埒《らち》が明かない。

私が許可を出すまでは、一人で遠征にはいかないこと。

言葉足らずでも構わない。それだけを伝えようと私は理由よりも先に声を先行させた。

「……リアンく……」

「師匠……！」

声が正面衝突《しょうとつ》して、お互いに次の言葉を詰まらせた。

「ど、どうぞ、師匠から」

「ううん。リアン君からでいいよ」

「……あの、僕、本当はリアンって名前じゃないんです！」

思い掛けない告白であった。

この歳で冒険者を目指すからには、それなりに事情を抱えているものだろうと思っていたし、私も同様、冒険者が偽名を使うこと自体は珍しくもない。ただ、告げるタイミングが意外だった。

「どういう意味？」

「実は僕、ウェモンズ魔導師学園から抜け出して、ギルド会館に転がり込んだんです。学園に連れ戻されないように、名前とかもずっと嘘をついてて……すみません！」

リアンは……いや、名前を知らない少年は深々と頭を下げた。

「どうして学園を抜け出したの？」

「冒険者を……目指したくて……」

「終始結晶《スタートエンド》を見つけたいって言ってたね……本当にそれだけの理由で……？」

「はい！」

大きな声だった。顔を上げた少年の表情は、初めて出会った時の緊張を復活させている。違いがあるとすれば、目だろう。隠すことがなくなった目は、真実を訴える力に満ちている。

「僕の本当の名前は、アウセルと言います」

「アウセル……」

「今さっき学園にいた頃にお世話になった担任の先生と会ったんですが、僕は退学処分になってるみたいで……もう連れ戻される心配もないから、名前を偽る必要もなくなりました」

「そう……」

「あの、師匠の話は……」

目標だけ見据《みす》えて、安全な学園を抜け出してきたのか。

広大な夢に、自分の運命を惜《お》しみなく懸けることができるこの子の才覚を、指導と託《かこつ》けて束縛《そくばく》するのは明らかな間違いだ。束縛の理由が、私の個人的な不安に起因するなら尚《なお》さら。

「……いや、もういい。君が無事なら、それで」

「……あの」

洞窟の奥から響いた声が、アウセルの口を塞《ふさ》いだ。

複数種類の悲鳴が反響《はんきょう》して、連鎖《れんさ》的に声音《こわね》が大きくなっていく。

ただでさえ判別し難《がた》い無数の気配が、それぞれに自己主張を強くして、洞窟内の気配の流れを歪《いびつ》なものに変えている。ここまで乱れた気配が空間を支配してしまうと、鈍感《どんかん》な人ですら無自覚に共鳴してしまうだろう。

奥から引き返して来た生徒たちが、我先にと人を押し退けている。

遅れて、天井を這《は》って追いかけてきた煙《けむり》が、暴れる生徒たちが起こした風によって拡散された。

「師匠……！」

「……多分、スモッグの煙幕《えんまく》だと思う」

煙の濃度が上がると、ランプの光は遮《さえぎ》られ視界は黒に染まる。

私とアウセルは、壁から隆起《りゅうき》した窪《くぼ》みに体を入れて、押し寄せてくる生徒たちをやり過ごす。

教員や冒険者たちが落ち着くように声を張り上げるが、一度パニックに陥った生徒たちは、さらなるパニックを他の生徒たちに押し付けて、もはや収拾がつかなくなっている。

ここまで来る道中で魔物の気配はなかったし、出口の方向へ戻っていく分にはそれほど被害は出ないだろう。あるとすれば殺到《さっとう》によって倒れた人が踏まれたりする怪我くらいか。

「すみません、師匠！　僕、ちょっと行ってきます！」

「行くって、どこへ⁉」

アウセルが唐突《とうとつ》に走っていくから、私も慌てて後を追いかけた。

アウセルは人の波を鮮《あざ》やかに捌《さば》いて、出口の方へ向かっていく。

転んでいる人、横道に逃げる人、泣きじゃくる人、慌てふためく生徒たちを無視して真《ま》っ直《す》ぐ進んでいくアウセルは、明確に目的を持っている。

その時、今までとは違った質の悲鳴が、微かに鼓膜《こまく》を揺らした。

子供の声が反響しながら急速に遠ざかる感覚は、まるでどこかへ落下していくようである。

ふと、進行方向に思い当たる節があった。——そうだ。この先には深層へ続く大穴がある。

どうやらこの声の主は煙幕で視界を失い、大穴に足を滑《すべ》らせたらしい。

アウセルはこの混乱の中で気配の異変を察知したのか。

こんなのは、花畑の中で一番香《かお》りの強い花を見つけるようなものだ。冷静さがどうのという次元ではない。魔力操作に長《た》けているからこそ、魔素の流れの機微を直感的に探知できたのか。

依然《いぜん》として足元が見えない中、走り続けるアウセル。

止まるつもりは端《はな》から感じられず、足音が不意に途切《とぎ》れた。

「アウセル君⁉」

開けた場所に出て、視界が少し回復した途端、目の前に大穴があった。

足裏の感覚を研《と》ぎ澄《す》ませなきゃ寸前で止まるのは難しい。ましてやパニック状態の生徒たちでは間に合わない子の方が多いだろう。

しかし、アウセルはちゃんと気づいていた。気づいていて、止まらなかった。

自分の命を心配する様子は最初からなく、もう暗闇の底へ消えてしまった生徒たちを追いかけて躊躇《ためら》わずに落ちていった。

後を追いかけようと、体を奈落《ならく》へ放り出そうとした時、嫌な感触《かんしょく》が肌を刺《さ》した。

「ああ……」

何かが割れるような音。煙の隙間に見えた地面が、凍りつき始めていた。

奥底に隠したトラウマが、心の疲弊《ひへい》に便乗して私の罪悪感を糧に肥大化していく。

「どうして……なんで私は、いつも大事な時に……」

冷気は空間を支配し、既に吐く息が白くなっていた。

焦りは焦りを生み、氷結していく世界が私を孤独《こどく》の闇《やみ》に閉じ込める。

全身が斑《まだら》に光りだした。生命活動が不可能な温度まで気温が下がると、私のスキルは私の細胞《さいぼう》を少しずつ破壊し始める。そんな自己破壊に抵抗するように、天使として愛神に与えられた生命力が躍起《やっき》になって体を修復している。

頼りない理性が、アウセルを助けに向かえという衝動《しょうどう》を押し留める。

溢れ出す冷気はどんなに願っても止まってくれない。洞窟内は空気が循環しにくい。私がこのまま冷気を生み出し続ければ、アウセルだけじゃなく教員や生徒たちにも危害が及《およ》ぶ。

自分が自分として生きてきた信念の全てを折り曲げてでも、私は一刻も早くここから離れなければならなかった。

「はぁ……はぁ……はぁ……」

他の生徒たちがまた落ちてしまわないよう、大穴の縁《ふち》に氷の壁を立てて、私は出口へ走った。

冷気が辺りを氷結させるよりも早く、現場から逃げ出した。

弟子を見捨てる薄情《はくじょう》さも、自分可愛さに心を殺しきれない身勝手さも、全てが全て未熟さ故に、私は、私を殺したくなった。

◇　◇　◇

気づいたら、僕は大穴に落下した生徒たちを追いかけていた。

暗闇の中を延々と体が落ちてく最中、空気の圧が全身を叩く。

耳元を通過する風の音が聴覚《ちょうかく》を麻痺《まひ》させる。目も耳も使えないなら気配を頼りにするしかない。

生徒たちに追いつくため、垂直に体を立てて落下速度を上げる。

その時、肩や頬、こめかみ辺りをチクリと何かが刺した。真っ暗な中じゃ傷の程度も確認できない。魔物からの攻撃かとも思ったが、それならそれで足踏《あしぶ》みするよりも、いっそのこと素早《すばや》く通り抜けた方がいい。僕は構わず、落下の勢いを加速し続ける。

幾つか通り過ぎた気配があった。大穴に落下した生徒たちを追い抜かしたらしい。それは取り乱した気配と、極端《きょくたん》に内側へ閉じこもってしまった気配に二分している。

驚いた時に、声が出るタイプと出ないタイプがいるのと似て、命の危機に直面した時には、魔素を漏らすタイプと魔素を活用できなくなるタイプに分かれるらしい。

僕はどうだ？　この状況で正常にスキルを発動できるのか。

泡をクッションに使えば、全員を落下死から救えるはずだ。

でも、地面が見えない状況じゃどこで泡を膨《ふく》らませるべきかわからない。

左腕を回しながら、雑音を掻き消すように声を張り上げる。

「増殖《ゲイン》！」

泡の増殖は、僕の体が落下してく速度よりも早く大穴を埋め尽くし、やがて底に到達《とうたつ》した。

よかった。泡が生成できる。思いのほか、僕はまだ冷静らしい。

まもなく泡の海に突入《とつにゆう》する。この泡は本当にただの泡なので落下の衝撃を和らげたりはしない。

泡は僕の魔素で形成されているから、何かに接触《せつしよく》すると、肌に触れられたかのような感触が微かに伝わってくる。大穴の壁面《へきめん》の細かな凹凸《おうとつ》や、地面との距離も把握できる。これは、日々の清掃業《せいそうぎよう》で物と物の隙間を泡で掃除しているうちに身についた感覚だった。

「よし、いける！　膨張《バルーン》！　硬化《ロック》！」

底についた一部の泡たちを膨張させ、泡を適度に柔らかくなるまで硬化させる。

数百個の泡のクッションが、体を受け止めるたびに割れて、落下の勢いを徐々《じよじよ》に吸収していく。

暗くて姿は見えないけど、そこには後から落ちてきた生徒たちも加わって、誰かが着地するたびに、歪《ゆが》んだ泡が他の人を飛び跳《は》ねさせながら、パチン、パチンと割れていく。

最後の泡が割れた時には、尻《しり》もち程度の衝撃だけが残った。

風の騒音《そうおん》が一転、重低音に変わる。大穴を抜けた先は広い空洞《くうどう》になっていた。

アンシダケだろうか、無数の小さな青い光が星空のように遠くで点々としている。

「わぁあああああ！」

「ああ、ちょっと⁉」

暗闇の中で響いた悲鳴が遠ざかっていく。

混乱した生徒の一人が、勝手に奥へ走っていってしまった。

とにかく灯《あか》りをつけないと。僕は鞄から携帯用魔力ランプを取り出し、摘《つま》みを回した。

「……」

弱い光源でも光が届くぐらいの距離に生徒が一人立っていて、一瞬、息が止まった。

なにせその生徒は普通の人間とは違い、灰色の肌に黄金の目を持った亜人《あじん》だったのである。周りに魔物が潜んでいる状況じゃなければ、情けない声を出していたところだ。

「その傷……！　だ、大丈夫ですか……⁉」

灰色の人の指摘に従って、僕は自分の負傷を確認する。腕に数本、棘《とげ》のような針が刺さっていた。

摘むと簡単に引き抜ける。深くまでは刺さっておらず、画鋲《がびょう》で突かれた程度の傷だ。顔にも多少の切り傷はあるけど、軽症《けいしょう》の範囲だろう。放っておいても、そのうち勝手に止血されるはずだ。

「す、すみません……わ、私のスキルが……」

「君のスキル……？」

「私のスキルは【針】で、刺さっていたのは私が生み出したものなんです。落下している時に暴発してしまったみたいで……」

「ああ、そうだったんですね。あはは。大丈夫ですよ。この程度なら移動するのにも支障はないですし。それよりも、あなたが無事でよかったですよ」

僕があまりにも平然と応えてしまったせいか、灰色の人は困り顔に驚きを混ぜていた。

わざとじゃないんだから、これぱかりは仕方がない。責めたところで時間の無駄だ。

鞄を見た時に、小瓶《こびん》の中で赤く光る液体が揺れていた。ラフィーリアが持たせてくれた回復薬。これを飲めば傷はたちまち治るだろうが、この程度の負傷で使うのはもったいない。ダンジョンに不慣れなら、小さな負傷でも動揺しやすいだろうし、薬は生徒たちのために使うべきだ。

「皆《みな》さん、落ち着いて。灯りの方まで来てください」

「あ、あの……ここに、倒れている方が……」

「わかりました。そちらに行きます」

声を頼りに向かうと、倒れた人の側《そば》に寄り添《そ》って座る女の子がいた。

遅れて、他の生徒たちも灯りに集まってくる。ここで確認できたのは五人。うち四人の制服は有力者を示す青色だったのだが、そんな偶然《ぐうぜん》よりも、僕は横たわる制服の色に目を奪われていた。

灰色のローブ。それは僕も過去に着ていた、孤児院《こじいん》から通う生徒が着用する特別支援《しえん》生徒の制服だった。ともすれば一年生の特別支援生徒は、僕を除けばルークとスコットの二人しかいない。

僕は恐る恐る、顔の方へ灯りを移した。

「……!?」

倒れている生徒、それはスコットだった。急いで体の様子を見て、胸に耳を当てた。

体に傷はなく、心臓は動いているし呼吸もしている。どうやら気絶しているだけのようだ。

ホッとすると、僕の止まっていた肺がゆっくりと動き出した。

「はぁ……。スコット、君ってやつは……驚かせないでくれよ」

元来、ビビリなスコットだ。落下する恐怖には勝てなかったらしい。

大穴に飛び込んだのは無謀な賭けだったけど、スコットを助けることができて本当によかった。

上を見る。暗闇に塗り潰されて、通ってきたはずの大穴が見えない。魔力体術を使って垂直に高く跳んでみたけど、ランプの光は天井に届かない。

大穴には梁の階段があるはずだけど、どうやったらそこへ辿り着けるのか、わからない。

とりあえず何から始めるべきかと考えたら、自己紹介はもとい情報を共有することだろう。

「名前と保有するスキルを教え合いましょう。僕はアウセルって言います。スキルは【泡】です」

「……私はラトレイア隔離《かくり》地区から留学に来た、ルナと言います。スキルは……【発光】です」

肩まで伸びた桃色《ももいろ》の髪、ひびの入った丸眼鏡。最初に名乗ってくれたルナは、声が震《ふる》えていた。

ラトレイア隔離地区は、智神アリシアを崇拝する信徒たちが東に構えた土地。智神はこの世の真理を求める性質があり、あらゆる情報を保管するために強固な結界によって守られた領土は、外界とは隔絶《かくぜつ》された場所と化している。

「体を光らせるスキルで、この暗闇なら照明になると思うんですが……すみません、どうしてか今は使えません」

「多分、緊張しているせいですね。こんな状況じゃ無理もないです」

次の人に視線を向けると、その人は活気よく声を出す。

「俺はランバー。ペイラー王国から修行のために来た。スキルは【糸】だ」

赤い髪を雑に後ろで結んでいるランバーは、ガンッと胸を叩いて、ギザギザな歯を披露《ひろう》する。溢れ出る闘志《とうし》は、孤立無援《こりつむえん》の状況でも全く物怖《ものお》じしていない。

ペイラー王国は武神ゼルフィスを地主神として崇《あが》め、大陸の南を治める国。武神が求めるものに応じて、国民たちは最強の武力を目指すことを国是《こくぜ》としている。

「ウェルデットと申します。魔境地区ラングルから、スキルを学ばせて頂くために来ました。習得させて頂いたスキルは【針】です」

さっき会話した灰色の人だ。丁寧《ていねい》な口調で名乗るウェルデットは、よく見ると耳が尖っている。

魔境地区ラングル――その昔、邪神《じゃしん》によって生み出された魔族たちが建国した国。今は魔神ランペイルを地主神として崇拝し、魔神の求めに応じて、魔素を収集することを国是としている。

出身地からすると、ウェルデットは亜人ではなく魔族であったか。

「君は……？」

「ドラーフルはラグラスタ公国……名前はシャロンだ」

ドラーフル連合国は財神セルギスを地主神として崇拝する、大陸の西側一帯を占める国々の総称だ。財神の求めるところに応じて、資産を増やすことを同盟の根幹としている。たしか、国同士で経済力を競《きそ》わせてランキング付けされているとかなんとか。

スコット以外の四人が留学生。有力者を示す青色の制服は、それぞれの国の権威が背景にある。

世界中の人たちが国を隔《へだ》てて、それぞれが信仰《しんこう》する神様を崇拝している。いや、崇拝する神様の元に集まった人たちで、勝手に国を形成したのが今の世界と言うべきか。それほど詳《くわ》しいわけではないけど、ゆくゆくは国外にも遠征に行きたいという野望から、地主神やその土地に住む人たちの気質くらいは勉強している範囲だった。

「あの……スキルは？」

「……はぁ。【水】だ」

毛先がくるんと丸まった栗色《くりいろ》の髪を持ったシャロンは、渋々《しぶしぶ》そう答えた。

スキルとはいわば伝家の宝刀。替えが利かないからこそ安易に人に教えるのは憚《はばか》られる。無論、女性に年齢を尋《たず》ねるようにスキルを軽率に詮索《せんさく》するのもマナー違反《いはん》だったりする。

とくに【水】のスキルは長者スキルの代名詞。単に疎《うと》まれることも多ければ、警戒心《けいかいしん》が強くなるのも少しは理解できる。

シャロンの苦々しい口調は、今が緊急《きんきゅう》事態だから仕方がないと半ば諦めたようだった。

しかし、不幸中の幸いとはこのことか。優秀そうなスキルが集まってる。

なにより、彼らは秀《ひい》でた才覚を持って出国した留学生。同い年のはずなのに妙《みょう》に大人びているなとは思ったけど、それは彼らが国を代表する選ばれし人たちだからに他ならない。信頼できる関係とは言えないけど、即席《そくせき》で協力し合えるくらいには立ち回れる人たちだろう。

「みなさんにお願いがあります。もしもパニックになっても、遠くには行かないでください。近くにいてくれたら必ず僕が守りますから、側を離れないでください」

返事はないものの、ルナが頷《うなず》いて否定する者もいなかった。

「君は一体、何者なんだい？」

シャロンが僕の身元を問う。この中で、僕だけが制服を着ていない。疑問に思うのは当然か。

「僕は……冒険者見習い、といったところです」

「冒険者見習い？」

「はい。冒険者登録するには年齢が足りなくて、冒険者としては活動できないんですけど、ルフト洞窟にはもう何回も通ってるんです。……深層に来たのは初めてですけど……」

さて、最初に走っていってしまった生徒はどこへ行ったのだろう。

「おーい。まだ近くにいますかー？」

魔物に気をつけながら、暗闇に向かって小さく声を投げた……が、返答はなかった。

不用意に動き回るのは危険だけど、消えた生徒を見放すわけにもいかない。

「生徒を探しに行きましょう」

「探しに行く？　冗談《じょうだん》だろう。助けを待つべきなのは、僕たちの方じゃないのか？」

シャロンは真っ先に否定した。誰だって自分の身が大切だ。危ない橋を渡りたくないのは、損得勘定《かんじょう》に敏感《びんかん》だからというだけが理由じゃないだろう。シャロンが自分勝手な人間とは思わない。

でも、僕はどうしても、誰かを見捨てる気にはなれなかった。

自分でも自分の気持ちを正確に理解するのは難しい。もしかすると、思い出の中の男の声が今こそ大きな声量で、『冒険者は人助けをする職業だ』などと繰り返しているせいかもしれない。

「俺は行くぜ。困ってる奴がいたら助けたい。コイツがそう思ったから、今の俺たちは生きてる。なら、俺たちにはその気持ちに応える義理があるんじゃねぇのか？」

ランバーの明るい声は、危機的状況を楽しんでいる節すらある。武神には信徒の信仰心を魔力体術効率化と闘志に変換する力があると聞く。強靭《きょうじん》な意志は、神に背中を押されてのことなのか。

「私も行きましょう」

「みんなが行くなら……私も……」

「……ああ、わかったよ。ついていけばいいんだろ。ついていけば……」

ウェルデットとルナが同意すると、シャロンも了解した。

魔力ランプをルナに手渡《てわた》し、鞄をお腹の方へ持ってきて、気絶したスコットを背負った。その際、ウェルデットが鞄持ちを買って出てくれたので、お言葉に甘えて預かってもらうことにした。

「じゃあ、ゆっくりと、物音を立てずに行きましょう。何がいるか、わかりませんから」

勇気を振り絞《しぼ》って前に進むと、数歩でシャロンが転んだ。

「言ったそばから、音立てるなよ」

「な、何か滑るものがあったんだ！　あ、灯りをくれ！」

ルナが灯りを送るとみんなの思考が固まった。

シャロンの手を赤く染めていたもの、それは、点々と地面に落ちていた血であった。

「お前の血か？」

「い、いや、違うと思う……」

人間の血。それも、致命傷になるほどの量に思える。ここがダンジョンなら、負傷者の痕跡《こんせき》があったとしても不思議じゃない。しかし、シャロンの足を滑らせた血は乾《かわ》いていなかった。それはつまり、ごく最近に何らかの理由で傷を負った者がここを通ったということだ。

唸《うな》り声が響いた。

重たい足音が闇の向こうから近づいてくる。漂う血の匂《にお》いがまだ見ぬ存在を想像させた。

「魔物だ！　逃げろ！」

それはランバーの叫びだったか。重い足音とは反対側へ走ると、獣の咆哮《ほうこう》が鳴り響いた。

「あっ！」

咆哮に気圧《けお》されたルナが、ランプを落としてしまった。

「足を止めないで！」

走っていたら、アンシダケの光のおかげで壁の輪郭《りんかく》が見えてきた。

僕たちがいた広い空洞は、幾つかの大きな通路が合流する場所だったらしい。僕たちは道を選ぶ余裕《よゆう》もなく、目の前の通路へ入った。

後ろを振り向く。さっきルナが落としたランプが、悍《おぞ》ましい牙だらけの口を開く巨大な兎《うさぎ》の魔物を照らして、その大きな足に潰《つぶ》された。

第四章　英雄《えいゆう》の気質

迫《せま》り来る咆哮《ほうこう》を背に、僕《ぼく》らはとにかく転ばないことに意識を向けながら逃《に》げ続けた。

超人《ちょうじん》にでもなってしまったかのように、息が続かないとか体力がもたないとか、そんな弱音の一切《いっさい》を自分の体は無視していた。火事場の馬《ば》鹿《か》力《ぢから》ってやつだろうか。切羽《せっぱ》詰まった生存本能が走る以外の選択肢《せんたくし》を遮断《しゃだん》している。

衝撃音《しょうげきおん》とともに地面が揺《ゆ》れた。土煙《つちけむり》が肌《はだ》を打ち、鼻と口を犯す。

どうやら魔物《まもの》の攻撃《こうげき》が壁《かべ》に当たって、天井《てんじょう》の岩が崩《くず》れたみたいだ。

今通ってきた道が完全に塞《ふさ》がっていた。

向こう側で魔物が道を塞いだ岩を叩《たた》いている。音は骨にまで響《ひび》いてくるようで、衝撃の凄《すさ》まじさを想像させる。人が食らえばトマトを踏《ふ》み潰《つぶ》したみたいに、原形は保てなくなるだろう。僕の軽装備じゃ耐《た》えられるはずもない。

揺れを激しくすれば、また新たに土が崩落《ほうらく》してくる。あの大きな魔物も流石《さすが》に諦《あきら》めたのか、しばらくすると衝撃音は収まった。

退路は断たれたが、とりあえず時間を稼《かせ》ぐことができた。心を落ち着かせるために、無理やりにでも肺を制御《せいぎょ》して呼吸を安定させることに努める。

「なんなんだよ……なんなんだよ!?　あれは！」

「俺《おれ》が知るわけねぇだろうが！」

動揺《どうよう》を隠《かく》せないシャロンに、ランバーが声を荒《あら》らげる。

「落ち着いてください」

「落ち着けだと⁉　この状況《じょうきょう》で落ち着けるわけないだろう！」

「冷静さを失えば、スキルの制御ができなくなります。スキルがなければ生き残ることも難しい。困難な状況だからこそ、まずは心を落ち着かせることに集中してください」

「……」

シャロンは眉間《みけん》に皺《しわ》を寄せながら目を閉じて、浅くなった呼吸と向き合い始めた。

そこに利益があるとわかれば、恐怖《きょうふ》すら二の次にできるのは賢明《けんめい》な人だけだと思う。

「赤い目、大きな足、全身を覆《おお》う白い体毛、長い耳、鋭《するど》い牙《きば》……おそらく、あれは兎《うさぎ》の魔物デスラビットの希少種だと思います。呼び名としてはレアデスラビットでしょうか」

「希少種……」

腰《こし》を抜《ぬ》かしたように地面に座《すわ》っていたルナが重々しく僕の言葉を繰《く》り返す。

智神アリシアは人の学ぶ姿勢を信仰心《しんこうしん》と捉《とら》え、その恩恵《おんけい》に信徒たちへ知恵《ちえ》を授《さず》けるという。

そんな神の性質から、智神を崇拝《すうはい》するラトレイア国民は一日の大半を座学に費《つい》やす。ルナもまた知識豊かな人なんだろう。遠征《えんせい》に出向いたことも、魔物との戦闘《せんとう》経験もないけど、蓄《たくわ》えた知識だけで希少種の危険性を完璧《かんぺき》に理解しているようだった。

「あの状況の中で詳細《しょうさい》に敵の情報を調べることができるなんて……すごい冷静さですね」

ウェルデットの言葉に嫌味《いやみ》がないのは、紳士《しんし》的な姿勢が板についているからだろう。

「本で得た知識なので確証はありません。あなたの方こそ、この状況で冷静でいられるのは凄《すご》いことだと思いますよ」

「……普通《ふつう》の人よりは、慣れているのかもしれませんね」

慣れている理由を追及しようとは思わなかった。

かつて世界を恐慌《きょうこう》に陥《おとしい》れた邪神《じゃしん》。魔族はその邪神から生まれた存在であるため、古来迫害《はくがい》の対象とされてきた。魔族には生きるために必要な基本的な権利すら与《あた》えられず、今も彼《か》の国では人間との領土争いが慢性《まんせい》的に続いている。

ここを深掘《ふかぼ》りしても景気のいい話には繋《つな》がらない。そっと話を切り替《か》えた。

「皆《みな》さん、無事ですか？　怪我《けが》とかはしてないですか？」

遭難者《そうなんしゃ》たちが各々《おのおの》に声を出す。幸いにも逸《はぐ》れた者はおらず、全員が無傷だった。

「これから、どうする？」

魔物に聞こえないように配慮《はいりょ》した声でシャロンが問う。

退路は潰《つい》えた。出口を目指すなら先に進むべきだが、魔物と出くわすリスクもある。壁に生えたアンシダケの僅《わず》かな光は月夜のように、近くにいる人の表情がわかる程度。安全を考慮《こうりょ》するなら、無《む》闇《やみ》に歩くよりも地上から救援《きゅうえん》が来るのを待つべきかもしれない。最初に逸れてしまった生徒も探さないといけないし、それなら僕が一人で行って様子を見てくるという手もありそうだな。

そうなると大事なのは水と食料か。魔力水筒《すいとう》の貯蔵魔素《マナ》は、まだ十分に水を生成してくれる。

問題は食料。携帯《けいたい》食料はあるが、生徒たち全員分となると心許《こころもと》ない。周りにはアンシダケが自生しているが、生では食べられない。火を生み出してくれる魔力ランプはさっき壊《こわ》れてしまった。水だけでも数日は持ち堪《こた》えられるだろうが、体力の消耗《しょうもう》は避《さ》けられない。待機する時間が長くなれば、自力で脱出《だっしゅつ》する力もなくなってしまうだろう。進むか止まるか、決断は早い方がいい。

結論を悩《なや》んでいると、ぐいっと背中を引っ張る力があった。

「わっ……わぁあああ！」

声の主はスコットだった。どうやらさっきの騒《さわ》ぎで目が覚めたらしい。ここは薄暗《うすぐら》い。僕に背負われて身動きが取れないのを、魔物に体を食われているとでも勘違《かんちが》いしたのか、すぐにでも解放されたくて暴れていた。

「落ち着いて、スコット。僕だ。アウセルだよ」

さっきの生徒みたいに、突然《とつぜん》どこかに走っていかれては敵《かな》わない。落ち着くのを待ってから、僕は背中からスコットを下ろした。ゆっくりと下ろしたつもりだったけど、恐怖で足に力が入らないのか、スコットは尻《しり》もちをついていた。

「……ア、アウセル？」

「いいかい、スコット。まずは落ち着くんだ。僕を見て。深呼吸するんだ」

僕の顔を見ることに集中すると、ようやくスコットの目の揺らぎは安定した。

「立てるかい？」

「う、うん……」

スコットの手を引っ張り上げる。キョロキョロと見渡《みわた》して、他の生徒たちの存在を確認《かくにん》したあと、怯《おび》えた視線は僕のところへ戻《もど》ってくる。

「こ、ここはどこ？　ど、どうしてアウセルがいるの？」

「ここはルフト洞窟の深層。たまたま遠征中に居合わせたんだ」

「そ、そうなんだね……」

「大丈夫《だいじょうぶ》？」

「う、うん。い、今は大丈夫……」

ローブの内ポケットに手をやって、スコットは銀色の小さな筒《つつ》を取り出した。

それはルークが会館に来た日に持たせた、スコットへのお土産《みやげ》。キーホルダーの光源型魔力ランプだった。円錐《えんすい》の形をした器《うつわ》を軽く捻《ひね》ったあとに引っ張ると、少し伸《の》びる。見えた中身は貯蔵魔素を活用した光源となっていて、足元を照らしてくれる程度の光を作っていた。

「それ……」

「ア、アウセルがくれたランプ。これを持ってると凄く安心するから、ずっと持ち歩いてるんだ」

「そうなんだね。落とさないように気をつけてね」

「うん……」

小さな光は広い洞窟《どうくつ》の中では気休め程度にしかならない。さっき潰してしまった火力型のランプと違って、こちらは中身の魔力水晶《すいしょう》が直接光っているタイプ。アンシダケの調理には使えない。

気持ちを落ち着かせてもらうためにも、これはスコットに持たせておこう。

「相変わらずビビりだな。おめぇは」

首を斜《なな》めにしながら気怠《けだる》げに言うランバーは、この光景に見飽《みあ》きているようであった。

「スコットはランバーさんと知り合いなの？」

「うん。ここにいるのは、みんな同じクラスの人……」

「そうなんだ。じゃあ自己紹介《しようかい》は必要ないね。ああ、ウェルデットさん。荷物は僕が持ちますよ」

「いいえ、この程度の荷物なら私が……」

「逃げる時には身軽な方がいいですよ。僕は荷物を持ち慣れているので、大丈夫ですから」

「そ、そうですか……」

スコットが目覚めてくれた安堵《あんど》に引っ張られたのか、返してもらった鞄《かばん》を背負っている最中に、自然と次に取るべき行動も思いついた。

「スコット、実はさっき生徒の一人がどこかに走っていってしまったんだ。君のスキルで探し出すことはできないかな」

「人を、探すの……？」

「うん」

冷静さがなければスキルは暴発か不発か、どちらかの道を辿《たど》る。ただ、スコットの場合は夜中でも勝手に蝙蝠《こうもり》化を起こしてしまうように、魔素の制御の甘《あま》さが暴発の形で現れるタイプだ。

発動できない、ということにはならないだろう。目を閉じるスコット。顔面の強張《こわば》りは拭《ぬぐ》いきれない不安を露呈《ろてい》しているが、それでも聴覚《ちようかく》に意識を集中させていた。

「……この先に、人がいる」

弱々しく指を差したあと、スコットは探知した音の正体を断言した。

ただ、言葉尻《ことばじり》の息は止まらず、

「三人……いや、二人いる」

そう、続けられたのだ。

「二人？」

逃げた生徒は一人のはず。遠征中の冒険者《ぼうけんしゃ》が近くにいるのか。

深層にいるならBランク以上の熟練の冒険者の可能性が高い。生還《せいかん》したあとで報酬《ほうしゅう》を払《はら》うと言えば、救出の依頼《クエスト》を引き受けてくれるかもしれない。それならみんなで前に進んだ方がいいか。

「よくやった、スコット！　なんだよ、やればできるじゃねーか！」

ランバーはスコットの肩《かた》に勢い良く腕《うで》を回して、満面の笑《え》みを浮《う》かべる。純粋《じゅんすい》に褒《ほ》めているだけなのだが、スコットにはその粗暴《そぼう》さが少し怖《こわ》かったようだ。

「それじゃあ、少し進んでみましょう。スコット、他に変な音を聞いたらすぐに知らせてね」

「う、うん……」

慎重《しんちょう》に、スコットの聴覚を邪魔《じゃま》しないよう、自分たちの足音に気を使いながら歩を進める。

途中《とちゅう》で三つの分かれ道に出会ったが、スコットの足に迷いはなかった。

「そこにいる……」

スコットが止まると、僕らの足も止まる。

指摘《してき》された前方は暗闇に食われて、僕らの目では生徒を視認できない。

もう少し近づくため、スコットの前に出ようとした時だった。

「おい！　誰《だれ》かそこにいるのか⁉」

僕の考慮を遮《さえぎ》るように、苛立《いらだ》ち混じりの声が奥《おく》から聞こえてきた。

嫌《いや》な予感、というよりは僕の中の嫌悪感《けんおかん》が確信をもってその声の持ち主を特定していた。

スコットが持っている小さなランプも、夜の海に浮かぶ灯台の光となるのだろう。向こうからコツコツと近づいてくる足音は、希望に縋《すが》るかのように慌《あわ》てていた。

アンシダケの淡《あわ》い光でも、人影《ひとかげ》が動いているのがわかるようになる。

貴族を示す白色のローブは、最優先に守るべき対象であると主張していた。

「助けに来るのが遅《おそ》いぞ！　この役立たずども！」

悲鳴を上げながら勝手に逃げていったのはそっちの方なのに、自分の失態を棚《たな》に上げて威張《いば》り散らすのは、腹を丸く出っ張らせた少年。公爵《こうしゃく》家の嫡男《ちゃくなん》ブルート・シア・レスノールだった。

「なんだ……？　救助に来た冒険者じゃないのか？　チッ……何の意味もない」

「おい、このムカつくデブは何なんだ？」

ランバーが躊躇《ためら》いなくブルートを指差す。

「失礼な口を叩くな！　この方は、ランドール王国に代々騎士《きし》として仕えてきた名家、レスノール公爵家が嫡男ブルート・シア・レスノール様だ！　失礼いたしましたブルート様。こいつは礼儀《れいぎ》がなっていないもので……」

対照的に、前に躍《おど》り出たシャロンがヘコヘコと腰を折っていた。シャロンはそこはかとなく居丈《いたけ》高《だか》だったのに、豹変《ひょうへん》っぷりには驚《おどろ》いた。硬《かた》かった表情も、これでもかというくらいに柔《やわ》らかい。

そんな低姿勢な態度を見て、ブルートはまんざらでもなさそうに鼻を高くする。

「ふん、生まれ持った格の違いを十分に理解しているようだな。身の振《ふ》り方を心得ている奴《やつ》は嫌《きら》いじゃない。お前、名前は？」

「私の名前はシャロン・スカレフと申します。ドラーフルはラグラスタ公国から、スキルの技術を学ぶためにウェモンズへ入学しました。以後、お見知りおきを」

「ほう、留学生か。国を代表してやってくるだけあって優秀《ゆうしゅう》なんだろうな」

「私は一介《いっかい》の生徒にすぎません。どれほどいい成績を収めようと、王位継承権《けいしょうけん》第十位であるブルート様のご威光《いこう》には敵いません」

「ハッハッハッ！　それを理解していることが、優秀だというのだ！」

「チッ……なんだよ、あいつ。媚《こび》売りやがって、気色わりぃ」

ランバーは軽蔑《けいべつ》の眼差《まなざ》しをシャロンに向けていた。

財神を崇拝するドラーフル国民が最も重視するのは財産。長いものに巻かれようとするのは、権《けん》威《い》にあやかれば資産を形成しやすいからだろう。ある意味、神のご尊意に忠実ともいえる。

「よし！　ここからは俺が指示を出す！　全員、俺の言うことを聞け！」

「え……ブルート様がですか？」

「なにか問題でもあるのか？」

「い、いえ……」

それが不適切な人選であることは容易に想像できた。

気まずそうなシャロンの顔がこちらに助け舟《ぶね》を求める。下手に持ち上げるからブルートが調子に乗る。煽《おだ》てたのなら最低限の責任は取ってほしいものだ。

「さっきまで逃げ腰だった奴が何言ってやがる。お前に従ってたら、すぐに全滅《ぜんめつ》する」

相手が貴族だろうが態度を改めることもせず、ランバーは気持ちがいいくらいに断言する。

武神を崇拝するペイラー王国は武力こそが全《すべ》ての国。自分の力の成長にしか興味を持たない国民性は、ドラーフルとは水と油で、権威やら権益やらを真っ向から拒絶《きょぜつ》してるようだった。

「俺は王族の血を受け継《つ》ぐ由緒《ゆいしょ》ある貴族だ。この中では俺が一番偉《えら》いに決まっている！」

「偉いかどうかは実力で決まるんだよ、バーカ！」

「バ……なんだと、貴様！」

「ま、まぁまぁまぁ！　落ち着いてください、ブルート様。ランバー、お前は口を慎《つつし》め！」

事を穏便《おんびん》に済ませようと、シャロンは手の甲《こう》で払ってランバーを遠ざけた。

「ここは土煙が舞《ま》う汚《きたな》らしい洞窟。出てくる魔物も高が知れておりましょう。下々が片付けるべき汚《よご》れ仕事をブルート様が行えば、格が下がるというものです」

「……確かに、お前の言うことも一理あるな。よし、俺を今すぐにこの洞窟から脱出させろ。それがお前たち庶民《しょみん》共の仕事だ」

「お任せください。この命に代えても、ブルート様をお守りいたします」

「うむ。脱出が成功した暁《あかつき》には、お前にだけ褒美《ほうび》を取らそう」

「有り難《がた》き幸せ！」

仰々《ぎょうぎょう》しく跪《ひざまず》いて、まるで神にでも祈《いの》るように頭《こうべ》を垂れるシャロン。ここまで来ると滑稽《こっけい》にすら思えてくるけど、一方ではブルートを手の平で転がしているとも言える。

「アウセル、ここは君が指示を出した方がいい」

振り向いてすぐ、シャロンは忖度《そんたく》のない真剣《しんけん》な顔つきで言った。他の留学生も後に続いて、

「遠征の経験も豊富そうですし、適任かと思います」

「私も……それが一番……生存確率が高い選択《せんたく》だと思う」

「元よりこいつがいなきゃ俺は死んでるしな。実力のある奴に、俺は従うぞ」

と、スコットも強く首を縦に振って、多数決の結果が出た。重大な責任を背負いきれるかどうかは不安だけど、魔物との戦闘に慣れているのは僕だけだから、もう腹を括《くく》るしかない。

「……わかりました。僕が先頭を歩きます」

まさか、こんなことになるとはな。今朝、会館を出た時には確かにパーティを組んで遠征に行きたいなぁとは思っていたけど、まさかリーダーに任命されるとは思わなかったし、この状況は理想とは掛《か》け離《はな》れた初陣《ういじん》である。

「それで……なにか、いい手はあるのか？」

僕の振る舞いを見逃《みのが》すまいとするシャロンの視線は、リーダーの気質を値踏《ねぶ》みするようである。

僕はスコットの言葉を思い出して、念の為《ため》にもう一度確認した。

「スコット。君はさっき、人が二人いると言っていたよね。それはブルート様とは別にもう一人、この奥に人がいるってこと?」

「うん……距離《きより》はここから四百メートルくらい」

「凄い。距離までわかるんだね」

「たくさん、練習したから」

瞬《まばた》きを多くしながら右へ左へ揺れた目が、迷いを払うかのように僕へ向けられる。

「ぼ、僕も……アウセルみたいに努力できる人間になりたいから……」

そう言われて、僕は体をくすぐられたような気持ちになった。努力の尊さを説いた覚えはないけど、僕を見てスコットがやる気を出してくれていたのだとすれば、それは素直《すなお》に嬉《うれ》しいことだ。今のような窮地《きゆうち》では、そんなひたむきな努力が人の命を救うかもしれないのだから。

「深層に落ちてきた時、走り出してしまったのはブルート様だけだった。奥にいるのはウェモンズの生徒じゃない。多分、ここにいるってことは冒険者だと思う。その人に会いに行こう。別の目的があって遠征に来ているんだろうけど、お金さえ払えば、救助の依頼もこの場で引き受けてくれるかもしれない」

「なるほど……いい案だな」

「じゃあ、慎重に進もう」

足の裏に伝わる僅かな感触《かんしよく》も見落とさないように、即席《そくせき》のパーティはゆっくりと進む。

ピチャリ、と自分の足音が変わった。岩肌《いわはだ》を濡《ぬ》らす液状の何かが僅かに足を滑《すべ》らせる。

「スコット、足元を照らしてほしい」

光源ストラップの弱々しい光が、足元の色を蘇《よみがえ》らせる。

零《こぼ》れ落ちて真新しい血が、足の周りに緩《ゆる》やかな波紋《はもん》を作っていた。赤い水溜《みずた》まりは先に進むほど量を多くして、その先にある悲惨《ひさん》な光景を連想させる。

全員が、足を前に出すたびに恐怖を募《つの》らせていた。

怖いもの見たさ、とでも言うのだろうか。引き返せるものなら引き返したいけど、僕らの恐怖心《きょうふしん》は答えを与えなければ消えてくれそうにない。

「おい、誰かいるぞ」

一メートル程《ほど》まで近づいて、ようやくスコットのランプでも様態が見えるようになる。

分かれ道の真ん中で、それは、壁に背を預けて座っていた。

血液を吸い上げた衣類が全身に至るまで赤に染まり、溢《あふ》れたものが小さな川を作っている。

「し、死んでるのか……？」

シャロンの問いに答える声はなかった。

よほど実戦経験のないみんなでさえ、出血が致死量《ちしりょう》であることは本能で察することができた。

危機感が甘かった。現状の危険性を僕はよく理解していたつもりだったけど、現実の非情さを目《ま》の当《あ》たりにすると、想像の範囲《はんい》でしかなかったと思い知らされる。

辺りへの警戒《けいかい》を忘れてしばらく呆然《ぼうぜん》としていたのは、覚悟《かくご》が足りていなかったせいだ。

「ふ、ふんっ……とんだ無駄足《むだあし》だったな」

ブルートが強がりで心無い言葉を吐《は》き捨てた時だった。

血まみれの体が僅かに動き出した音を聞いて、全員がビクリと体を強張らせた。

虚《うつ》ろな目に小さな光が揺らぐ。途切《とぎ》れた声は吐血《とけつ》で喉《のど》を塞がれて、溺《おぼ》れかけているようだった。

「誰だ……お前ら……」

「だ、大丈夫ですか!?」

我に返ったかのように、僕はスコットから奪《うば》ったランプを口に咥《くわ》えて駆《か》け寄った。

腹部を隠していた手を退《ど》かすと、無惨《むざん》にも抉《えぐ》り取られた左脇腹《わきばら》が露《あら》わになる。

手で止血しても、到底《とうてい》間に合うものではない。僕はすぐに鞄を下ろし、回復薬を取り出した。

「待て……それはなんだ?」

「回復薬です。これを飲んでください」

「それを……どこで手に入れた……」

「市場で買ったものです。そんなことはいいから、早く飲んでください」

回復薬の回復量は、ずばり回復薬の重さで決まる。

使った回復薬の重量が、そのまま回復可能な部位の重さに一致《いっち》するようになっている。

ここで重要になるのが回復薬の圧縮率だ。重量軽減の付与《ふよ》が施《ほどこ》された小瓶《こびん》に、体積を小さくした回復薬を詰《つ》め込《こ》むことで大量に持ち運ぶことが可能になることから、圧縮率の高さで等級《グレード》が決まってくる。

ラフィーリアに言われて僕が買ったのは、エクスポーションという上から三つ目の第四等級。一《いっ》般的《ぱんてき》な市場で売られているものの中では最上級で、百ミリリットルの小瓶が一本で百万ディエル。金貨百枚に相当する。

難しい計算はわからないけど、ラフィーリア曰《いわ》く、百倍に圧縮されたエクスポーションは、百ミリリットルの小瓶一本で十キロ分の傷を癒《い》やしてくれるという。

「……無駄《むだ》だ。その量じゃ、俺の傷は完治しない……。どうせ足手纏《あしでまと》いになるだけだ……それは、まだとっておけ……」

回復薬の色で等級《グレード》が違うことは、冒険者なら知っていて当然だった。

筋肉や脂肪《しぼう》、骨、内臓、出血量の多い場所だと、回復させるものの重さに応じて、回復薬の量も必要になってくる。手や足など末端《まったん》の部位なら、完全に損失したとしても、手元の回復薬で完治させられると思うけど、大きく抉られた腹部の傷は、希望を抱《いだ》かせないほどの重症《じゅうしょう》であった。

「神様の力がなければ、俺はとっくのとうに死んでるんだ……気にすることはない」

他に策はないかと、往生際《おうじょうぎわ》を悪くしている僕の顔がわかりやすかったのか、口の端《はし》から血を流す人は笑いながら言う。

涸《か》れることなく流れ続ける血は、愛神から与えられる生命力が、命を繋ぎ止めようとしている証《あかし》。

これほどの重症でも死に切れないことは、はたして感謝すべきことなのか、恨《うら》むべきことなのか、わからなくなってくる。

「それよりも……自分たちの命の心配をしろ。後ろにいるのはウェモンズの学生だな……どうして、ここに……？」

「彼らは授業の一環《いっかん》で遠征に来ていたみたいです。スモッグの煙幕《えんまく》で視界が悪くなった時に、深層に落ちてしまったみたいで」

「お前だけ、制服じゃないな……」

「僕は……冒険者見習いみたいなものです」

「冒険者……見習い……？」

「年齢《ねんれい》制限があるので、遠征には出てるんですが厳密には冒険者じゃないんですよ」

「ははは……それじゃあ依頼《クエスト》も引き受けられないだろ……見返りなしで遠征に来てるのか……その小ささで……大したもんだな……。俺はサージェ、冒険者ランクはＢ……お前は？」

「アウセルです」

ランクがＢともなれば、一人前の冒険者。

王宮依頼《クエスト》に召 集《しょうしゅう》されるくらい実績を持った人たちだ。

死ぬ覚悟など、とうの昔に済ませたのだろう。自分の死を目前にしても尚《なお》、僕たちのために回復薬の使用を拒否《きょひ》する気概《きがい》は、尊敬の念を通り越《こ》して敬服したくなるくらいだ。

「いいかアウセル、よく聞け……。洞窟の深層に、デスラビットの希少種が出現してる……」

「それなら多分、さっき出くわしました」

「逃げ切ったのか……」

「天井が崩れ落ちてきて、通路が塞がったおかげでなんとか」

「お前らは運がいい……運がいいっていうことは……大事なことだ……」

乾《かわ》いた笑いを吐息《といき》に含《ふく》ませるサージェは、会話に体力を使っているせいか、声が弱々しくなっていく。しかしそれでも、僕たちが生き延びるための情報を伝えるために、サージェは黙《だま》らない。

「奴にやられて、俺はこのザマだ……。あいつと出くわしても、仲間を守るために戦おうなんて考えるな……逃げることだけに専念しろ……。それと、あいつは耳がいいから……静かに行動しろ」

「サージェさんは……」

「魔物は血の匂《にお》いにも敏感《びんかん》だ……今の俺でも囮《おとり》くらいには役立つだろうさ……」

「そんな……」

「さっさと……いけ……手遅《ておく》れになる前にな……」

「そいつの言うとおりだ！　早く前に……」

「ブルート様、魔物が近くにいるかもしれません。声はなるべくお静かに」

シャロンがブルートの不快な口を塞いだのは、こちらへの配慮だったかもしれない。

彼を見捨てて置いていった方が行動は取りやすい。

生存確率が最も高い選択肢。下手な冷静さが、くだらない計算結果を意識の内側に叩きつける。迅速《じんそく》な行動が生死を分けることを僕は理解しているのに、どうしてか、足が動いてくれない。

この深層に落ちてきてから、ずっと胸の内にある何かが、意味不明な言語で囁《ささや》き続けている気がする。何を伝えたいのか、その意味はわからないが、とにかく人を助けろという熱量だけは明白に迫ってくるのだ。

「……ランバー」

「ん？」

「君のスキルは【糸】だよね。サージェさんの傷を止血することはできないかな」

「ん～、俺はそんな器用にスキルが使える訳じゃねぇんだけど……ぐるぐる巻きにするくらいならできるかもな」

ランバーは手から生み出した糸で、サージェの腕や足にもあった傷を隠していく。腹部の損傷は激しく、見た目こそ包帯で止血されたようにみえるが、破壊《はかい》された内臓が元に戻るわけじゃない。

気休めにもならないことだけど、何もせずに素通りするなんてことは、僕にはできなかった。

「さっさと行けと言ってるだろ……こんなものは……死装束《しにしようぞく》にしかならないぞ」

「まだわかりませんよ。止血しておけば救助も間に合うかもしれない。少しでも可能性があるなら、最善を尽《つ》くすべきです」

「……この状況で他人の心配してられんなら……お前は将来……いい冒険者になるだろうな……」

これもまた気休めにしかならないだろうけど、泡《あわ》の盾《たて》を置いていこう。

「膨張《バルーン》……硬化《ロック》」

手を開いて、拳《こぶし》を握《にぎ》る。

大人が入る程度の大きさ。大きく作ると耐久性《たいきゆうせい》が下がるから、ここはなるべく小さめに。

内側から生成させた五枚の泡を、ピッタリと隙間《すきま》がなくなるように重ねて膨張させる。

見た目には変わらないくらい薄《うす》い泡の膜《まく》だけど、五枚も重ねればそれなりの防御力《ぼうぎよりよく》になる。

「これは……お前のスキルか……」

「僕が離れても、少しの間は割れずに残ると思います。上に登ったら、すぐに助けを呼びますから、それまでサージェさんも諦めないでくださいね」

「ふ、期待しないで待っといてやるから、さっさと行け……もう止まるなよ。来た方向を忘れるな……大体の道は出口のある広場に繋がってる……方向さえ間違わなきゃ……辿り着けるはずだ」

耐え難《がた》い沈黙《ちんもく》から逃げるように、僕らはまた歩き出す。

見捨てて置いていくと決めた相手に掛ける言葉を僕は持っていなかった。

「必ず助けに来る」と、僕が言えばよかったのに……無責任な自分の言葉で後ろ髪《がみ》を引かれるのが怖かった。

結局は口だけで、僕も自分の保身を優先してる。

力さえあれば、経験さえあれば、こんな状況でも他人を助ける余裕《よゆう》が持てたかもしれないのに、なにもかも後の祭り。優《やさ》しくて聞こえのいい言葉の全てが、自分の決断を擁護《ようご》するための醜《みにく》い言い訳にすぎなかった。

「あんま気にすんなよ。あいつがあの状況になったのは、あいつの責任でもあるんだからな」

ランバーは簡単に言う。しかし、彼に限っては軽々しい言葉とは思わなかった。ここまでの立ち居振る舞いから察すれば、ペイラー国民らしく闘争心《とうそうしん》に溢れた彼もまた、裏を返せば死に対する覚悟が据《す》わっているとわかるからだ。

魔物に食われて命を落とす冒険者は珍《めずら》しくない。直視したくない現実だけど、飾《かざ》らないランバーの声が少しだけ僕の心を軽くさせてくれた。

大きく迂回《うかい》しながら、来た方向へと戻る。

空気が循環《じゅんかん》しにくい場所は魔素の循環も悪いらしい。上層は魔素の濃度《のうど》の差で出口がわかりやすかったのに、深層では僕の未熟な探知だと、どこもかしこも高濃度の魔素に感じる。

数キロは歩いただろうか。淡い青色に光るアンシダケとは別に、黄色や桃色《ももいろ》といった光を放つ魔鉱石がチラホラと壁に埋《う》まっているのが見えた。濃《こ》い魔素が石に蓄積《ちくせき》してできる魔鉱石も、魔物が落とす魔石と同様、持ち運びできる魔素として需要《じゅよう》がある。

ただ、石に魔素が蓄積しやすい環境《かんきょう》は、そこに生息する生物もまた高濃度の魔素を吸収する機会が増え、出現する魔物だって強力になる。

そんなふうに警戒心《けいかいしん》を強めた時だった。

「ま、まって……」

後ろのスコットが足を止めたのだ。

素早く体を四方に向けて、周囲を確認している最中も、表情はみるみる青ざめていく。

肩で息をし始めた頃《ころ》には、胸に手を当て、前へ倒《たお》れそうなくらいに背中を丸めていた。

「どうしたの？　大丈夫？」

「ま、魔物だ……多分……魔物……」

極度の緊張《きんちょう》で気絶しそうになっているのか、スコットの瞼《まぶた》が重たそうに瞳《ひとみ》を半分隠している。

僕はスコットの両方の上腕《じょうわん》を掴《つか》んで、顔を見合わせた。

「落ち着いて、大丈夫、僕がついてる。魔物っていうのは、レアデスラビットのことかい？」

スコットはかぶりを振る。

「違う、凄い数の足音が聞こえる気がする……何かはわからないけど、水の流れみたいにずっと足音が鳴ってるんだ」

例のごとく、スコットが感じている異変は、僕らの耳では捉えられない。

スコットが音源を把握《はあく》できず狼狽《うろた》えている反応を見ると、僕らが思う以上に大きな音が洞窟内に反響《はんきよう》しているのかもしれない。

無数の足音、ルフト洞窟の深層、僕らが歩いている巨大《きよだい》な迷路《めいろ》を作り上げた者は誰なのか。情報を知識の篩《ふるい》に掛けて、音の正体を導き出した時、一足先に答えに辿り着いていた人がいた。

「ラークアント……」

呟《つぶや》く声に注目が集まると、視線の先でルナが目を泳がせている。

「なんだよ、そのラークアントってのは」

「蟻《あり》の魔物。群れを作って巣を形成する。ルフト洞窟の深層はラークアントの巣窟《そうくつ》だって……」

「なっ!?　なんでそれをもっと早く言わねぇんだよ！」

「き、聞かれなかったから……」

挙動がいちいち力強いランバーに、ルナは肩身《かたみ》を狭《せま》くしていた。

「……お、音が……近づいてきてる！」

「スコット、音はどっちから来てる！」

「た、多分……僕たちが進もうとしている方向……！」

「よし、みんな走るよ！　今来た道を戻るんだ！」

何も考えず走って引き返す。

まだ異変を感じていない段階で進路変更《へんこう》するのは容易じゃない。目的がハッキリしないと体は無意識にだらけ、危機感をはぐらかすからだ。

無自覚な怠慢《たいまん》は改善のしようがない。そのことを知れたのは、スコットの予見通り、僕らの足音とは別に、地面の底から湧《わ》き上がるような音が次第《しだい》に大きくなっていった頃《ころ》。得体の知れない轟音《ごうおん》が迫ってきて、自然と加速していく自分の逃げ足が、命欲しさに隠していた余力の在《あ》り処《か》を白状し始めるからだった。

「駄目《だめ》だ！　間に合わねぇ！」

音が一向に小さくならないのは、追う側の方が素早く動いているから。

直感に優《すぐ》れたランバーが一番に踵《きびす》を返して、まだ見ぬ闇の軍勢へ立ち向かう姿勢を取った。

「お、おい！　何をやっている！　そんな馬鹿は置いていけ！」

ブルートの声など、誰も聞いていなかった。

本能か、知性か、人間性がそうさせたのか、ランバーを孤立《こりつ》させまいとブルート以外の全員が即《そく》座《ざ》に逃げることをやめて、後方に敵意を向ける。恐怖心を無視するという この上なく難しい決断を、僅かな時間で、考えるよりも先に導き出せていた。あのスコットですら、足を止めていた。

協力し合わなければこの状況を生き残れないと知っていたのは、困難を乗り越えてきたそれぞれの小さな経験たちが集結して、僕らの意識を統合しているようだった。

気づけば僕らは、みんながみんな違う神を崇拝する異教徒たち。

普段《ふだん》は交わるはずのない神々の恩恵が、この日、この時、この場所に限っては渋々《しぶしぶ》と力を合わせているように感じたのは僕だけじゃないはずだ。

アンシダケの青い光に混じって、闇を引き連れた赤い光が数百と現れる。

一面を黒に塗《ぬ》り潰すのはラークアントの体。蠢《うごめ》く赤い点は、蟻の目の奥にある光だった。

「千の針《サウザンド・ニードル》！」

「水弾《アクア・シュート》！」

「糸の網《ネット・スレッド》！」

射出系の迎撃《げいげき》手段を持つ者が、各個にスキルを発動する。

国を代表するだけあって、みんな肝《きも》が据わっている。この状況であってもスキルを発動できているし、威力《いりょく》も精度も安定していた。

だが、一匹一匹が体長一メートル程もあるラークアントの表皮は亀《かめ》の甲羅《こうら》のように硬《かた》く、ウェルデットが放った無数の針を弾《はじ》き、シャロンが発射した水の玉も受け流す。

ランバーが通路に張り巡《めぐ》らせた糸の網《ネット・スレッド》が、僅かに足止めの役割を果たしたが、ラークアントが持つ強靭《きょうじん》な顎《あご》で切り裂《さ》かれると、次々に突破《とっぱ》されてしまう。

無数の黒の軍勢は洪水《こうずい》のようで、人の力では到底太刀《たち》打《う》ちできるものではなかった。

迎撃が無理なら、防御《ぼうぎょ》に徹《てつ》するしかない。

泡の盾でやり過ごす。強度を上げるなら、作る泡は小さければ小さいほどいい。

「みんな！　僕の近くに集まって！」

轟《とどろ》く音に掻《か》き消されないように、肺に溜《た》まった空気の全てを使って叫《さけ》んだ。

懸念《けねん》は立ち止まるのが遅かったブルートの位置。そう思って、後ろに目をやった。

「な、何をする！　放せ！」

視界に映ったのは、僕が叫ぶよりも早くブルートをこちらに引き寄せていた、スコットとルナだった。重たい体を無理やり動かすために、二人掛かりで背中を押《お》している。

これなら間に合う。ブルートのことは二人を信じて、僕は前方から迫りくる闇に集中しよう。

十枚の泡を一度に膨《ふく》らませ、泡と泡の隙間を限りなくゼロにしながら、硬化させる。

歪《ゆが》み、斑《まだら》、非対称《ひたいしょう》な部分があれば、どの進行方向からでも均一に力が働く球体の強みは活《い》かせない。魔素の練度で強度を上げているとはいえ、歪んだ部分に負荷《ふか》が掛かれば、数十トンにも及《およ》ぶであろう魔物の突進《とっしん》は防げない。

僕が生み出せる最高の完成度と安定性を持った泡を、今この場で生成する。

失敗は許されない。失敗は全員の死を意味する。

脳を殴《なぐ》りつけんばかりの雑音・雑念を振り払うため、自分の体に意識を集中させる。

両腕を大きく広げ――

「膨張《バルーン》」

両腕に渾身《こんしん》の力を入れて――

「……硬化《ロック》！」

闇から現れた無数の蟻の顔面が、泡に激突《げきとつ》する。

半球状の泡は地面を滑りながら、内側にいる僕たちごと押し込まれる。

全員で腕を前に出し、力を合わせて泡を支え、踏ん張った。

「止まれぇえええええ‼」

体内の魔素を駆け巡らせ、全身の強化を促《うなが》す。

揺れる視界の中で見えたのは、ウェルデットが額から角を生やし、巨大化した足が靴《くつ》を破って、鋭い爪《つめ》で地面を掻く様子だった。それは本来の魔族の姿なのだろう。体内にある高濃度の魔素を回転させ、凄まじい体力を生み出していた。

引きずられる泡によって徐々《じょじょ》に勢いが削《そ》がれていくと、さらに奥から押し寄せてくるラークアントが前衛を踏み越え、泡の上を通り過ぎていく。

川に落とされた石は最初こそ流されてしまうが、地面との接地面を増やすと、石の上を包み込むように進む水流によって、下方向へ押す力が優位になり動かなくなる。蟻の流れに飲み込まれた泡は、まさにそんな感じだった。

しばらくして泡は止まった。漆黒《しっこく》の中を不気味に浮かぶ赤い光。わしゃわしゃと鼓膜《こまく》を揺らし続ける音は、無数の歯をもった生物に、体の隅々《すみずみ》を咀嚼《そしゃく》されている気分になる。

「……」

スコットがポケットにしまっていたランプを取り出すと、全員が息を飲んだ。

厚さ一ミリ、十枚重ねの透明《とうめい》な泡の向こうに、仲間に押し潰されて体を折られたラークアントたちが、顎と触角《しょっかく》だけを動かしている。

四方八方、空間を埋め尽くした蟻たちは、細い脚《あし》を絡《から》ませあって身動きが取れなくなっていた。

「ス、スコットさん⁉」

卒倒《そっとう》したスコットに、ルナが駆け寄る。生粋《きっすい》の小心者と言いたいところだが、この悪夢のような光景を見れば、歴戦の冒険者だって一抹《いちまつ》に心を動揺させたはずだ。

「な……何なんだ、この体《てい》たらくは⁉　おい、ちゃんと策はあるんだろうな⁉　無能なネズミに任せろと言ったのはお前だぞ、シャロン！」

乱心したブルートがシャロンの胸《むな》ぐらを掴む。

この期《ご》に及んで全てを他人のせいにして、解決策を考えようともしない人ほど、頼《たよ》りにならない人もいないだろう。どう見ても、シャロンは媚《こ》びる相手を間違えていた。

「万事《ばんじ》休す……でしょうか」

体の埃《ほこり》を払いながら言うウェルデットは、角が消え、足もサイズが戻って素足になっていた。

「この泡がある限り、当分の間は大丈夫ですよ。諦めるのはまだ早いです」

僕は鞄を下ろして、携帯用の食料を入れておいた小袋《こぶくろ》を取り出した。

「とりあえず、落ち着くためにもチョコレートでも食べませんか？　甘いものを食べると、気持ちが和《やわ》らぎますよ。これは遠征用なので、栄養も満点です」

「何を呑気《のんき》なことを言っている！　こうなったのも全て、お前のせいだろうが……」

矛先《ほこさき》を僕に移したブルートが詰め寄って来たのを、ランバーが間に入って止めた。ブルートを無視するように背中を向けて、僕の差し出したチョコレートを手に取る。

「お前の力がなきゃ、蟻共に食い殺されているところだった。この短い間で、俺は二度も命を救われた。俺はもう、最後までお前を信じると決めたぞ。そんなに余裕があるってことは、何か秘策があるんだろ？」

「いえ、とくには……」

ガクッと、ランバーは姿勢を崩した。

「だったらその余裕はどっから来てんだよ⁉」

「焦《あせ》ったところでいいことなんて一つもありませんよ。僕が一番に恐《おそ》れているのは、恐怖で皆さんのスキルが使えなくなることです。力を合わせなきゃ、助かるものも助かりませんからね。だから、まずは落ち着くことに専念しましょう。しばらくすれば、この現状にも慣れてくるはずです」

「……はは。お前の心臓は鉄か何かでできてるのか？　度胸と根性《こんじょう》には自信があったのに、まさか俺より肝の据わった奴をこの国で見るとはな！　はっはっはっ！」

バンバンと肩を叩いてくるランバーは、とても愉快《ゆかい》に笑っていた。

魔物の群れに埋まった泡の中で、僕らはスコットが落としたランプの周りで輪になって座る。

一人ずつに手渡《てわた》したチョコレート。

ルナはちびちびと端《はし》っこを齧《かじ》る。

シャロンは勿体《もったい》なさそうにペロペロと舐《な》める。

ランバーは丸ごと口に放り込んで、バリバリと噛《か》む。

ウェルデットは目を閉じながら、チョコレートの風味を堪能《たんのう》している。

ブルートは安物の味だと悪態をつきながら、結局食べる。

これが草原で開かれたピクニックなら、どれほど良かったことか。残念なことに、現在の環境は国際交流を楽しむのには似つかわしくない、地獄《じごく》のような場所である。

ただ、チョコレートの甘味と風味は、極度の緊張を強《し》いられる今でも感じることができた。仮初《かりそめ》の平穏《へいおん》だったとしても、その味わいが続く限り、確かに心は和らぐのだった。

「さて、スコットが起きるまでは、何かお話でもしましょうか」

「お話？　この状況で……？」

両膝《りょうひざ》を抱《かか》えたルナが、不安げに呟く。

「もしも僕らがここで死ぬとしたら、誰かと会話ができるのも、これで最後かもしれません。どうせなら、自分の言いたいことは話しておいた方がいいと思うんですよね」

「たとえば、何を話せば……」

「そうですね。自分の夢とか、将来の目標とかはどうですか？」

「度胸があるってのを通り越して、本当は馬鹿なんじゃないかって気がしてきたな」

「ランバーに言われちゃお終《しま》いだな」

「うるせぇ」

「ははは……僕も怖いのを誤魔化《ごまか》すためめに話したいのかもしれません。黙っていたら、頭がおかしくなりそうですし」

「……確かにな」

視界いっぱいに広がる巨大蟻がうじゃうじゃと蠢く姿と音を堪能していたら、間違いなく気がおかしくなる。気丈《きじょう》なランバーですら、その意見には肯定《こうてい》するのだった。

「じゃあ、言い出しっぺの僕から。僕の夢は、冒険者になって終始結晶《スタートエンド》を見つけ出すことです」

「終始結晶《スタートエンド》？　お伽噺《とぎばなし》とかに出てくる、あれか？　あれって……本当にあるものなのか？」

知識に自信がないのか、ランバーは周りの反応を窺《うかが》いながら質問する。

「地、水、火、風、空……現象の最小単位を示す五大元素は、単体では決して結びつくことのない固体完結された存在。それら全てを結びつけこの世界を形作っているのは、魔素という因子が元素どうしの接着剤《せっちゃくざい》として機能するから」

記憶《きおく》の引き出しが軽《かろ》やかに動くルナは、すらすらと難しいことを言う。まるで本人の意志とは関係なく、自動的に口が動いているかのような口調は、教本に書かれていることをそのまま朗読しているみたいだ。

「魔素は五大元素の間を行き来しながら、世界を循環してる。物や現象が複雑な構造を持つように、魔素の流れにも歪《いびつ》な部分があり、そこには澱《よど》みがある。沈澱《ちんでん》した魔素は結晶化《けっしょう》と融解《ゆうかい》を繰り返す。それが、俗《ぞく》に言われる終始結晶《スタートエンド》の概念《がいねん》」

「でも、そういう説があるってだけじゃないのか？　実際には誰も見たことがない代物《しろもの》だ」

シャロンが眉《まゆ》を歪ませて、疑いの目を向ける。

「誰も見たことがねぇから夢があるってことだろ。難しいことはわかんねぇけど、お伽噺だと思ってたものが、現実にあるかもしれないいってだけでも俺は聞いててワクワクしたぜ？」

一方でランバーは邪念《じゃねん》のない明るい笑みを見せた。

「発見したところで、それは人の手に余るものだろう。持ち帰れないんじゃ、売れもしない。人生を懸《か》けてまで追い求める価値が本当にあるのか？」

「お前は金のことしか考えてねぇな」

「金が人の価値を決めるんだ。当たり前だろ」

「いーや。力こそが人の価値を決めるんだ」

「ま、まぁまぁ……信じるものは人それぞれ違うってことで」

シャロンとランバーは、本当によく意見がぶつかる。財神を崇拝するシャロンは、金銭的な損得で物事を判断するのに対し、武神を崇拝するランバーは、情熱的な根性論で物事を判断している。

どちらかが間違ったことを言っているという訳じゃない。国民性の違い、文化の違い、価値観の違いがあって、お互《たが》いに自分が信じたいものを信じているだけなのだ。

「俺はお前の夢が気に入ったぞ。なんか、俺の夢と似てるしな」

ランバーは拳《こぶし》で胸を叩きながら言う。常人なら肋骨《あばらぼね》が折れていそうな威力でも、魔力体術に長《た》けたランバーは無意識に胸部へ魔素を流して強化していた。

「俺の夢は世界最強になること！　そして、いつの日かゼルフィス様をぶっ飛ばすことだ！」

「ぶ、ぶっ飛ばすって……武神をですか？」

「おう！　世界最強を目指すんだ！　たとえ相手が神であろうと、俺は負けないぜ！」

崇拝しているはずの神を倒す。普通なら、これ以上の罰当《ばちあ》たりもないだろう。だが、最強の力を求める武神だからこそ、その下剋上《げこくじょう》は篤信《とくしん》の証明なのかもしれない。

神を信じているからこそ、神を倒しにいく。矛盾《むじゅん》しているようで、とてもシンプルな教えにも聞こえる。武の道は言葉で表現するのが難しいのかもしれないな。

「相変わらず野蛮《やばん》な民族だ」

シャロンがそう一蹴《いっしゅう》すると、ランバーは歯噛《はが》みして睨《にら》みつける。

「じゃあお前の夢は何なんだよ！」

「僕の夢は世界一の金持ちになることだ。当然だろう。地位があろうが、知識があろうが、人望があろうが、力があろうが、金にならなきゃ誰の役にも立ちはしないんだからな」

「結局は物に頼らなきゃ自分の夢すら叶《かな》えられない軟弱者《なんじゃくもの》ってことだろ。自分の弱さを金で隠してるだけじゃねぇか」

「頭の悪いお前には、何を言っても無駄だろうな」

「なんだとっ⁉」

「第一、お前のスキルは【糸】だろう。どうしてここに落下する時に網《あみ》を張らなかった？」

「うぐっ……俺だってそうするつもりだった。でも暗くて風も強くて、糸が使えなかったんだ！」

「役立たず」

「よし、喧嘩《けんか》だ！　お前が喋《しゃべ》れないようにボコボコにしてやるから掛かってこい！」

この二人の今までのやり取りを見るに、仲裁に入っても徒労になるだろう。

他国の人の夢を聞くことに興が乗りつつあったので、僕はルナへ水を向けた。

「君の夢は、何かありますか？」

「夢……希望的な目標……方向性……」

下方に目を落として動かなくなったルナは、そのまま長考に入る。夢はその場凌《しの》ぎで無理やり拵《こしら》えるものじゃないし、ないならないと言ってくれれば、それで良かったんだけどな。

「ない」という回答は、「わからない」という回答に似てる。

ましてやこれは、自分で好き勝手に答えを決めていい問題だ。回答者が有利な問いに対して、当たり障《さわ》りのない答えで逃げるのは、智神の威光に与《あずか》る身としては許せないことなのかもしれない。

「うーんと……そんなに難しく考えなくても大丈夫ですよ」

「……少し、驚いてる。私の夢は神を理解すること。段階を経て知識を蓄えるためにも、指標や目標は計画的に立てて、大切にしてきたつもりだった……でも……」

「でも？」

「この状況じゃ、自分の掲《かか》げていた目標が全て意味のないものに思えてくる。戦闘面の知識を軽んじてた。こんなことなら、魔力体術の座学も真面目《まじめ》に取り組んでおけばよかった」

素直な後悔《こうかい》が微笑《ほほえ》ましくて、心の中の恐怖が薄らいだ。

ルナの言う目標は、僕たちが掲げるような理想ではなく、とても現実的で計算し尽くされた、行動リストのようなものだろう。こんな状況でも、過程と結果を真剣に分析《ぶんせき》している気性《きしょう》は、なるほどラトレイア国民らしいと思ってしまう。

「君は？」

僕は次にウェルデットに話を振った。

「私の夢は、魔族と人間が共に平穏な生活を送れるような社会を作ることです」

「ふ……そんなの不可能に決まってる」

紳士的な態度に輪を掛けて神妙《しんみょう》に語ったウェルデットの夢を、シャロンは鼻で笑う。

「いくら知性があって、同じ言葉が話せたとしても、魔族が邪神の眷属《けんぞく》であることは変わらない。人間とは、相容《あいい》れない存在だ」

悪びれるつもりのないシャロンの口調は、確固たる信念に基《もと》づいているようだった。

混沌《こんとん》を振りまくために邪神が作り出した生物兵器。それが魔族たちに与えられた命の始まり。生まれてきた意味を、存在意義を証明するために彼らが使命を果たした結果、人間や自然界に壊滅《かいめつ》的な被害《ひがい》をもたらしたことは言うまでもない。

邪神が倒されたあと、残った魔族たちは残党のように標的にされ、人間は駆逐《くちく》するために力を振るい続けた。

一方で知性のある魔族には人間に友好を示す者が少なからずいた。生まれた意味を、親を否定し、残りの生涯《しょうがい》で罪を償《つぐな》いたいと願う魔族がいた。それを綺麗事《きれいごと》だと切り捨てるか、寛容《かんよう》の力を信じるのか、千年の時間があっても人間たちは未《いま》だに結論を出せないままでいる。

そんな中でもドラーフル連合の国々は、露骨《ろこつ》に魔族を嫌っていることで有名で、大陸の北西地点、ドラーフルと魔族たちが住む魔境ラングルの国境では、今も小さな抗争《こうそう》が繰り返されている。

過去の因縁《いんねん》、というよりは、経済圏《けいざいけん》を拡大させたい財神が領土欲しさに焚《た》きつけている側面があるので、人類の敵を討《う》つという正義感溢れる大義名分が、いつまでも免罪符《めんざいふ》になるとは限らない。

「私たち魔族に、人間を敵に回そうなどという意思はありません。邪神を崇拝する魔族は淘汰《とうた》され、今生き残っているのは心を改めた善良な者だけです」

「到底、信じられるものじゃないな。今は大丈夫なのかもしれないが、君たちの生みの親である邪神が復活した時、君たちは必ず邪神の味方になって、また僕たちの敵になるはずだ」

「そんな……」

「軽はずみに一般化するのはよくないな。言葉を選ぼう。君は違うかもしれないが、他の魔族が邪神に寝返《ねがえ》ったとしても、何も不思議なことはない。むしろ、千年の時を超《こ》えて尚も主人に仕える姿を見れば、それこそ崇高《すうこう》な忠誠心を持った眷属の鑑《かがみ》だろうさ」

「人間にも信仰《しんこう》する神を変える人がいるように、魔族にも改宗の道はある。今の私たちが崇拝しているのは、魔神《まじん》ランペイル様です。ランペイル様の存在こそが、私たちの信仰心が嘘偽《うそいつわ》りのないものであると証明しています」

邪神がこの世を去ったあと、後釜《あとがま》を埋めるように魔族たちの心をまとめ、荒廃《こうはい》した土地を治めたのは、勇者と共に邪神を倒したはずの魔神であった。

元々は人間の味方であったはずなのに、なぜ魔族を助けたのか。

嘘偽りを許さない完璧な存在である神は、その目的も存在する理由も純真で一途《いちず》だ。

魔神が求めるもの、それは魔素。魔族が持つ、または作り出すことができる潤沢《じゅんたく》な魔素を欲《ほっ》して、魔神は魔境の地主神になったとする説が、最も簡潔で理解しやすいものになっている。

魔神が信者に与える恩恵は、魔素の回復効率と魔素消費の効率化。

具体的には魔術の発動に必要な魔素量が、最大で百分の一にまで抑《おさ》えられるという。

装備アイテムにある魔素消費軽減の付与が、一番高級なものでも最大三割減がいい所であるのと比《ひ》較《かく》すれば、破格の恩恵であることは明白だ。加えて、信徒の魔素回復量は二倍にもなるという。

そんな恩恵があったからこそ、魔族たちは人間たちの残党狩《が》りにも耐え、今も生き延びている。

また、それは魔族たちの魔神への信仰心が成立している裏付けであることも事実だった。

「ふん。それはつまり、邪神が蘇ったらまた邪神に改宗する可能性もあるということじゃないか」

魔族たちが邪神に改宗するかどうかは、邪神が復活してみないとわからない。

曖昧《あいまい》な可能性を討論で堂々巡《どうどうめぐ》りする。それが、現時点で持てる唯一《ゆいいつ》の結論なんだろう。ないものをないと証明することは難しい。邪神の落とし子に投げかける問いは、悪魔の証明に近い。

「どいつもこいつも、くだらない夢ばかり掲げているな」

輪に加わりもせず、胡座《あぐら》をかいた足を貧乏《びんぼう》ゆすりしていたブルートが、待ってましたと言わんばかりに割り込んでくる。

「特別に俺の夢を教えてやろう。有り難く聞くがいい」

誰も頼《たの》んでないし、誰も興味ないのに、何故《なぜ》かブルートは発表する前から自慢《じまん》げであった。

「俺様の夢は、このランドール王国の王となって、国民全員を幸せにすることだ！」

やる気を失った瞳が一点に集中していた。ここまでの傲慢《ごうまん》な振る舞いを目撃していた面々からすれば、ブルートの夢は分不相応で、考慮にも値《あたい》しないほど信用ならざるものだとわかっていた。

それこそ、魔物に囲まれた極限状態の中で、とうとう気でも触《ふ》れたのではないかと思ったが、確認を取ることすら体力の無駄遣《むだづか》いと判断しているのだった。

「わぁあああああ！」

厚顔《こうがん》無知な男が形ばかりの抱負《ほうふ》を語りだそうとしたのを、一つの悲鳴が止めてくれた。

泡の中じゃ逃げ場がないものだから、スコットが目覚めてくれて助かった。

「ったく、こんなとこで気絶すんなよな。全員が力を合わせねぇといけねーんだからよ」

ランバーの言葉は、スコットの無事な姿を見て安堵しているようでもあった。

スコットの手を取り、輪の中心に置いてあったストラップランプを握らせた。

「さて、皆さんの方は、この状況に慣れてきた頃かと思いますが、スキルの調子はどうですか？」

「こっちは大丈夫そうだ」

「俺は端《はな》から余裕だった」

「……私も、スキルの発動に支障はなさそうです」

各々が小さくスキルを発動させて、その感触を確かめていた中で、強い光が僕らの目を刺《さ》した。

スコットが持っているランプの光ではない。薄暗い洞窟の中で突然現れたら、目くらましになるくらいの強い光量だ。

「ああ、ごめんなさい」

少女の声のあとに光が弱まる。僕らの目が慣れると、ようやく光源を確認することができた。

立ったままのローブの上に、光る玉が置いてある。髪《かみ》やメガネの部分だけが影《かげ》になっていて、さらに光が弱まると、顔の輪郭《りんかく》が見えてきた。

それは、ルナの頭部であった。

【発光】のスキルで肌を光らせた、ルナの頭部であった。

「これは……すごい強い光ですね」

「やっと発動できるようになったみたいです。すみません、遅くなってしまって」

「いや、この光はとても助かります。ありがとう」

ガラスが割れるような音が響いた。重ねておいた泡の外殻《がいかく》が一枚割れてしまった。

内側から泡を継ぎ足せば、壁の補強はいくらでもできる。ただ、緊張からくる体力の消耗を放置すれば、僕らが自力で逃げられる可能性は減っていく。脱出の機会に賭《か》けるなら、今しかない。

僕は試《ため》しに、泡の盾の外側に泡を作ろうとした。

「……ダメか」

蟻たちがウジャウジャといるせいで、生み出した泡がすぐに割れてしまう。

泡は魔素を注入して硬化を促さなければ、普通の泡の強度のままだ。硬化に必要な時間、泡を生成するスペースがないと、応用を利《き》かせられない。これは、まだ僕も知らなかった泡の弱点だ。

泡を生成して硬化するまでの時間を短縮できたらいいんだけど、体力を無駄にできない今の状況じゃ習得を試みている場合ではなかった。

「みんな、聞いてください。これから、全員の力を合わせて脱出を目指します」

「可能なのか？　この状況で」

「やってみないとわかりません。ただ、協力し合えれば、無謀《むぼう》な賭けにはならないはずです」

「よっしゃ！　策があるんだな⁉　聞かせろ、アウセル！」

全員の意志が固く、同じ方向を向いていた。

少しでも会話を交えたことが、功を奏したのかもしれない。

僕は一人ひとりに役割を与えながら、ここからの脱出計画を伝えた。


「──それでいけるのか？」

「シャロンさんのスキルが上手《うま》くいけば活路は開けます。途中で断念する時は、また僕の近くに来てください。泡でみんなを守ります。体力を考えると脱出に挑戦《ちようせん》できるのは一度きりでしょう。今度、泡の中に籠城《ろうじよう》したら、あとは救助が来るのを待つしかないと思ってください」

ふと、辺りがさらに明るくなる。

光量が増えたというよりも、程よい光が角度を広くして奥にまで届くようになった感じだ。

軽く視線を横に移すと、ローブを外したルナが、制服まで脱《ぬ》ぎ始めていた。

「……こうした方が見通しがよくなるから」

おそらく下着姿になったのだろうが、光がぼやけさせるからハッキリと体の陰影《いんえい》が見えるわけではなく、人形の輪郭で光が浮かんでいた。身振《みぶ》りで恥《は》ずかしそうにはしているが、服は捨て置いたまま、前を隠そうともしない。それは、僕らの視界を確保するための覚悟ある行動。みんなは敬意を払い、なるべくルナの方を見ないようにしていた。

「これ、使ってください。寒さが和らぐと思います」

「あ、ありがとう……」

僕は目を合わせないようにしながら、ストールをルナに差し出した。光源を隠すことにはなるけど、もう少しくらいは肌を隠しても良さそうだった。

息を整えて、肩を回して緊張をほぐす。

ルナの心意気のおかげか、全員の気配が握手《あくしゅ》を交《か》わすかのように結びつき、纏《まと》まっている。

シャロンがゆっくりと腕を上げるのが、開戦の合図。

埋め尽くされた蟻の隙間からチョロチョロと落ちてきた水が、泡の表面を伝っている。水の量は次第に増していき、やがて水流の重さに耐えられなくなったラークアントたちが流されていった。

ここから無事に脱出するためには、まず泡を囲っている蟻たちを退かさなければ話にならない。

僕たちの中で広範囲を制圧できるのは、シャロンの【水】のスキルだけだった。

千を超えるラークアントたちの総重量は相当なものだろう。これを押し退《の》けるだけの水を生み出せるのか、シャロン自身も確信を持てずにいたが、心配は杞憂《きゆう》だったらしい。

水は既《すで》に川を氾濫《はんらん》させたような勢いだ。子供一人の魔素量でこれだけの水を生み出せるのは、スキルが高性能だからという理由だけじゃない。効率よく魔素を現象に変換《へんかん》させているのは、シャロンの潜在《せんざい》能力と努力の賜物《たまもの》。それこそ国の代表者として留学してきた者の才能なのだ。

「よし！　行こう！」

泡を割り、濡れた洞窟の中を僕らは走る。

ラークアントがどこまで流されたかはわからない。ラークアントが再び僕らに襲《おそ》いかかるのが早いか、僕らが出口の大穴に到着《とうちゃく》するのが早いか。時間の勝負であった。

「スコット！」

「ごめん！　もう少し待って！」

進むべき方向はわかっているけど、道順を知っているわけじゃない。

走り出したら、スコットには大穴が響かせる空洞音《くうどうおん》を聞き分けるように頼んであった。

走る僕らの足音と、乱れる自分の息遣《いきづか》い、奥に流れていったラークアントたちが藻掻《もが》く音。それらの騒音《そうおん》を選別するのは簡単なことじゃない。

「……こっち！」

だからこそ、岐路《きろ》に遭遇《そうぐう》してすぐにスコットが指を差したのは起死回生の働きに感じられた。

疑うことなく、スコットの指示に従いながら何度も道を曲がる。

「あったぞ！　出口だ！」

開けた場所に出た。

天井にある大きな穴。それこそは上層に繋がる道だった。

ルナの光で明るみに入ったのは、地面に落ちた縄梯子《なわばしご》の山。

大穴の壁面《へきめん》には梁《はり》が螺旋状《らせんじょう》に打ち付けられ、階段になっている。本来なら、そこまではこの縄梯子を使って登るんだろう。天井までの高さは二十メートル以上あり、僕らでは魔力体術で跳躍《ちょうやく》しても手が届きそうにない。

「糸の網《ネット・スレッド》」

ランバーは手の平から格子状の糸を発射させ、大穴の梁に巻き付ける。手元側の糸を近くの大きな石に巻き付けると、簡易的な縄梯子が完成した。

「おっしゃ！　行くぞ！」

ランバーはまた新たな糸を一本、別の梁にくっつけ、その場でできる限り高く跳《と》ぶ。

落下する前に糸を掴み直すと、糸がビヨーンと延びた。地面スレスレまで落ちてきたところで、糸が強い力で元に戻ろうとして、ランバーの体が引っ張り上げられる。

空中に投げられても、体幹だけでくるりと回転しながら、ランバーは梁の上に着地する。

【糸】が持つ弾性《だんせい》の性質を大きく活かしたみたいだ。

天井までは距離があるのに一発で糸を標的に当てることができていたし、灯《あか》りさえあればこの程度は朝飯前なんだろう。粗暴であってもやはりエリートなのだと感心させられる。

その跳躍は【糸】の持ち主だからできる芸当。僕たちは地道に梯子を登っていくよりない。

我先にと行くブルート、次に女の子だからと先を促されたルナが登る。

先頭でも後尾《こうび》でも嫌だという感じのスコットが登り、次にシャロンが登ろうとした時、その体が不意にふらついたのをウェルデットが支えた。

「大丈夫ですか？」

「僕に触れるな……汚《けが》らわしい」

「無理はしないでください。先程の水流を生み出すのに、かなりの魔素を消費したはずです。私が担《かつ》いでいきますから、掴まってください」

「誰が魔族の力なんて借りるか……って、おい！」

強がりを無視してウェルデットはシャロンを肩に担いで片手で梯子を登っていく。

子供といえどシャロンの体重だって軽くないだろうに。

紳士的な振る舞いとは対照的な力技《ちからわざ》は、身体能力の高さがあってこそ実現可能なものだった。

誰かが落ちてきてもすぐに拾ってあげられるように僕は最後尾を選んだ。

「……」

梯子に手を掛けた時、体の中の何かが急に重みを増した。

内臓に石でも詰め込まれたみたいに、そこを動くなと何かが僕を後ろから引っ張っている。

頭を過《よぎ》るのは、一度は忘れようとした事実。この場に置いていこうと過去に見放してきた、瀕死《ひんし》の冒険者のことだった。

不可抗力《こうりょく》。自分が子供だからと言い訳すれば、見捨てたことを責める人はいないはず。

でも、なぜか……どうしてか僕は、あの人を見捨てちゃいけないような気がしてる。まるで根拠《こんきょ》がないのに、どこか確信めいた何かが自問自答を誘《さそ》い掛けてくる。

――冒険者は、困っている人を助ける職業なんだよ――

心の底に置かれた言葉が思い出される。父親かもしれない人の言葉。僕は確かに、その声を信じて、証明してやりたいとも思っていた。でも、僕の今の衝動《しょうどう》はそれが原因とも違う気がした。

大穴に飛び降りた時も、今ここで誰かを助けたいと願う気持ちも、なにかを基準にして考えて導き出しているものじゃない。

思考よりも早く、決断よりも以前に僕は既に一歩踏み出していたんだ。

罪悪感があるから？　いや、それとも違う。

意識していることじゃない。無意識の中にある何かが、僕の行動原理の根底にある。

ふと思う……どうして僕は……こんな危険な場所で、こんな無謀なことをしているんだろう。

「……どうかしましたか？」

「……いや、なんでもありません」

ウェルデットの声で我に返り、急《せ》かされるように僕も梯子を登り始めた。

モヤモヤとした気持ちが拭えない。洞窟からの脱出が目的なのに、それとは別の重大な約束を忘れているような感覚が纏《まと》わりついてくる。

なんなんだ、この感覚は……。

「き、来た！　魔物だ！」

真っ先に気づいたのは、スコットの耳。

最初は何も聞こえなかったのに、二分ほど経《た》つと地鳴りのような音が近づいてくる。

水流で流された蟻たちが、黒い波となって押し返してきていた。

「おい！　揺らすんじゃない！」

「揺らしてるのは、あなたの方」

責任転嫁《てんか》をルナは見逃さない。

慌てて登り始めると、糸だけで作られた梯子は捻《ねじ》れるように揺れる。一番慌てていて、尚且《なおか》つ体の重いブルートが一番上にいるものだから、登ることに専念できないくらいに揺れる。

「ぬっ⁉　わぁっ⁉」

揺れの波に耐えきれず、バランスを崩したブルートが足を滑らせて落下した。

途中、スコットが片手でブルートのローブを掴むと、糸が歪んで、また揺れる。

「な、何をしてる！　さっさと俺を引っ張り上げろ！」

「そ、そんなこと、言われても……」

スコットはもう、重たいブルートを掴んでいるだけで精一杯《せいいっぱい》。にも拘《かかわ》らず、助けられている側の人間は、自分のことを棚に上げて相手を誹謗《ひぼう》するばかりだった。

「この役立たずのネズミが！　なんのために高い税金を払って、お前を学園に置いてやってると思ってるんだ！」

その時、上にいたランバーが糸を梁につけたまま飛び降りた。

地面スレスレで止まったランバーの体は、収縮する糸の勢いに乗って高く跳《は》ね上がる。飛び降りる角度から軌道《きどう》を計算したのか、斜めに上昇《じょうしょう》するランバーは、横を通り過ぎようとしたブルートの顎を、拳で掬《すく》い取るように殴りつけた。

「ドブフェアッッッ！」

強烈《きょうれつ》なアッパーを食らったブルートの体は宙を舞い、壁から突《つ》き出した梁に引っ掛かった。荒療《あらりょう》治《じ》だが、ブルートを安全な場所に移動できたし、気絶した今の方が静かだから一石二鳥だ。

「早く上がれ！　もう来てるぞ！」

下を見ると、ラークアントが広場に顔を出していた。

ブルートがもたついたせいで、まだみんなは梯子の中腹にいる。

ウェルデットは片手しか使えないから登るのも時間が掛かる。

間に合わない。直感でそうわかる。それでも、何とかしなければという思いで、ないものねだりする思考は熱を帯びて回り続ける。その時だった。

「……⁉」

頭が、真っ白になった。でも、パニックになったという感じではない。イメージの中の白い光が、視界に混ざり込んでくるぐらいに強く主張し始めている。

「な、なんだ……？」

僕は自分の顔に触れた。

目はしっかりと開いている。ちゃんと意識は保てている。むしろ極限状態の中で奮闘《ふんとう》する僕の思考は、どんどん研ぎ澄《と　す》まされていく感覚すらある。なのに、順応していく冷静さとは裏腹、僕の脳みそは現状とは全く関係のない景色を想像させるのだ。

低い視点から見上げると、白い光を背景に立つ女性が優しい笑みを浮かべていた。

綺麗な人だけど、面識はない、少なくとも相手の名前は知らないはずなのに、懐《なつ》かしいような、もう何度もその顔を見ていたような気もしてくる。

現実では焦らなきゃならない危機に直面しているのに、その笑顔に触れると、どんどん心が和らいでいく。一刻も早く動き出さなきゃいけないのに、意識が吸い寄せられてしまう。

これは一体、誰なんだろう。無性《むしよう》に抱《だ》きしめてほしくなるのは、なぜなんだろう。

女性は僕の頭を撫《な》でながら艶《つや》やかな唇《くちびる》を動かす。

『限りある勇気を、誰かを救うために使いなさい。たとえ失敗しても、馬鹿にされて、笑われてしまったとしても、人知れず誰かを助けようとしたあなたを私は誇《ほこ》りに思います』

全身の細胞《さいぼう》が反応するみたいに、透《す》き通った声は、頭の中に直接響いてくるようだった。

幻術《げんじゆつ》か、幻覚か、それとも遠い昔に沈《しず》んでいた記憶を思い出したのか、判別できない。

ただその声は、この深層に落ちてからずっと胸の内で燻《くすぶ》っていた熱に風を吹《ふ》かせて、心の火を奮い立たせていた。

その人の期待を裏切ってはいけない。

その人の声を疑ってはいけない。

その人が示した道を追い掛けなければいけない。

まるで自分の生きる意味を根底から上書きするみたいに、僕の意思決定の主導権を掌握《しようあく》した。

「アウセルさん！」

「なにやってる！　さっさと上がってこい！」

細い脚から隆起《りゅうき》した鉤爪《かぎづめ》を器用に糸に引っ掛けながら、僕らとは比較にならない速度でラークアントが糸を伝って登ってくる。

僕は剣《けん》を引き抜き、目の前の糸を横一線に切り裂いた。

掴んでいた糸は張りをなくし、僕は登ってきたラークアントと共に落ちていく。

「やっぱり僕は、サージェさんを助けに行きます！　皆さんは先に上へ戻っていてください！」

適当に泡を撒《ま》きながら、蟻の頭から頭へ踏み越えて、広場から通路へ再び戻る。魔物が標的にするのは魔素。僕の泡も正体は魔素だから、蟻たちの注意を集めるのは容易だった。

同行者に気を使う必要はないと、魔力体術を活用して、地面を蹴《け》る足の力を強化させる。

しかし、全速力で走ってもラークアントの速度の方が少しだけ上回っていた。

ルナがいなくなると視界はまたアンシダケの淡い光だけになって薄暗くなる。弱い月明かり程度の視野で、薄《うつす》らと凸凹《でこぼこ》した地面に影の濃淡《のうたん》があって、石などが黒い点を落としている。

魔力体術で体を強化している最中は、高速で体内の魔素を循環させている。ぐっと筋肉に力が入っている状態と似ていて、急に関節を柔らかくすることが難しくなる。石や窪《くぼ》みを避けるため、無意識のうちに足を緩めてしまうのは、人間の本能的な部分が働いていた。

対するラークアントは六本の脚で地面の凹凸《おうとつ》を無視し、脚の細さで障害物を回避《かいひ》して進んでいる。

身体的な特徴《とくちょう》が、地の利に絡んでいる。

「膨張《バルーン》、硬化《ロック》！」

なんとか足止めしようと、泡の膜で道を塞いだが、一枚ではあっという間に砕《くだ》かれてしまう。何枚か重ねて壁を作りたいところだが、さすがに時間が足りない。

蟻は元々、暗い巣穴で行動するため視力が退化しているが、それを補うために優れた嗅覚《きゅうかく》を持っている。どこか脇道《わきみち》に入って逃《のが》れようとしても、匂いですぐに気づかれてしまうだろう。

僕は全ての力を右足に込めて、一足で前方に跳んだ。魔素の循環が間に合わず、二の足は出ない。地面に足を擦《こす》り付けながら止まると、即座に十枚の泡を隙間なく重ね合わせ、硬化させた。

「膨張《バルーン》、硬化《ロック》！」

僕が身を伏《ふ》せて入れる程度の、小さく低い泡だったからこそ、すぐに作ることができた。

容赦《ようしゃ》なくラークアントが突進してくる。が、今度は泡が低かったせいで、最初に顎を当てたラークアントは後続に追突《ついとつ》されて真上を流れていった。

もみくちゃになった蟻たちが泡の上に乗っかったまま動かなくなると、アンシダケの光もなくなり、視界には蟻たちの無数の赤い瞳が、わしゃわしゃと音を立てて蠢くだけとなる。

「はぁ……やっちゃったなぁ……」

全く身動きがとれなくなった。

ぐちゃぐちゃに体を絡ませ合いながら、目の前のラークアントが執拗《しつよう》に顎で泡を叩いてくる。

幸い、十枚重ねの泡は丈夫《じょうぶ》だった。割れる兆候はない。

泡は起き上がれないくらいに狭い。肩から鞄の肩紐《かたひも》を外し、その場で体を転がして、鞄の方を向き、中から回復薬を取り出す。分厚いガラスの瓶《びん》の中に赤い液体が光っている。この光と色は本来、等級の違いと、回復薬の品質を保証するものだが、こういった場合には気を紛《まぎ》らわせる程度の灯りにもなる。

「やれることはやってみよう」

盾となっている泡の外側で、新しい泡の生成を試みたけど、やはり空間を埋め尽くすラークアントのせいで、強化する前に泡が割れてしまう。

「じゃあ次は……」

僕を守っている十枚重ねの泡の盾。その一番外側の泡を膨張させることで、どうにかしてラークアントを押し返せないだろうか。泡の盾は今の僕の生命線。要の盾を攻勢《こうせい》に使うのはリスクがあるけど、内側から一枚補強してからなら大丈夫。

「んん……んんん……」

試してみたはいいものの、早々に無理だと気づいた。

泡の強化をしたままじゃ膨張させるのも難しい、かといって膨らませるために泡の強化を緩めたら、すぐに割れてしまう。

四、五枚の泡を同時に膨らませたらどうかと考えたけど、上にのしかかっている蟻たちの重さは数千キロにも及ぶし、これを押し退けるのは【泡】の性質、概念を大きく外れていて、スキル発動に重要な想像力が働かない。

「やっぱり無理かぁ」

威勢《いせい》よく引き返してきたにも拘らず、なんとも呆気《あつけ》なく、我ながら情けないほど一瞬《いつしゅん》のうちに万策《ばんさく》が尽きてしまった。

鞄を枕《まくら》代わりにして寝転《ねころ》びながら、魔力水筒の水で口を湿《しめ》らせ、一息つく。

絶体絶命な状況。だけど、焦りの念は小さくて、不思議と後悔は湧いてこない。むしろ今の自分は、自分の取った決断を誇りにすら思っていて、清々《すがすが》しいくらいに活気が胸の中で飛び跳ねている。

僕の心に語りかけてきた女性は、いったい誰だったんだろう。

誰かもわからない人の声を信じて自分の命を天秤《てんびん》に掛けるなんて、どうかしているって自分でも思う。だけど結果はどうであれ、あの人の言葉を裏切らなかった自分でいられたことが、何よりも嬉しい。自分は間違っていないのだと、根拠のない自信が心の内側から湧いて出てくるのだ。

もしかして、あれが神様だったりするのかな。

命を重んじる言葉は、生命を司《つかさど》る愛神らしい意志だ。ともすれば、愛神に生命力を与えてもらったから、今の僕はこんなにもやる気に満ちているって考え方もできる。

「ん……？」

煩《わずら》わしかった蟻たちが一変して、次々に泡の盾から下り、洞窟の奥へと去っていく。

壁に生えたアンシダケの淡い光が再び星空を作ると、静寂《せいじゃく》が不気味な空洞音を引き連れてくる。

何が起きたのか、わからなかった。

脅威《きょうい》が去った――まさか、そんな簡単に警戒心が解けるほど、僕の神経は太くない。泡の盾は消さないまま、伏せた状態で前と後ろに続く道を交互《こうご》に見た。

出口とは反対方向に走っていったから、スコットたちを狙《ねら》いに行ったわけじゃない。もとより蟻のラークアントに、優先順位を考えるだけの知能があるとは思えない。

では、なぜラークアントたちは消えたのか。論理的な思考ができないなら、その行動を決めたのは、もっと本能的な理由か。ともすれば、それは――

「ガァアアアアア！」

空気の振動《しんどう》が世界を揺らす。

遠くから聞こえる足音は一歩一歩の間隔《かんかく》が広く、猛烈《もうれつ》な速さで近づいてくる。

泡を消し、走り出す。音の正体を視認《しにん》する前に、逃げることをまず優先した。回復薬だけポケットに入れて、残りの荷物を当然のように捨ててきたのは、本能が正しい行動を選ばせるから。

もはや察するまでもない。ラークアントが逃げ出したのは、僕が逃げ出した理由と同じ。自分の命の危機を本能的に察知したからに他ならない。

兎の魔物がさらに突然変異《とつぜんへんい》を起こして巨大化した、希少種レアデスラビット。

今にして思えば、僕らが深層に降りてきた時にラークアントがいなかったのは、近くに天敵がいたからだとわかる。

異様に発達した巨大な足は地面を抉り、重量のある体をいとも容易《たやす》く移動させる。

殺気を感じて咄嗟《とっさ》にしゃがむと、頭上を暗闇に浮かぶ白い毛並みが通過して、押し退けられた空気が突風《とっぷう》となって全身を殴りつけた。

「……!?」

長い脚を真横にして、慣性を止めた巨躯《きょく》が、一足で僕のところへと引き返してくる。直径四メートル半はあろうかという大砲《たいほう》の弾《たま》が、目の前で着弾《ちゃくだん》した瞬間《しゅんかん》に、急反転してこちらに飛んでくるようなものだ。右に転んでも左に転んでも、砲弾が大きすぎて逃げる隙間がない。

「膨張《バルーン》、硬化《ロック》！」

ラークアントの時のように、体を低く構え、泡の盾を作れば、衝撃を受け流せると思っていた。しかし、レアデスラビットは空中で体を回転させ、足から生えた鋼鉄の爪で地面を切り裂きながら、僕の泡を下から蹴り上げた。

僕の泡の盾は地面と接合してるわけじゃない。半球状の底の深い鍋《なべ》を、上から被《かぶ》せているようなもので、下から掬い上げられたら簡単に浮き上がってしまう。

泡ごと蹴散《けち》らされた僕の体は、風に吹かれる落ち葉のようにクルクルと宙を回る。

体勢を整えることも、受け身を取ることもできない。

「増殖《ゲイン》、膨張《バルーン》、硬化《ロック》！」

体が飛んでいく方向へ、適当にいくつもの泡を膨張させ、適度な硬度《こうど》に強化させる。

視界はぐるぐると動き続け、目標を定めることは困難。でも、どこに泡を生成したとしても、膨張させれば通路を塞ぐ膜《まく》となるのは知っていた。何枚もの柔らかい泡の膜を貫通《かんつう》し、体の勢いが徐々に奪われていくと、ようやく受け身を取ることができた。

頭がクラクラする。ふっ飛ばされた時に、脳みそが強く揺れたみたいだ。

「ガァアアアア！」

咆哮が、残った泡を粉々に割った。物理的な衝撃によるものじゃない。それはレアデスラビットの覇気《はき》が、僕の集中力を乱したことで起こった強制停止《バーンアウト》。僕の潜在意識が、咆哮に気圧されてしまった証拠《しょうこ》だった。

逆立つ毛の一本一本が、僕の全身を串刺《くしざ》しにしようと殺意を尖《とが》らせている。

魔物の口には不整列な牙が無数に生えている。あの不揃《ふぞろ》いな牙に噛まれても、簡単には死なせてもらえないかもしれない。それは噛み砕くというより、肉をすり潰すための拷問《ごうもん》器具に見えた。

希少種だろうと兎の魔物なら呼吸は必要なはず。デスラットを倒す時のように、肺の中に泡を生成させて窒息《ちっそく》させてしまえばいい。そう思って、僕は腕を前に伸ばした。

「……だ、だめだ」

レアデスラビットの体内に充足《じゅうそく》する濃い魔素は、僕の魔素が介入《かいにゅう》することを許さない。それに加え、意識が恐怖で硬直《こうちょく》してしまった今は集中力が不安定で、敵の臓器を詳細に想像することができない。喉元《のどもと》に剣を突きつけられるようなもの。怖気《おじけ》づいてしまった時点で勝負は決している。

「これは確かに……手に負えないな」

ラフィーリアは言った。希少種に出くわしたら必ず逃げろと。

サージェは言った。仲間を守ることなんて考えずに、自分の身を守ることに専念しろと。

今ならその言葉の真意がよくわかる。経験が足りない今の僕じゃ対応するのも難しい相手だ。

しかし、目的を履《は》き違えちゃいけない。僕が引き返してきたのは、この先にいるサージェを救出するためだ。厄介《やっかい》な希少種を討伐《とうばつ》するためじゃない。

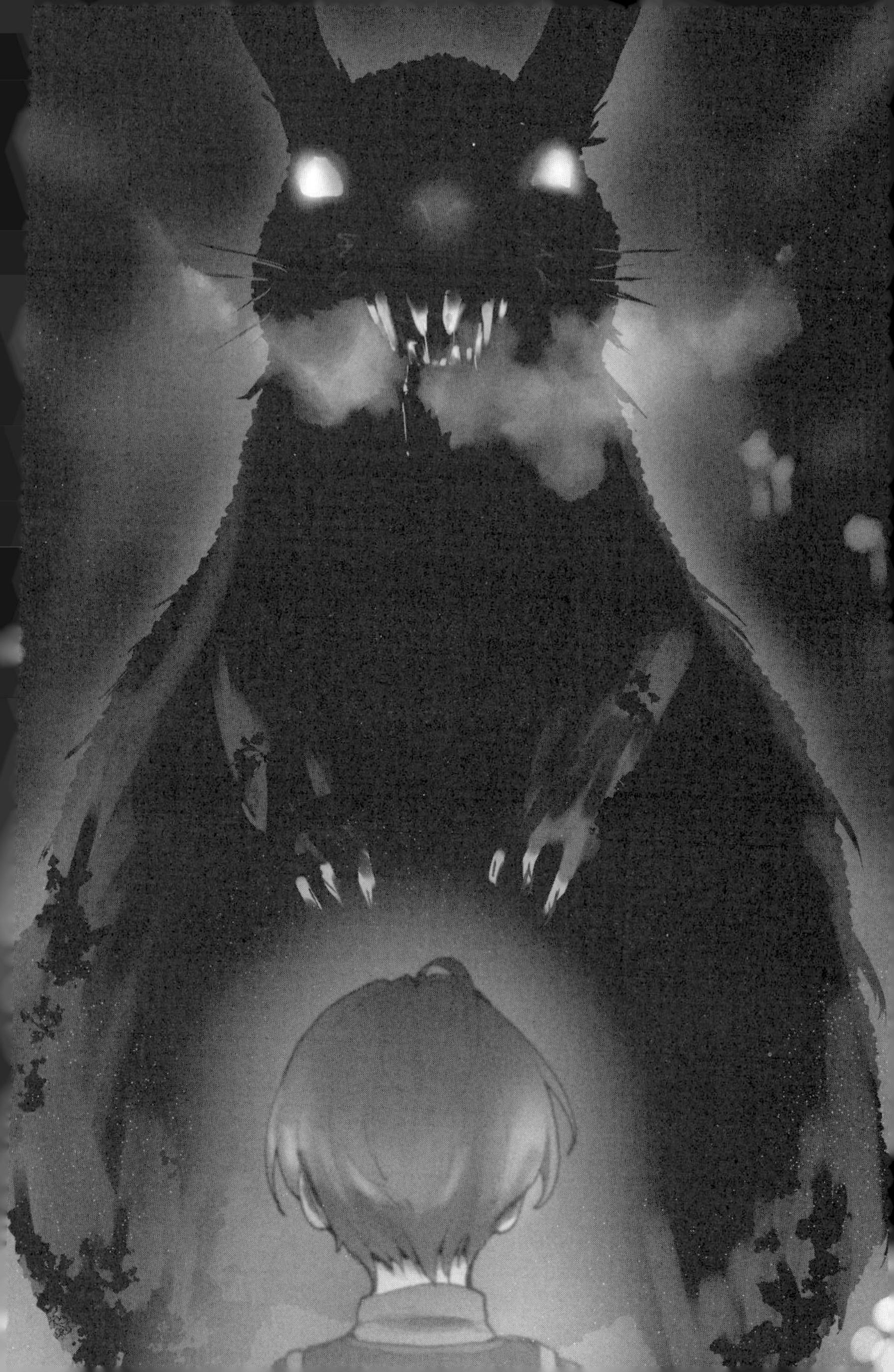

「ガァアアア‼」

兎の跳躍は、さらに速度を増してこちらに向かってくる。

今度こそ僕を仕留めるつもりだろう。

刃物《はもの》のように尖った殺意が僕の意識を萎縮《いしゅく》させる。

真っ向から受け止めることも、逃げることも叶わない。

残された手段は一つだけ。僕は前に突き出した右腕を、大きく回した。

「増殖《ゲイン》！」

細かい泡を可能な限り生み出して、洞窟を占拠《せんきよ》する。

アンシダケの光も乱反射して、内側に届かなくなる。

何も見えない。だが、泡の表面を伝う僕の魔素が、触れるものの形状を僕に教えてくれている。

壁に張り付くように退避《たいひ》すると、スレスレのところでレアデスラビットの爪が通り過ぎていった。

「増殖《ゲイン》！」

蹴散らされた泡の分、さらに泡を増殖させる。

レアデスラビットは泡の海を掻き回している。

洞窟の中でも活発に動ける魔物はラークアント然《しか》り、目ではなく、聴覚や嗅覚を使って獲物《えもの》を探していることが多い。本来この泡は目眩《めくら》ましの目的だが、大きな耳を持つ兎に対しては、シュワシュワとした音で聴覚を使えなくさせる効果の方が期待できる。

「増殖《ゲイン》！　増殖《ゲイン》！　増殖《ゲイン》！」

泡を増やしながら、道の奥へと走る。

泡の海を抜けたところ。サージェは僕らと別れた時のまま、三叉路《さんさろ》の角に座っていた。

◇　◇　◇

サージェ・サラブレッド。二十二歳《さい》。職業、B級冒険者。

駆け出しの頃から小さな依頼を達成しつづけ、地道に信頼《しんらい》を勝ち取ってきた彼は、まさに叩き上げの冒険者であった。

数日前に引き受けた依頼は、『ルフト洞窟深層に出現するラークアントの間引き』。

蟻は冬になると、体力を温存するために冬籠《ふゆご》もりをする。そんな蟻の習性を引き継ぐラークアントもまた、冬の時期には活動が鈍《にぶ》くなることから、間引きのタイミングは冬が好機だと知恵のある冒険者たちは知っていた。

依頼の難易度はB。

灯りのない深層は確かに厳しい環境ではあるが、もともと王都から近いこともあって、魔素の濃い深層でも愛神の奇跡《きせき》の力が届くルフト洞窟の生還率は高い。

卵の位置の特定、女王蟻《クイーンラークアント》の討伐を視野に入れれば、難易度は桁違《けたちが》いに跳ね上がるが、今回はただ数を減らすだけの依頼。

サージェの加わったパーティは当人を含め五人、その全員がBランク冒険者というバランスの取れた構成になっている。万が一にも、帰還《きかん》が困難になることはない。それが依頼の申請《しんせい》を受諾《じゅだく》した、ギルド職員の査定でもあった。

「走れ！　振り返るな！」

——大きな誤算だった。

深層を探索《たんさく》中に、希少種《レアデスラビット》が現れたのだ。

体高四メートル半、体重六トン。通常なら動くことすらままならないはずの躯体《くたい》が、強靭な足によって軽々と跳躍する姿は、大岩が意志をもって通路を転げ回るかのよう。頑強《がんきょう》な岩をも砕く蹴りを食らえば、人体など卵の殻《から》を割るより簡単に破壊される。

討伐難易度は優にAを超える。冒険者ギルドの想定では、Bランクの冒険者が十人掛かりで挑《いど》み、ようやく対等に渡《わた》り合える戦力差。サージェのパーティはBランクが五人。本来なら考えるよりも、逃げることを先決するべきところ。しかし、レアデスラビットは希少種であるが故《ゆえ》に出回る情報も少ない。博識な者でない限り、それが討伐難易度Aだと気づくには、当人たちの判断力が不可欠だった。

「何なんだよ、あれ！　あんなのが出るなんて聞いてないぞ！」

「くそっ！　こんなことならダイエットなんてしないで、食いたいもん一杯《いっぱい》食っておくべきだった！　最後の晩餐《ばんさん》が携帯食料なんていやだー！」

「口じゃなく足を動かせ！　恐怖に支配されるな！　スキルが発動できなくなるぞ！」

【土】のスキルを持つミッド・ハルフォード。

三十五歳の経験豊富な熟練の冒険者は、どんな状況に置いても冷静な判断で進むべき方向を指示してくれる、仲間からの信頼に厚いリーダーだった。

ミッドの隆起させる土の壁に、ラークアントの群勢を受け止められるだけの強度があることを、サージェたちは知っていた。だからこそ、その土の壁を一撃で粉砕《ふんさい》したレアデスラビットの健脚《けんきゃく》を見て、一行は直感で勝てないことを悟《さと》ったのだ。

「サージェ！」

リーダーの声に応えて、体を光らせる者が一人。

サージェが持つ【馬】のスキルは、魔素で馬の姿を形造り、サージェ自身が馬となって移動することも、遠隔《えんかく》で操《あやつ》ることもできる能力であった。

とある臆病者《おくびょうもの》が【蝙蝠】のスキルを暴走させ、望まずして夜行性になってしまったように、動物系のスキルは、その動物の性質を所有者に継承《けいしょう》させる。

馬は元来、草食であり温厚な生き物だ。それを証明するように、サージェが持つ【馬】のスキルには攻撃に使える性質がほとんどない。

魔物の討伐に不向きなサージェがBランク冒険者にまで認められるようになったのは、遠征時の移動手段として重宝されてきたことの他に、非常事態で仲間を避難《ひなん》させる能力に長けていたから。

そう、こんな時にこそ、事態を打開するのが自分の役目だとサージェは心得ていた。

自分を馬の体に変身させ、ミッドを背中に乗せる。

ロープを咥え、荷物をソリ代わりにする他の仲間たちを引きずって走った。

なにせ【馬】だ。走りには自信がある。普通に走れば時速七十キロは出るし、魔力体術を活用すれば直線の速度は時速百キロにも及ぶ。

だが、今回は相手が、環境が悪かった。暗闇の悪路で全速力が出せないサージェとは違い、聴覚に優れた兎は洞窟で反響する足音を使って、小さな石の位置まで把握している。

そして、あの脚力《きやくりよく》。持久走なら負けない馬も、兎の瞬間的な素早さには勝てない。

いよいよ引きずっている仲間が、兎に踏み潰されそうになった。

サージェは取り返しのつかない事態になる前に決断し、急停止すると、乗っていたミッドや他の仲間たちを振り落とした。

「サージェ⁉」

「みんなを隠せ！　俺が囮になる！」

それ以外に全滅を免《まぬが》れる手段がない。

攻勢に転ずる術《すべ》を持たないサージェだからこそ、それは苦肉の策だった。

ミッドは土で仲間たちを覆い、壁と同化する。

サージェが無駄に魔素を放出して、体の光を強くしながら走ると、レアデスラビットは濃い魔素と光と音に釣《つ》られて、疑いもせず追いかける。

跳躍に優れている兎だが、その反面、細かい方向転換《てんかん》は苦手だ。

サージェは、分かれ道があれば迷わず曲がり、直線上には立たないように努める。

捕食《ほしよく》しようとレアデスラビットが強く踏み込んだ時には、一時的に馬の形を解いた。

体の大きい馬が人に戻ることで、目標の大きさや居場所を少しだけ誤魔化すことができた。

しかし、そんな小手先の技《わざ》が何度も通用するはずもなく、いつかは野生の勘《かん》が理性を上回る。

「ガァアアア！」

サージェが道を曲がろうとした時、兎が奇声《きせい》を発した。

意識の隙間に針を挿《さ》し込まれたようで、体が硬直してしまう。一瞬の思考停止。その僅かな時間が致命的《ちめい》に生死を分かつ。

認識の枠《わく》を超えた速度で、馬が壁に減《め》り込んだ。

突っ込んできた兎の前蹴《まえげ》りを、もろに腹部に食らった。魔素で作られた馬の体は凹《へこ》まされた部分が戻らなくなっていた。

壁の亀裂《きれつ》が伸びると、天井が崩れ落ちる。

気を失いかけていたサージェを奮い立たせたのは、仲間が逃げ切るための時間を稼ぐという、冒険者としての意地。土砂崩《どしゃくず》れが起きる最中、馬は、道が塞がれる寸前に体を奥へと滑り込ませた。

強靭な脚でも、次から次へ落ちてくる土砂までは切り開けない。怒《いか》りの咆哮を響かせたあとは、別の道を探してレアデスラビットは遠ざかっていった。

「……出口から離れねぇと……血が魔物を引きつけちまう……」

脳に血が届かない中でも、馬の体は解除しなかった。今解除したら、もうスキルを発動できなくなる。そして、下半身の感覚がないことから、本来の自分の体は歩く機能を失っているとサージェは直感的に理解していた。蹴られた衝撃で携帯していた荷物も全て破壊され、回復薬もない。

魔素が続く限り馬を歩かせ、とうとう倒れ込むと、サージェは意識を暗闇に落とした。

「……」

いくらか時間が経過して、死に損《ぞこ》ないの意識が性懲《しょうこ》りもなく目を覚ます。

どうやら寵愛《ちょうあい》の女神《めがみ》は最後まで生存者を見捨てないつもりらしい。魔物に食われるまで死ぬことを許さないのは救済か、それとも拷問か。今更《いまさら》ながら善悪の所在を神に求めても、無駄なことではあった。

「命を大切にし過ぎるのも……考えもんだぜ……神様……」

サージェの視界に入ったのは、糸でグルグル巻きにされた自分の体と、アンシダケの光で輪郭を青くさせる透明な泡だった。

小さな子供が数人、通り過ぎたことを思い出す。走馬灯が見せた幻覚なら、どれほど良かったことかと、サージェは自分が生きていることにすら落胆《らくたん》した。

「逃げ切れたかな……あいつら……」

誤って深層に落ちて来たという少年たちは、明らかに未熟であり、場違いであった。

サージェの専売特許は、機動力を売りにした運搬《うんぱん》能力と帰還性能。

いつもなら簡単に救助させられる相手だからこそ、サージェにとっては死に際の心残りだった。

「そういや一人……変わった奴がいたな……」

自分を見習い冒険者と称《しょう》した子供は、他の子供に比べて体内を巡る魔素の流れが安定していた。

「たしか……アウセルだったか……」

子供たちが地獄から自力で生還できるとしたら、それは場慣れしているアウセルの手腕《しゅわん》に掛かっている。そうサージェは見抜《みぬ》いていたが、同時に望み薄にも感じていた。意味のない包帯を巻いて、魔素を消費してまで盾を置いていった。

情に絆《ほだ》される者は、指示役には向かない。

ミッドは即時《そくじ》に仲間を土で覆い、サージェを切り捨てた。そのことをサージェは微塵《みじん》も恨んでいない。むしろ、仲間を避難させることが【馬】のスキルを持つ自分の本懐《ほんかい》だと信じていたから、勇気あるミッドの決断を手放しで称賛していた。

命懸けの遠征だと理解するなら、全員が生きて帰る結末を、贅沢《ぜいたく》な望みだと自覚すべきだろう。しかし、相手は子供。そんな割り切った覚悟を求めるのは非現実的に思えた。

サージェは今こそ、愛神クラーディアに祈りを捧《ささ》げた。

自分が血を流し続ければ、魔物を誘《おび》き寄せることができる。情けない役回りだが、それでこそ残《ざん》酷《こく》な延命にも、素直に感謝できるというものだった。

「頼むぜ……神様……俺がエサになってやるから……あいつらを助けてやってくれよな……」

遠くから響いた重低音が微《かす》かに鼓膜を揺らすと、同時にサージェを包んでいた泡が割れた。

音としては聞き取りにくいが、伝わってくる覇気は失って久しい鈍い痛みを思い出させる。

洞窟内で反響し、より威力を増している強烈な咆哮は、人間の意識を阻害《そがい》する。

目の前の泡が割れたのを見ると、咆哮を食らったのはアウセルだと想像がつく。咆哮の届く範囲にいて、子供がレアデスラビットから逃れられるはずがない。

血の味しかしなかった口に、苦虫の味が湧く。

「クソ……ダメだったか……」

これが現実——悲惨な末路は冒険者なら珍しい話ではない。ただ、子供を助けられなかった無念さは、覚悟の上からでも酷《ひど》く沁《し》みるものだった。

最後の心残りすら絶望に引っ張られ、サージェの瞼はゆっくりと閉じられていくのであった。


「——よかった！　まだ息がありますね！」

目の前の血溜まりに、小さな足が二本立っていた。

足から腰へ、腰から肩へ、虚ろな目が視線を上げると、安心したように笑う少年の顔がある。

サージェの目に、生気が戻った。

「お前……どうして……」

「とりあえず、これを飲んでください」

戸惑《とまど》いも無視して、相手が身動きの取れない病人であるのをいいことに、アウセルはポケットから取り出した回復薬の瓶をサージェの口に突っ込んだ。

「どぼっ⁉」

抵抗力を持たないサージェの喉に、エクスポーションが落ちていく。

百倍に圧縮された四等級の高級な回復薬は、体内に入るや否《いな》や本来の体積を取り戻し、体に浸透《しんとう》していく。回復量は、回復薬の質量とほぼ等価。十リットル分の回復薬なら、約十キログラム分の傷を癒やす。

完治はせず重症には変わりないものの、自力で立ち上がれる程度に腹部は原形を取り戻す。

「お、お前……！　なにしてんだ！　大事な薬を……！」

復活したサージェは慌ててアウセルの手を掴んだが、もう瓶の中身は空っぽになっていた。

「安心してください。他の人たちは先に地上へ向かいました」

「……全員、生還したのか？　じゃあ、なんでお前はここにいるんだよ」

「なんでって、サージェさんを助けるためですよ。一緒《いっしょ》に地上に戻りましょう」

あまりにも飄々《ひょうひょう》とした態度で言うものだから、サージェはあっけらかんとしていた。

「ガァアアアア！」

「……よし！」

巨大な兎と純粋に走力で勝負するのは自殺行為《こうい》だ。逃げるなら、必ず泡のスキルは必要になる。

アウセルの技術では、手や腕のジェスチャーがないと泡の質を高められない。応戦しながら逃げるなら、片手は空けておく必要がある。少し悩んだアウセルはサージェを肩に担ぐことに決めた。魔力体術で体を強化させ、左肩に乗せたサージェをガッシリと掴む。

「うぐっ⁉」

中途半端《ちゅうとはんぱ》に復活した腹部が、損傷箇所《かしょ》を知らせるために激しい痛みの感覚を脳に送りつける。

サージェは【馬】のスキルを使おうと試みたが、痛みで集中力が定まらず、不発に終わる。

「クソッ、ダメか……」

「すみません、痛いですよね。でも、ちょっとだけ我慢《がまん》してください」

「そんなことはどうだっていい！　俺を置いてさっさと逃げろ！　俺を囮にすれば、まだ逃げられるかもしれない！」

「なに言ってるんですか。それが嫌だから、こうして戻って来たんですよ」

「大人ひとり担いで、子供が希少種から逃げられる訳ねぇだろうが！」

「そんなの、やってみないとわからないですよ」

「わからないから、そんなことに命を懸けるなって言ってんだっ――!?」

急にアウセルがしゃがみ込んだことで、語尾《ごび》が重力に引っ張られた。

刹那《せつな》、担がれたサージェの背中の上を、冷たい刃物が通り過ぎた。アウセルがしゃがまなければ、およそ命を刈《か》り取っていたであろう死神の大鎌《おおがま》は、壁ごと抉りながら通過したレアデスラビットの足であった。

視界の悪い中、殺気と漂《ただよ》う魔素の流れだけで、高速で向かってくる凶器《きょうき》を察知したアウセルの冷静さに、サージェは言い知れぬ畏怖《いふ》を覚えた。今一度、体に触れる気配に集中すれば、アウセルの体内で動く魔素が異様に整然としていることに気づく。

死を前にして、どうしてこれほど落ち着いていられるのか。

まさか今さらになって、『絶対に自分だけは死なない』と子供じみた幻想《げんそう》を抱いているのか。

「増殖《ゲイン》！」

兎が動いてからでは間に合わないと、アウセルは無数の泡で視界を奪おうとした。

しかし、

「ガァアアア！」

獲物を狩《か》るためだけに学習能力を働かせる魔物は、咆哮で威圧《いあつ》すれば、発動者が全ての泡を割ってくれることを理解していた。

「なら……！　膨張《バルーン》！」

アウセルは自分の頭部に泡のボールを被《かぶ》らせた。

そしてもう一度、細かい泡で空間を埋め尽くす。

「増殖《ゲイン》！」

「ガァアアアア！」

反射的に兎が口を開く。が、今度の泡は一部しか割れなかった。

頭に被らせた泡が音を防ぎ、咆哮による意識の阻害を軽減させていた。

再び空間が泡で満たされ、視界と音を失うと、業《ごう》を煮《に》やしたレアデスラビットは見境なく周りに蹴りを振り撒きながら前進する。連撃《れんげき》に理性はない。精細を欠く蹴りならアウセルでもギリギリ避けることができた。

だが、それも長くは続かない。

鉄球のように重い蹴りが僅かでも体に当たれば、大きなダメージは免れない。一瞬の油断も、一回のミスも許されない。ひ弱な子供の足が暴虐《ぼうぎゃく》の嵐《あらし》を渡り切れるとは到底思えなかった。

魔力体術を行使して筋力を増強しているとはいえ、自分の体よりも一回り以上も大きい荷物を担ぎながら移動するアウセルは、どう見ても体勢が苦しそうで、挙動が遅かった。泡を維持《いじ》する魔素も、体術に回していたらすぐに尽きる。

全滅か、一人を犠牲《ぎせい》にして生還するか、選択を強要する分岐線《ぶんきせん》は既に眼前にまで迫っている。

「おい！　まだ間に合う！　俺を降ろせ！」

「降ろしません！」

泡の海が途切れたところ、レアデスラビットはたった一歩でアウセルを追い抜かし、努力を嘲笑《あざわら》うかのように傲慢に立ちはだかる。ニンマリと笑う口は、アウセルを食べた時の幸福感を予期して涎《よだれ》を溢れさせていた。

アウセルの動き、技の種類、系統、逃げるための術をおおよそ把握しかけていたレアデスラビットは、もはや深層から逃がすことはないと確信を抱いているのであった。

「お前は馬鹿なのか……？　なんで俺を置いていかない⁉　死にたいのか⁉」

「……死んだっていい。たとえ死んだって……誰かを見捨てるより、ずっとマシだ」

静かでありつつも力強いアウセルの声。地獄の淵《ふち》に足を置いて尚も揺るがぬその在り様に、サージェは二の句を継げなくなった。開いた口が塞がらなかったのは、呆《あき》れてものが言えなかったからじゃない。アウセルの確固たる意志に、熱意に、気迫《きはく》に、自分の信念が打ちのめされたからだ。

命を懸けてでも他者を避難させると固く決意したはずの信念が、あろうことか七歳の少年によって根底からいとも容易く覆《くつがえ》されてしまったのだ。

覚悟が唆《そそのか》されたことを、サージェは憎《にく》みさえした。だがそれ以上に、死への恐怖すら霞《かす》んでしまう美しい光を、高揚《こうよう》さえ湧いてくる真の冒険者の姿を、小さな少年の背中に見たのだった。

「まだ、やれることはあります」

「お、おい！　何を……!?」

出口とは反対方向へ走るアウセル。しかも、それはレアデスラビットがいる方向だった。

途端《とたん》、足を止め、勢いで前のめりになった体を上げると、頭を覆っていた泡がぬるりと外れ、宙に漂う。アウセルは拳を後方へ引き、徐々に落ちてくる泡を狙い澄まし、殴りつけた。

アウセルの拳が中心にまで減り込んでも割れない泡は、原形に戻ろうとする力で反発し、拳が振り抜かれた方向へ高速で移動を始める。

「よし！　行ける！」

アウセルは、ランバーが伸縮性《しんしゆくせい》のある糸の弾力《だんりよく》を使って、飛び跳ねていたのを思い出していた。

深層に落ちて来た時も、『硬化』で強度の調整をして泡のクッションを作っていたが、それは泡が持つ本来の性質を無視したやり方であり、二度手間を引き起こす非効率な方法であった。

六つ目の性質、『弾性』。

イメージするのは柔らかく伸縮性のある袋《ふくろ》に、空気を目一杯に入れた風船。弾力性そのものに注力すれば、膨張と硬化でバランスを微《び》調整する手間を省き、魔素の消費量や発動時間を抑えながら、弾力に特化した泡を作り出せる。

飛ばされた泡は見事にレアデスラビットの大きな腹に直撃した。

泡は泡だ。何のダメージも生み出さない。しかし、アウセルが実行に移したかった目論見《もくろみ》は、既に半分は成功していた。

弾力を持った泡は壁に当たったボールのように、持ち主の元へ真っ直《まっす》ぐに戻ってくる。アウセルは躊躇いなく前方へ走り、向かって来た泡に向かって飛び蹴りを食らわせた。

歪む泡。飲み込まれていく、足。

慣性の力が泡を支えている今、反発で押し返されるのはアウセルの方であった。

「ぬうわぁぁぁぁあ‼」

突然の急加速。何が起こったのかわからないサージェの叫びが、洞窟内を高速で駆け抜ける。足で加速していくのとは違う。ゼロから百へ。それはレアデスラビットの跳躍にも匹敵《ひってき》する速度。

「膨張《バルーン》……反発《バウンド》！」

集中力を高めるため、新たな性質に名前を与える。

さらに、地面を跳ねるボールのように、一度だけ手首で手を上げ下げする動作で、反発のイメージを強調させる。

突き当たりの壁に生成された泡に、アウセルの体が沈んでいく。反発で押し返される前に、体を回転させ、飛んでいく方向を修正する。

「わぁあああおぉぉ！　わぁあああおぉぉ！　わぁあああおぉぉ！　わぁあああ……！」

泡から泡へ反発を繰り返し進んでいく体は、一度も地面に足を着くこともなく、息を切らすこと

もなく、減速する要素がない。

洞窟の複雑な経路も、壁や天井に生える突起物《とっきぶつ》も、凸凹な悪路も無視して進む機動力は無限の跳躍に等しく、レアデスラビットの専売特許すら奪い取る、脱兎《だっと》の如《ごと》き逃げ足だった。

これを可能にするのは、反発する角度を計算し、的確な位置に泡を生成し続けることができるアウセルの集中力があってこそ。ひいては、精密な泡の操作精度は、日頃《ひごろ》の清掃業《せいそうぎょう》で培《つちか》った努力の賜物であった。

広場の中心に作った大きな泡に飛び込んで、跳ね返った勢いで天井に開いた大穴に突入《とつにゅう》、壁に打ち込まれた梁に着地した。

「……」

逃げ延びた。

一度は死を覚悟したのに、淡い期待は確かな生還の兆《きざ》しへ変わり、実感を彩《いろど》る。

訳も分からず左右に揺らされて、気づいたら出口に辿り着いていたサージェは、自分のもとに訪《おとず》れた幸運をまだ信じ切れずにいた。

「――アウセル⁉」

小さな体が、よろめいた。

下半身に力が入らないサージェは隙間の多い梁の階段から落ちないよう、転がるようにアウセルの肩から降りた。

しゃがみ込んだまま動かないアウセルの呼吸は浅く、目から闘気《とうき》が失われていた。

漂う気配に主張がない。それは乱れではなく、薄まっているという感覚。

「枯渇症《ディプレーション》か」

魔力体術とスキルに労力を費やしたアウセルは、体内の魔素を使い切っていた。

森羅万象《しんらばんしょう》を繋ぎ止める魔素がなくなるということは、アウセルの体を形成している細胞を繋ぎ止める力がなくなるということ。

生命活動に支障を起こし、死を来すばかりではなく、最悪の場合、存在そのものが霧散《むさん》してしまう。魂《たましい》の所在、還《かえ》る場所が明らかであれば魔術による蘇生《そせい》も十分に可能だが、遺体がなくなってしまっては処置の施しようがなくなってしまう。

「ガァアアアア！」

絶望の音がする。

怒りを爆発《ばくはつ》させた兎が、地を揺らしながら駆ける音だ。

現実は残酷なほどにシビアで、いつまで経っても安らぎを与えてくれない。

気力を振り絞《しぼ》った努力も、純粋な善意も、信念も、当人の存在価値すら否定して尚、最後に残った儚《はかな》い尊厳すら踏みにじろうと死神は鎌を研ぎ続ける。

「こんな子供が、ここまで運んでくれたんだぞ！　死んでたまるかよ！　絶対に生きて帰る！　絶対にだ！」

サージェが先程とは真逆のことを言っているのは、勇敢《ゆうかん》な少年に当てられたから。

もはや諦めるという選択肢は眼中から除外していた。

「……クソッ！　動け！　動きやがれっ……！」

梁から落ちかけているサージェの両足は微塵も動かない。

苦し紛れに強く何度も叩いてみるが、足の痛みは分厚い鎧《よろい》の上から叩いているかのように遠く感じる。

損傷した腹部が、上半身と下半身を行き来する信号を遮断している。

サージェは虚ろなアウセルの腰元から、剣を引き、振り上げた。

「動けって……言ってんだろうが‼」

太ももに深く剣が突き刺さる。

鋭い痛みを走らせて、下半身の感覚を強制的に開通させた。

「負けてたまるか……。アウセルの命《こいつ》は、絶望《おまえ》にくれてやるほど安かねぇんだよ‼」

「ガァアアアア！」

真下まで来たレアデスラビットが、容赦なく二人に向けて前蹴りを繰り出す。

土煙が舞う中、粉砕された梁の階段が四方に飛ぶ。

潰したはずの獲物を探し、目をギラつかせる悪魔の兎。その目に映ったのは、アウセルの服を噛みながら、垂直の壁を無視して空中を駆け上がる、青い光の馬だった。

優美を極《きわ》めた鎧を纏い、艶《あで》やかに動く尻尾《しっぽ》が軌道に残す光は、闇の中に一線を描《えが》く。蹄《ひづめ》からは青い炎《ほのお》が立ち上がり、重力を無効にする推進力を生み出している。

【馬】のスキルを手に入れて十五年。それはサージェ本人ですら知らない天馬の姿であった。

「四角い箱《キューブアウト》！」

「砂落とし《サンドドロップ》！」

「熱鉄球《フレイムボール》」

　馬は上層まで駆け上る。

　巨大な箱の雨。大量の砂。燃え盛《さか》る巨大な玉。

　救助へ向かおうとしていたA級冒険者の猛者《もさ》たちが、後を追いかけて登ってきたレアデスラビットに対し、容赦なくスキルを落とす。障害物に阻《はば》まれたレアデスラビットは大穴を落ちていき、最後には灼熱《しゃくねつ》の鉄球に燃やされながら地面に押し潰され、塵《ちり》となって消えた。

終章　旅のはじまり

ギルド会館の地下倉庫で、僕《ぼく》はいつものようにお客さんから預かった装備品を洗浄《せんじょう》していた。

会館の方では建物全体が保温魔術《まじゅつ》によって温度が一定に保たれているけど、人通りが少ない地下は効果範囲外《はんいがい》。土が外気を遮断《しゃだん》しているとはいえ、石造りの空間は冬になると少し肌寒《はだざむ》い。職員用の制服には合わないけど、ここに入る時は遠征《えんせい》用のストールを首に巻くようにしている。前のストールはルナに渡《わた》したので、同じものをもう一つ買ってきた。

時たま職員が地下に降りてくるのは、装備品の貸出しの注文が入ったから。

貸出し用の武器や防具は定期的に泡《あわ》で磨《みが》いてあって、今も何十とある棚《たな》に整頓《せいとん》されて役目が来るのを待っている。聞くところによれば、これらを使うのはもっぱら新人の冒険者《ぼうけんしゃ》だから、初めて使う装備品が綺麗《きれい》だとかなり感動してくれるらしい。

冒険者になる前に少しアルバイトでもして自分の装備品を買うことだってできただろうけど、新人はあえて借りるらしい。ここにあるのは幾多《いくた》の冒険者たちが使い回してきた装備品。つまり、「使って返ってきた装備品」だから、ゲンを担《かつ》いで借りているみたいだ。

接合部分に錆《さび》が見える鉄の甲冑《かっちゅう》。汗染《あせし》みで柄《つか》に巻かれた革が変色した剣《けん》。血のついた靴《くつ》。色褪《いろあ》せた装飾品《そうしょくひん》の類い。その一つ一つに小さく刻まれた魔術刻印を見れば、軽量化や魔術効率化や、衝《しょう》撃軽減《げき》など色々な付与《ふよ》が施《ほどこ》されているとわかる。授業で習う前に学園を退学したのに、多種多様な装備品を見ているうちに、ちょっとした術式なら解読できるようになってしまった。習うより慣れろとは、よく言ったものだなと思う。

「よし、やるか」

最近になって、洗浄の技術は向上している。

まず洗浄する時は、洗う対象を大きな泡で囲うようにした。泡の中で泡を拡散させた方が、泡の圧が強まるし、最小限の泡の量で足りるから魔素《マナ》の節約にもなる。

あと、洗浄を行う工程に三つの段階を設けた。最初は、細かい泡で汚《よご》れを浮《う》かす。次に爪《つめ》くらいの泡を強く破裂させて、汚れを弾《はじ》き飛ばす——ちなみに泡を大きくし過ぎると、破裂の勢いで小さな装飾が壊《こわ》れる可能性があるので慎重《しんちょう》さが求められる——最後にいくつかの泡で大きくしたり小さくしたりを繰《く》り返して、面で拭《ふ》き取り、汚れを下へ落とす。

これは早朝のロビーを掃除《そうじ》している時、仕込《しこ》みで忙《いそが》しい厨房《ちゅうぼう》の隅《すみ》で見習い料理人が包丁を研《と》いでいるのを見て考えた。粗《あら》めに削《けず》り、整え、仕上げる。研ぎ石の種類を変えることで、ムラのない切れ味が生み出せる。泡の洗浄も同様に、汚れを浮かす、汚れを弾き飛ばす、汚れをまとめて落とす、三つの工程に分ければ仕事の効率が上がると思ったけど、当たりだった。

「この組は完了《かんりよう》。次！」

時間の短縮に拘《こだわ》ったのは、単純な話、装備品を洗浄して欲《ほ》しいという依頼が手に余るほど増えてしまったからだ。

お客さんを取ってくるレナードの顔の広さも理由の一つだけど、大概《たいがい》の理由は僕がしでかしたルフト洞窟《どうくつ》の一件が起因している。

サージェを担いで泡のバネを利用しながら出口に向かったのを最後に、僕の記憶《きおく》はギルド会館にある自室のベッドに移っている。

目覚めた時には、まさか一連の出来事が全部夢だったんじゃないかって慌《あわ》てたものだった。

そんな僕を見越《みこ》していたのか、飛び起きたら、傍《そば》には椅子《いす》に腰掛《こしか》けたロゼがいて、宥《なだ》めるように事情を説明してくれた。

最後にはサージェが上層に引き上げてくれたこと、魔物の兎《うさぎ》が倒《たお》されたこと、今回の騒動《そうどう》で多くの人が怪我《けが》をしたけど、奇跡《きせき》的に死者は一人も出なかったこと。事件の概要《がいよう》や、その後の経緯《けいい》も簡単に教えてくれた。

スコットたちやサージェが無事だと聞いた時、心の底から安堵《あんど》して深く息を吐《つ》いた。

しかし、そんな幸福感も束《つか》の間《ま》、部屋を出た僕に待っていたのは怒涛《どとう》の賛辞であった。

「英雄様のお通りだぁ！　アウセル様に道を空けろぉ！」

「ギャハハハハ！」

名前も知らない筋骨隆々《りゅうりゅう》の冒険者たちに揉《も》みくちゃにされながら、サージェの救出のために引き返したことをとにかく褒《ほ》められた。たぶん同じ冒険者として、他人事《ひとごと》ではなかったんだと思う。

興奮の熱が冷めやらぬまま、次には王宮の騎士《きし》たちが会館に押《お》し寄せてきて、さっきまでの喝采《かっさい》はどこへやら、冒険者たちが騎士たちと睨《にら》み合いになった。

気不味《きまず》い沈黙《ちんもく》が流れていたが、道を空けた騎士たちの奥《おく》から、銀色の髪《かみ》を乱れなく整えた綺麗な女性が現れると、僕の行動を称賛《しょうさん》する国王からの褒状《ほうじょう》を読み上げたのだ。

もう頭が真っ白だったので内容はあまり覚えてない。ただ要約すると、留学生四人を助けた功績で金貨四千枚、公爵《こうしゃく》家の嫡男《ちゃくなん》ブルートを助けたことで金貨千枚、合計五千万ディエルが下賜《かし》された。貴族であるブルートは別として、留学生の件は、国際問題への発展を未然に防いだことが評価されたらしい。

少し困ったのが、褒状の最後にアウセルという宛名《あてな》が書かれていたことだ。

冒険者や職員一同が、「誰《だれ》だ？」と顔を見合わせた。

自分の口から言いたかったのに、先に正体をバラされてしまった。

正直に名前を偽《いつわ》っていたことを白状し、頭を下げて謝《あやま》ったが、「そんなことは、よくあることだ」と冒険者たちは笑い飛ばして、僕の心を軽くさせた。

「今後の活躍《かつやく》を期待していますよ。アウセル」

そう言って、位の高そうな女性は報酬《ほうしゅう》の金貨を置いて騎士とともに去っていった。

以降始まる冒険者たちのどんちゃん騒《さわ》ぎ。

宴《うたげ》の目的など一瞬《いっしゅん》で忘れて、僕はあっという間に蚊帳《かや》の外。途中《とちゅう》からはお酒を飲みたいから騒いでいるだけで、それはいつもの夕食の風景と変わらなくなったのだった。

「ちょっとくらい休憩《きゅうけい》したらどうだ？」

意識を引き戻《もど》す声があった。

後ろを振《ふ》り返ると、扉《とびら》にもたれ掛かってサージェが立っていた。

「いつの間に……」

「結構前からいたっつーの。ちなみにちゃんとノックもしたし、挨拶《あいさつ》もしたからな」

「すみません。全然気づきませんでした」

「はぁ、どんだけ集中してんだよ。その長所は、いつか悪い方向にも働きそうだな」

どこを切り取っても正論でしかないので、僕は苦笑いしかできなかった。集中力を高めるコツは色々と聞くけど、集中力をなくすコツは聞かないな。どうすればいいのか、ちょっと謎《なぞ》だ。

「こりゃ、大したもんだな」

鏡のように光る鎧《よろい》に顔を反射させて覗《のぞ》くサージェは、自分の装備と見比べて、「ケチるんじゃなかったか」と不満を漏《も》らす。先日の事件で装備の大半を失ったサージェは、機動力を重視した軽装備を一式買い揃《そろ》えたばかり。そこには自動清掃《せいそう》付与の魔術刻印が刻まれていたのだが、効果には等級があるようで、お金を出し渋《しぶ》った分、新品でも僕の洗った中古の装備品より見劣《みおと》りするらしい。

「しかし凄《すご》い量だな。もしかして、お前って俺《おれ》より稼《かせ》ぎがいいのか？　今日はいくら稼いだ？」

「今はパーツの大きさに関係なく、一点金貨一枚で請《う》け負ってます。今日は五十点だから……」

「ご、五十万ディエル⁉　い、一日で⁉」

「レナードさんが仲介料《ちゆうかいりよう》で三割持っていくので、僕の取り分は三十五万ディエルですね」

「……チッ。あの飲んだくれ、いい商売見つけやがったなぁ。羨《うらや》ましすぎるぜ……」

向こうに顔を隠《かく》したサージェが声に悔《く》やしさを滲《にじ》ませる。

僕としては、貰《もら》い過ぎだという感覚は最初から変わっていない。でもレナードは僕が最近になって過大評価されていることに便乗して、さらに金額を吊《つ》り上げ、ギルド会館にやってくる冒険者たちほぼ全員に装備品の洗浄を勧《すす》めている。見上げた営業マンだ。日頃《ひごろ》から飲んだくれている姿だけ見ていると、冒険者よりも商人の方が向いているのではと思ってしまう。

「それで？　いつになったら、次の遠征に行くんだ？」

「……何度も言いますけど、別に恩返しとかそういうのは」

「そうはいかねぇよ。俺はお前に助けられた。借りを返さなきゃ、俺は冒険者として名折れだ」

「僕だってサージェさんに助けられたんですから、貸し借りはないんじゃないですか？」

「貸し借りの差が大きすぎる。割合で言えば、九対一でお前への借りの方がデカイ」

サージェは助けられた恩返しにと、次に僕が遠征へ行く時には無償《むしょう》で協力すると申し出た。

Bランク冒険者。経験豊富な先輩《せんぱい》に冒険のイロハを教えてもらえるのは、涎《よだれ》が出るくらいに興味を唆《そそ》られる話である。

ここは有り難《がた》く、その義理堅《ぎりがた》さに甘《あま》えたいところなのだが……。

「お前の師匠《ししょう》、ビオラだったか？　会館に来るって言っていたが、いつになったら現れるんだ？」

「……」

僕だって、できることなら遠征に行きたい。

ただ、すぐには出発できない理由があった。

あの日から二週間が経《た》っても、ラフィーリアはギルド会館へ姿を見せなかったのだ。

僕自身、体調は戻っていたけど先週の休日は遠征を断念した。

サージェがいるなら安心して遠征もこなせそうだけど、やっぱり師匠に報告せずに行くのは気が引ける。ルフト洞窟に勝手に行った時も、随分《ずいぶん》と心配を掛けてしまったみたいだし、遠征へ行くとしても話はちゃんとしておきたいと思っていた。

「ちょっと、師匠の家に行ってきます」

忙しいのかなと思ってこちらから出向くことは遠慮《えんりょ》してたけど、一言挨拶する程度なら時間を作ってくれるはずだ。

その日の所用が済み次第《しだい》、ラフィーリアの邸宅《ていたく》に向かった。

大きな館は雪化粧《ゆきげしょう》も相まって、気品を醸《かも》し出している。

門の外から覗くと、玄関《げんかん》にかけてのアプローチは一面が白に染まっていて、いくつもの足跡《あしあと》が通路をわかりやすく区別していた。

緊張《きんちょう》が走る。

まだ遠い玄関扉、そこから少し視線を横に移すと、小柄《こがら》な女性が立っていた。

僕がラフィーリアの弟子《でし》であることは公表されていない。端《はた》から見れば天使が住む館の前でうろついている僕は、いつ騎士に補導されてもおかしくないくらいに不審者《ふしんしゃ》である。

弟子であることを伝えない限り、どう足掻《あが》いても怪《あや》しまれる。

今日のところは出直そうかな……いや、ここまで来たら、やれるだけやってみよう。追い返されたら、それはそれでいい。と、意を決して敷居《しきい》を跨《また》ぎ、先客に声を掛けようとした時だった――

「……」

異様な光景に言葉を失った。

金色の髪の女性は玄関扉に耳をつけて、なんとか中の音を聞き取ろうとへばりついていた。

僕を困惑《こんわく》させたのは、僕以上の不審者が現れたこともそうだが、その女性が着ている薄緑色《うすみどりいろ》のローブの背中に、蔓草《つるくさ》の絡《から》まる剣が見えたからだった。

寵愛《ちょうあい》の剣《けん》の紋章《もんしょう》。これを着ているということは、この人は天使ってことなのか？

十二天使の名前は全《すべ》て暗記しているけど、顔まではわからない。もし相手が天使なら、ラフィーリアの弟子になったことを言っても問題ないのかな。

「あ、あの……」

グワッと勢い良くこちらに振り向く女性は、眉間《みけん》に深いシワを作って睨んでくる。それは嫌悪感《けんおかん》という生易しいものではなく、喉元《のどもと》を切り裂《さ》くような純度の高い殺意だった。

「はぁ、子供か……。なに？　何か用なの？」

ダルそうに首を傾《かたむ》けた頃《ころ》には、鋭《するど》い殺気は解けていた。僕が大人だったら、本当に息の根を止められていたのかもしれない。一度はそう思わせるくらいに、張り詰《つ》めた緊張の糸は緩《ゆる》んだ後も撓《たわ》んでしまっていた。

「もしかして、天使様……ですか？」

「だったらなに？　今忙しいんだけど」

「えっと……実は僕、ラフィーリア様の弟子にさせてもらって……名前はアウセルって言います」

「……ふーん。アンタが」

少しハッとした表情になった女性は、顎《あご》に手をやりながら僕のことを観察していた。

「何が気に入られてそうなったのか……この子供の真似《まね》をすれば、私もワンチャン……」

「え？」

「いや、こっちの話。それで、弟子が何の用なの？」

「師匠と話がしたくて来たんですけど、師匠はご在宅ですか？」

「……いるにはいるけどね」

後ろへ目をやった女性の背後には玄関扉があるのだが、よく見ると透明《とうめい》な氷に埋《う》まっていた。

「ここ数日、一度も家を出てないのよ。一体どうしちゃったのか……アンタ、何か知ってる？」

原因があるとすれば、それはルフト洞窟の一件なのかなとも思ったけど、何故《なぜ》かと聞かれればわからないから、僕は沈黙で答えた。

とりあえず、事情を聞くためにもこの氷をどかさないと。

僕の剣じゃ氷を切ることはできないけど、地道に砕《くだ》いていくことはできるはずだ。

鞘《さや》から剣を引き抜《ぬ》いた。

「無駄《むだ》よ。壊した側《そば》から、この氷は再生する。これは術者が展開している結界のようなもの。本人が力を緩めてくれないと、溶かすことも難しい」

それは即《すなわ》ち、この氷が溶けるまでは誰にも会いたくないっていう意思表示なのか。一体全体、師匠に何があったんだ。ここまでくると弟子としてよりも、一人の人として心配が極《きわ》まってくる。

僕は天使の忠告を無視して、氷に剣を突《つ》き立てた。

氷が砕け、欠片《かけら》が飛び散る。欠けた部分が、空気中の水分を引き寄せながら凍《こお》りついて、即座《そくざ》に元の形に戻っていく。【絶対零度《れいど》】、そのスキル名を誇《ほこ》るように、絶対的なマイナスは支払《しはら》った労力を綺麗サッパリなかったことにしてしまう。

「無駄だって言ってるでしょ？　そんな剣じゃ何百年経ったって切り開けないわよ」

「……師匠、聞こえますか？　アウセルです。少しだけ、話をすることはできませんか？」

そう声を掛けると、氷が再生することをやめた。

「嘘《うそ》……」

呆然《ぼうぜん》とする天使を他所《よそ》に、剣で両扉の枠《わく》に沿って氷を削り、ドアノブに手が届くようになったら、最後には肩《かた》で体当たりして無理やり開けた。

広い玄関ホールにポツンと置かれたソファを見て、この館に初めて来た時のことを思い出す。

あの時は埃《ほこり》が景色を灰色に覆《おお》っていたけど、今、床一面《ゆかいちめん》を白に染めているのは、ラフィーリアが生み出した冷気で霜《しも》が降りたからだ。

「わっ⁉」

館の中に入ったあと天使も僕に続こうとしたが、突如《とつじょ》、玄関周辺から氷の棘《とげ》が生え出して、天使を追い返した。そして、また新たに生えた氷の柱が内側から扉を押して、器用に閉じる。

どうしてかは知らないけど、ラフィーリアはあの天使には会いたくなかったらしい。

「こんにちは、師匠」

「……」

返事もせずソファの上でローブに包《くる》まって、この冷たさを生み出した当人は全身を隠している。普通《ふつう》の平民にすぎない僕ですら、愛神の恩恵《おんけい》で病気知らずなんだ。天使が病に罹《かか》ることはあり得ない。何が原因で塞《ふさ》ぎ込《こ》んでいるのか。ここに来てもまだ、僕にはよくわからなかった。

「あの、師匠……何かあったんですか？　ずっと連絡《れんらく》がなかったので……」

時間を置いて、ローブの中からゆっくりと艶《つや》やかな髪が露《あら》わになる。それはまるで、繭《まゆ》から羽化した蝶《ちょう》が畳《たた》まれていた美しい羽根を丁寧《ていねい》に伸《の》ばしていくように、静かで繊細《せんさい》な時間が流れていた。

「……ごめんなさい」

「いえ、きっとお忙しいんだろうと思っていたので。僕の方こそ押し掛けて、すみません」

ラフィーリアはかぶりを振る。

「そうじゃない……私は、君に酷《ひど》いことをした」

「酷いこと？」

「君が深層に落ちた時、私は助けに行くことができなかった。それどころか現実から目を逸《そ》らして、耳を塞いで、その場から逃《に》げ出した。君を見捨てた」

そういえば、と、あとになってみれば思うことだが、ラフィーリアが深層に降りてきてくれさえすれば、ラークアントの群れだろうが凶悪《きょうあく》なレアデスラビットだろうが瞬《まばた》きする間に倒して、速攻《そっこう》で事態を解決させることができたはずだ。

言うまでもなく、ラフィーリアが僕を見捨てたなんて微塵《みじん》も思ってない。きっとそうしなければならない事情があったのだと、信頼《しんらい》は一抹《いちまつ》も揺《ゆ》るがない。

「なにか訳があったんですよね？　聞かせて貰うことはできますか？」

気持ちを整理してから、ラフィーリアは重い口を開く。

「私は昔……仲間を殺しかけたことがある」

懺悔《ざんげ》するように、悲しくも責任を背負う覚悟《かくご》を孕《はら》んだ声が続く。

「遠征中に私のスキルが暴発して、七十人いたパーティが氷の中に閉じ込められた」

何も持たない自分の手を見つめるラフィーリアは、人の無力さを思い出すようであった。

「私は、神に祈《いの》った。その時の仲間は、神様が持つ奇跡の力で救済された。私が寵愛《ちょうあい》の剣《けん》に入ったのも、天使の役目を引き受けたのも、全ては愛神クラーディア様に恩返しをするため」

全ての色を沈《しず》めてしまう冷気の世界で、泣き叫《さけ》ぶ少女の姿を見た気がした。

助けてくれと、救ってくれと縋《すが》った声が、自らが生んだ吹雪《ふぶき》に掻《か》き消されていく様は、当人にどれほどの絶望を植え付けたことだろう。そして、分厚い雲間から温かい光陽が降り注いだ時、奇跡の力が大切な命を救い出した時、天国と地獄《じごく》の狭間《はざま》に立たされた心は何を見たのだろうか。

背中に、冷たい空気が入り込む。

「でも、いくら高尚《こうしょう》な称号《しょうごう》を身に着けたところで、私の未熟さは埋まらなかった。私は、私が親しく思う人が危険に晒《さら》されると、スキルを安定させられなくなる。君が深層に飛び降りた時、心を焦《あせ》らせた私はスキルを暴走させた。その場に留《とど》まれば、あの時のように洞窟の中にいる全員を氷漬《こおりづ》けにしてしまうんじゃないかと思って……怖《こわ》くなって、逃げ出した……」

トラウマに起因するスキルの暴走。

愛神の奇跡の力は絶対的な生命力を天使に与《あた》えても、心を癒《い》やすことはないらしい。

ラフィーリアが洞窟を離《はな》れたのは、周りの人の安全を考えてこそだ。ラフィーリアを未熟だと非難して、自分の弱さを棚に上げながら責任を擦《なす》り付ける人がいたとすれば、それはただの愚《おろ》か者だ。

僕はそんな人間に成り下がるつもりはないし、冒険者を目指して学園を飛び出した日から、自分の行動の責任は、自分で取るものだって覚悟してる。仮にあのまま、レアデスラビットにこの体が食われていたとしても、ラフィーリアを責めるなんて発想は湧《わ》いてこなかっただろう。

「たぶん、今の私に君の師を名乗る資格はないと思う。私から声を掛けておいて勝手なことだとは自覚してるけど……師弟の関係は、今日で解消しよう」

「え……」

気づけば、そこには疲《つか》れ切った十六歳《さい》の少女がいるだけだった。

天使だって元は人だ。ましてやラフィーリアは十代も半ば。わからないことや苦手なことがあるのは当然だ。欠点だって、改善していけばいずれは乗り越《こ》えられる。そのための若さが、天使としての長寿《ちょうじゅ》が、ラフィーリアにはある。

自責に駆《か》られるラフィーリアは、どこか焦り過ぎているように見える。

真正面から向き合うべき問題は割と近くにあるはずなのに、視野を狭《せま》くし過ぎて、どこに行っても答えがないと思い込んでいる気がする。それこそ、せっかく弟子をとったのだから、少しくらい僕を頼《たよ》ったっていいはずなのに。

「私はまだ天使に選ばれるべきじゃなかった……。こんな未熟な私が寵愛《ちょうあい》の剣《けん》にいたら、神様の顔に泥《どろ》を塗《ぬ》ることになる」

「何でそうなるんですか？　むしろ今回のことは、いい機会じゃないですか」

「……？」

「僕がスキルの暴走の引き金になるなら、克服《こくふく》するチャンスもそこにあると思いませんか？　僕は師匠から冒険者の知識を教わりたい。師匠は、僕が危険な状況《じょうきょう》に立っても冷静でいられるように頑張《がんば》る。お互《たが》いにとって、いい修行《しゅぎょう》になるじゃないですか」

呆然として大きく開いた瞳《ひとみ》は、涙《なみだ》の中にたくさんの光を抱《いだ》いていた。

「後ろ向きな考えで閉じこもっていても、時間は待ってくれません。どうせいつかは動き出さなきゃいけないんなら、僕と一緒《いっしょ》に前に進みましょう」

握手《あくしゅ》を求め、手を差し出す。僕の顔と手を交互《こうご》に見るラフィーリアは狼狽《うろた》えているようだった。

あの時とはまるで逆だ。あの時、出会ってまだ間もない頃、僕はこの人に手を引かれ、冒険者としての最初の一歩を踏《ふ》み出した。右も左もわからないまま、ダンジョンに連れて行かれたのだ。

時として、誰かの強引《ごういん》さが迷いを吹《ふ》き飛ばしてくれることを僕は知っている。

なら、今度は僕が手を差し伸べる番だろう。

僕に何ができるかなんて高が知れてるかもしれないけど、暴走の引き金になるとわかっているなら、僕にだって手助けくらいはできるはずだ。いや、そうなれる自分になってみせる。

「これからも、よろしくおねがいしますね。師匠」

決定事項《じこう》かのように強引な挨拶を付け加えると、ラフィーリアは少し俯《うつむ》きながら、恐《おそ》る恐る僕の手を握《にぎ》った。

「……こ、こちらこそ……よろしくお願いします」

◇◇◇

時間は少し遡《さかのぼ》る。

王都の中央にあって、神の威光《いこう》を四方へ放つ建造物。ルフト洞窟でのアウセルの活躍が地方にまで薄《うす》らと聞こえて間もない頃、神殿《しんでん》の一室では国民全員の将来を占《うらな》う重大な会議が開かれていた。

天使会議。

寵愛《ちょうあい》の剣《けん》として、女神《めがみ》を守護する使命を負う者として、神託《しんたく》の解釈《かいしゃく》を巡《めぐ》り議論する場には、選定されし天使たちが席を並べる。

円形のテーブルの周りに等間隔《とうかんかく》で置かれた十四個の椅子は、中央にある上座の一席のみが、樹木が捻《ねじ》れて形作られた椅子になっている。

それは愛神が座する席。特別な事情がない限り、女神が会議に参加することはなく、空席となっている。向かって左の席、神の右腕《みぎうで》に当たるのは第一天使の席。既《すで》に引退の意思を表明しているダリルも、不必要な内政への干渉《かんしょう》を避《さ》けるために、普段《ふだん》は出席しないようになっている。

地方へ遠征に出かけている天使も欠席となり、神の座を除いた、十三席ある椅子の内、七つが空席であった。

半数以下の出席率だが、次席の第二天使ロディビア・ロスマインと、ダリルから事務仕事を引き継《つ》いだ第六天使ストレイア・ノースパトラが参加していれば、論議に支障はないため、会議は時刻通りに始まることとなった。

「――今日の議題は以上。みんな、ご苦労様」

愛神への信仰心《しんこうしん》を維持《いじ》すること、また拡大すること。その目標に対する脅威《きょうい》の見定め、対策を模索《もさく》し、国が保有する騎士団との協力関係を明白にする。話はそんな内容に終始して、序列に従い議長役を務めるロディビアが区切りをつけた。普段なら議長に異を唱えることなく、粛々《しゅくしゅく》と解散するはずの天使たちだったが、手を上げた一人が議題を増やしたことから、例の話題に興が乗る。

「先日発生したルフト洞窟の一件で、国内にいる信徒たちが活気づいていると、配下のものから報告がございました。誰か、より詳《くわ》しい情報をお持ちの方はいらっしゃいますか？」

白い肌《はだ》、白い髪、白い瞳。唇《くちびる》や口内の色素すら薄《うす》く、不純さのない白色の声の女性。それはダリルから仕事を引き継いだ第六天使ストレイアの声だった。

何かを信じる心を惑《まど》わせるのは、いつだって情報の乖離《かいり》である。女神への信仰心にも関《かか》わる話は、事務管理を担《にな》うストレイアだからこそ、早めに精査しておきたい事柄であった。

「ルフト洞窟の遠征中にウェモンズの生徒たちがパニックに陥《おちい》って、うち何人かが深層に続く大穴に落ちたみたいですね。運の悪いことに、その時深層にはデスラビットの希少種が出現していて、冒険者たちが命からがら全滅《ぜんめつ》を免《まぬが》れた直後だったらしいです」

いかにも情報通ですよといったしたり顔で、この場では一番若い第十二天使のレックスが応える。

「まぁ、女の子たちから聞いた話なんですけどね」という不純な匂《にお》いが漂《ただよ》う後付けを無視して、他の天使たちは耳を傾けた。

「普通なら悲劇的な事故として語られる出来事でしたが、一人の少年が結末を大きく変えたようです。その少年は躊躇《ためら》いもせず大穴に飛び込んで、落下したウェモンズの生徒たちを救出したばかりか、逃げ遅《おく》れた冒険者まで助け出したそうです」

「ほう……」

腕を組みながら眉《まゆ》を動かしたのは、会議を通して初めて声を出した第四天使ルーベン・ハークス。顔中が傷だらけで、普段は寡黙《かもく》であることがさらに強面《こわもて》な顔面を強調してしまう彼《かれ》も、寵愛《ちょうあい》の剣《けん》に入閣する前は冒険者だったことから、思わず反応してしまった。

「聞いて驚《おどろ》くなかれ、なんとその少年は最近ラフィーリアが弟子にしていた子供だったんです」

「ふ、見事じゃないか。ラフィーリアの人を見る目は確かだったということだろう。……今日はラフィーリアの姿が見えないが、彼女《かのじょ》はどこへ？」

ロディビアが質問を投げかけると、愛《いと》しの人に近づく全てが許せずに露骨《ろこつ》に拗《す》ねていたストーカーが慌てて居住まいを正す。

「え、えっとぉ……ここ数日、家を出ていないようで……ああ、でも大丈夫《だいじょうぶ》です！　未来の嫁《よめ》であるこの私が、親身になって寄り添《そ》って参りますので、すぐに復帰すると思います！」

「それって、エレノア様がストーカーまがいなことしてるせいなんじゃないんですか？」

「うるせぇぞ、ナルシスト！　ぶっ殺されてぇのか⁉」

寵愛《ちょうあい》の女神は何よりも命を尊ぶ神。それに仕える天使として似つかわしくない暴言であったため、ロディビアが咳払《せきばら》いをすると、エレノアは借りてきた猫《ねこ》のように謝るのであった。

「崇高《すうこう》な名声は、国内、国外を問わず信仰心を集めるのに役立つ。天使が配下に置く英雄《えいゆう》たちには、皆《みな》その称号に相応《ふさわ》しい逸話《いつわ》があるものだ。英雄になる条件を若くして既に獲得《かくとく》するとは、有望株じゃないか。——それで？　その子供の名前は？」

「たしか……アウセルという名前だったと思います」

「アウセル……覚えておこう」

背もたれに体を預けたロディビアが、遠い空を眺《なが》めるように天井《てんじょう》を仰《あお》ぐ。果ては未来まで見据《みす》えるが、長い時間を掛けて認識《にんしき》の振れ幅《はば》を摩耗《まもう》させた瞳には、今と未来の境目が鏡のように反転して映る。

「年老いた心に恵《めぐ》みの雨を降らすのは、人が抱く夢だけだ。それを邪魔《じゃま》しようとする無粋《ぶすい》な者がいるのなら、容赦《ようしゃ》なくこれを排除《はいじょ》しよう。民《たみ》の祈りを、希望を守る。そのための寵愛の剣《わたしたち》なのだから」

◇　◇　◇

月明かりが頼りになる時分、生き物が体力を温存する真冬の森には、静かな風が流れている。

僕は今、王都から馬に乗って西へ進み、隣町《となりまち》を目指している。

晴れてルフト洞窟以外の遠征地へ、出発することが叶《かな》ったのだ。

レアデスラビットに追われて荷物を全部捨ててきてしまったので、この日のために買い直した。またお金が掛かってしまったけど、副業のおかげで品質は落とさずに済んだ。

少し進むと、冒険者たちが横に並んで道を塞いでいた。見ると、手から火が噴《ふ》き出している。どうやら街道《かいどう》に積もった雪を、火炎《かえん》系のスキルで溶かしているみたいだった。

「ご苦労様です！」

「おお、アウセルじゃねぇか！　どっか行くのか？」

「はい！　隣町のルベルタまで！」

「ルベルタかぁ、そいつはいいなぁ。あそこは魔草の栽培《さいばい》が盛んだ。魔草は俺たちには使い道の少ねぇもんだが、味のうめぇやつがいくつかある。向こうに行ったら、魔草料理は食べた方がいいぞ」

「魔草料理！　はい、絶対に食べてみます！」

冒険者たちは僕たちに道を空けてくれた。

顔も名前も覚えがない人だったけど、向こうは僕の名前を知っていた。ギルド会館でいつも掃除をしているし、王都に住む冒険者なら僕を見知っていてもおかしくないんだけど、やっぱりルフト洞窟の一件でより認知されてしまったんじゃないかと思う。

知らない人に知られているっていうのは、不思議な感じがする——というのも、僕以上の有名人が隣にいるのに、それを差し置いているからだ。

「……」

僕の隣で同じく馬に乗る仮面の人。

気を取り直したラフィーリアは、引き続き僕の師匠でいることを了承《りょうしょう》してくれた。遠征に出発できたのも、そのおかげだ。

僕はラフィーリアが抱《かか》える問題を知った。過去に背負った罪を知った。

ラフィーリアはそれを欠点だと決めつけてしまうだろうが、その欠点がなければラフィーリアがこの若さで天使に選定されることも、無類の強さを持つこともなかった。

どうしようもなく力不足な僕が言うのは烏滸《おこ》がましいことだから、絶対に口には出さないけど、誰かのことを心配してスキルが暴走してしまうのなら、それは欠点じゃなくて、きっと素晴《すば》らしい長所なんだと僕は思う。

「――はぁ、やっぱりもったいなかったんじゃねぇかぁ？　さすがに全部を寄付しちまうのは」

ラフィーリア以外に、近くに人影《ひとかげ》はない。かといって、声の主はラフィーリアではない。

馬だ。僕が乗っている馬が、溜息《ためいき》を吐《つ》いてそう呟《つぶや》いたのだ。

この馬の名前はサージェ・サラブレッド。

なに？　ルフト洞窟で助けてもらった冒険者と名前が一緒だって？

それもそのはず。冒険者のサージェと、僕が跨《また》がっている馬は中身が一緒の同一人物なんだから。

なんと、サージェの固有スキルは【馬】だった。

自分の体を馬に変身させて、人を乗せることができる。

それがサージェのイメージする馬の範囲だからか、背中には二人乗りの鞍《くら》までついている。

さて出発しようとギルド会館を出てすぐ馬に話しかけられた時は、心臓が止まるかと思った。

ちなみに、ラフィーリアが乗っている馬もサージェが生み出したもので、遠隔《えんかく》操作されている。

三頭まで生み出せるが、複数を同時に操《あやつ》ると一頭当たりの馬力は落ちるみたいで、その辺はスキルの熟練度に関係しているらしい。

恩返しがしたいと同行を申し出たのは、移動の際には手助けができると確信していたからだろう。

人の上に乗るのは申し訳ない気にもなったけど、サージェは大人四人を引きずるだけの馬力があると豪語《ごうご》し、子供一人じゃ重さなんて感じないから遠慮は無用と言っていた。

「王都のそれなりに立地がいい所にだって、家が建てられただろうに……」

馬となったサージェが先程《さきほど》からぶつくさと言っているのは、王宮から頂いた褒賞金《ほうしょうきん》の話だ。

あの日貰った五千万ディエルは、ロゼに手続きを頼《たの》んで学園の孤児院《こじいん》に寄付してもらった。

今の僕には過ぎた額だし、お金が欲しくて助けたかった訳じゃないから、受け取っても気分が良くなるものではなかった。かといって散財するのももったいない、ということで、うってつけの使い道を思いついたのだった。

「お金は冒険者になったら稼ぐからいいんですよ」

「欲がねぇなぁ、お前は」

「冒険者にとって物欲は味方にも敵にもなる。執着《しゅうちゃく》しても、いいことはあんまりない」

「まぁ、それはそうなんだけど……」

物言いたいのをぐっと堪《こら》えて、サージェは力が抜けたように言う。

サージェには、この仮面の下がラフィーリアであることを伝えてない。というより、伝えるタイミングが見つからなかったので、未《いま》だに僕の師匠がA級冒険者のビオラだと信じている。ランクで自分よりも上級者だから、サージェも口答えはしないのである。

サージェほど信頼に足る人なら僕が天使の弟子であることを伝えても、口外される心配はいらないと思う。目的地に到着《とうちゃく》したらラフィーリアに告げていいかどうか相談してみよう。

「そろそろだぞ」

「え、もうですか？」

朝日が木々の隙間《すきま》から差し込んできて、枝から垂れた氷柱《つらら》がキラキラ輝《かがや》き始めた頃。森を抜けた小道から、少し下った雪原の先に大きな街が見える。

このまま歩いていけば、二箇所《かしょ》目の遠征地、ルベルタにもうすぐ着く。

あとがき

この度《たび》は数多くある書籍《しょせき》の中から本書を手に取って頂き、誠《まこと》にありがとうございます。

はじめまして、星ノ未来と申します。主にＷｅｂ小説サイト「カクヨム」にてファンタジー系の作品を書いております。小説を書き始めて四年目のこと、初めて作品を書籍化する機会を頂きました。至らぬ点はあるかと存じますが、精一杯《せいいっぱい》書きましたので楽しんで頂ければ幸いです。

「泡《あわ》」とは何か、本作を書く上で避《さ》けては通れない問いでございます。

皿を、服を、体を、髪《かみ》を洗う時、歯を磨《みが》く時、水槽《すいそう》の中のエアストーン、雨の道を通過した車のタイヤの溝《みぞ》、思い掛《が》けず現れて、誰《だれ》に知られることもなく一瞬《いっしゅん》で消えていく無名の泡たち。

膨《ふく》れるし、増えるし、割れるし、弾力《だんりょく》あるし、科学的に考えるとそれはもう複雑な記号が飛び交《か》うので、ここでは気軽に「魔法《まほう》の泡」として解釈《かいしゃく》すれば、蓋然性《がいぜんせい》はさらに深まっていく。

書き始めると、その性質が発見される毎《ごと》にアウセルの可能性が飛躍《ひやく》していったのを思い出します。

さて、ここで生まれた泡はどこまで飛んでいくのでしょうか。

本書では「スキルは体《たい》を表す」という言葉が出てきますが、パッと現れては露《つゆ》と消えてしまう泡は、古来儚《はかな》いものを示す表現として使われてきました。命を落とす者も珍《めずら》しくない険しい冒険者稼《ぼうけんしゃか》業《ぎょう》に、躊躇《ためら》いなく足を踏《ふ》み入れようとするアウセル。ふと、その将来が心配にもなりますが、私は馬鹿《ばか》なので、もしもその泡が強い追い風に乗って軽《かろ》やかに障害物を避けることが出来たのなら、世界を一周することだって不可能じゃないはずだと夢を追い駆《か》けずにはいられないのです。

制作過程の裏話ですが実はこの作者、何を思ったのかＷｅｂ版が物足りないからと、一から書き直したい衝動《しょうどう》に駆られまして、編集者様との打ち合わせで開口一番にその旨《むね》を伝えました。大まかなストーリーラインはそのままに、最初から推敲《すいこう》を重ね、書き直していったわけです。

編集者様からすればそれはリスクが伴《ともな》う判断だったと思いますが、改稿《かいこう》後のプロットに目を通してもらい、寛大《かんだい》にもゴーサインを頂きました。ええ、それはそれは偉《えら》くご迷惑《めいわく》をお掛けしたことと存じております。お付き合い頂いた編集者様、本当にありがとうございました。

そして、本作の絵を担当して頂いたトモゼロ先生。原稿を細部まで読み込《こ》んでくださり、素敵《すてき》できめ細かなキャラクターや、作品の世界観を何倍にも魅力《みりょく》的にしてくださった挿絵《さしえ》を頂き、本当にありがとうございました。

校正やデザインを担当してくださった先生、各位関係者の方々にも感謝申し上げます。

私的ですが、私の人生をいつも支えてくれている家族や親戚《しんせき》にも感謝申し上げます。

本作は「第５回ドラゴンノベルス小説コンテスト」にて、カクヨム読者様の評価と編集者様の選考のもと特別賞を受賞、出版に至った作品となります。

この作品を世に出せたのは、カクヨム読者様の応援《おうえん》によるところが大きいのは明白でございます。フォローしてくださった皆様《みなさま》、応援をくださった皆様、本当にありがとうございました。

本作が少しでも皆様への恩返しに繋《つな》がることを願って、感謝の言葉と代えさせて頂きます。

それでは皆様、また逢《あ》う日まで、さようなら。

DRAGON NOVELS
ドラゴンノベルス

貧弱な泡スキルは特性を極めたら最強ですか？

2024年11月5日　初版発行

著　　者　星《ほし》ノ未来《みらい》

発 行 者　山下直久

発　　行　株式会社 KADOKAWA
〒102-8177　東京都千代田区富士見 2-13-3
電話 0570-002-301（ナビダイヤル）

編　　集　ゲーム・企画書籍編集部

装　　丁　AFTERGLOW

D　T　P　株式会社スタジオ２０５ プラス

印 刷 所　大日本印刷株式会社

製 本 所　大日本印刷株式会社

DRAGON NOVELS ロゴデザイン　久留一郎デザイン室＋YAZIRI

ISBN978-4-04-075671-4　C0093

◇◇◇